神探夏洛克
莫里亚蒂

Anthony Horowitz

[英国] 安东尼 · 赫洛维兹 著

朱去疾 译

译林出版社 | 凤凰阿歇特 hachettephoenix

图书在版编目(CIP)数据

神探夏洛克. 莫里亚蒂 / （英）赫洛维兹（Horowitz, A.）著；朱去疾译. —南京：译林出版社，2015.1

书名原文：Moriarty

ISBN 978-7-5447-5190-2

Ⅰ. ①神… Ⅱ. ①赫… ②朱… Ⅲ. ①侦探小说-英国-现代 Ⅳ. ①I561.45

中国版本图书馆CIP数据核字（2014）第280969号

书　　名	**神探夏洛克：莫里亚蒂**
作　　者	［英国］安东尼·赫洛维兹
译　　者	朱去疾
责任编辑	李浩瑜
原文出版	The Orion Publishing Group Limited, 2014
出版发行	凤凰出版传媒股份有限公司 译林出版社 凤凰阿歇特文化发展（北京）有限公司
出版社地址	南京市湖南路1号A楼，邮编：210009
电子邮箱	yilin@yilin.com
出版社网址	http://www.yilin.com
经　　销	凤凰出版传媒股份有限公司
印　　刷	江苏苏中印刷有限公司
开　　本	880毫米×1230毫米 1/32
印　　张	9
字　　数	187千
版　　次	2015年1月第1版 2015年1月第1次印刷
书　　号	ISBN 978-7-5447-5190-2
定　　价	38.00元

译林版图书若有印装错误可向出版社调换
（电话：025-83658316）

目 录

引子

海格特惊现尸体

一起异常血腥的谋杀案，惊现于通常平静祥和的海格特地区默顿巷附近，警方对此尚未做出任何解释。死者二十多岁，头部中枪，而警方尤为重视的是死者双手被绑后被杀害的事实。负责调查此案的是督察G.雷斯垂德，他倾向于认定这起骇人听闻的凶杀案采取了处决的形式，并且和最近伦敦街头的骚乱有关。他已经确认死者为乔纳森·皮尔格雷姆，是一名到伦敦来做生意的美国人，住在梅费尔的一家私人会所。苏格兰场已经照会了美国公使馆，但至今为止尚未发现死者的家庭地址，也许需要数周后才会有亲属前来。案情调查仍在继续。

摘自伦敦《泰晤士报》

1891年4月24日

第一章
莱辛巴赫瀑布

谁真的相信在莱辛巴赫瀑布发生的事？目前已有许多报道见报，可是在我看来，它们都遗漏了一些大家真正渴望了解的东西——也就是说，真相。以《日内瓦日报》和路透社为例，我从头到尾读了它们的报道，读起来可真不轻松，因为它们都如绝大多数欧洲的报刊文章一样写得枯燥乏味，就好像新闻报道不过是勉为其难，而不是它们想让你知道一些事情。而它们到底告诉了我什么呢？不就是夏洛克·福尔摩斯遭遇了他的头号劲敌詹姆斯·莫里亚蒂教授，他的存在直到现在才为大众所知，然后两个人同归于尽嘛。唉，这两家权威媒体竭力要在文章中造成的全部轰动，还很可能只是一起交通事故。甚至连它们的大字标题都那么平淡无味。

可是真正让我伤脑筋的是约翰·华生医生的叙述。他在《斯特兰德杂志》上发表的文章描述了整个事件，从 1891 年 4 月 24 日晚上他的诊室门被敲响之时起，然后与他的瑞士之旅一起继续。对于那位大侦探的冒险、探索、回忆，以及案卷等等的记述者，我的敬仰绝不亚于任何人。当我坐在我的雷明顿二型打字机前（当然是美国人的发明）开始这桩艰巨工作时，我知道，我很可能没办法达到他自始至终保持的那种准确性和娱乐性的标准。但我却不得不自问——他怎么能错得如此离谱？他如何未能注意到那么显而易见的，即便是再没脑子的警察也能发现的矛盾之处？罗伯特·平克顿曾说过，一条谎言犹如一匹死去的野狼：把它扔在那儿越久，它的味道越大。他应该是第一个出来说这话的，即有关莱辛巴赫瀑布事件的一切都臭不可闻。

请你一定原谅我，我似乎说得有点儿过分了，但是我的故事——这个故事始于莱辛巴赫，而接下来发生的事情如果不是对事实的仔细侦查，就没有意义了。我是谁？你应该知道你是和谁一起在这里，让我来告诉你吧：我的名字叫弗雷德里克·蔡斯，来自纽约平克顿侦探事务所的一名资深调查员。我是头一次——很可能也是我这辈子最后一次——到欧洲来。我长什么样？好吧，对任何一个男人来说，形容自己的长相永远都不会容易，但老实说，我称不上英俊。我黑头发，不深不浅的褐色眼睛。身材单薄，虽然才四十多岁，却已经被生活给我带来的挑战压得够戗。我尚未结婚，有时候我担心，这一点会从我那有些过旧的衣柜里暴露出来。如果有一堆男人在一间屋子里，我会是最后一个开口的。我的天性如此。

那场众所周知的所谓“最后一案”的冲突事件之后五天，我来到了莱辛巴赫。哎，现在我们知道，其实没有什么“最后”，我猜留给我们的只有案子。

所以，让我们从头说起吧。

夏洛克·福尔摩斯，有史以来最伟大的咨询侦探，为了逃命离开了英国。那位比谁都更了解他的，并且永远不会说他一点不是的华生医生，也不得不承认，福尔摩斯这回情况不妙，他被自己陷入的无法控制的困境搞得筋疲力尽。我们能责备他吗？仅仅在一个早上，他就被袭击了不下三次。在维尔贝克街，他险些被身边飞驰而过的两匹马拉的货车碾过；在维尔街，他差点被不知是从楼顶掉下来，还是扔过来的一块砖头砸中；而就在华生家门口，他发现自己被某个等在那儿拿着大头棒的老兄袭击了。除了逃走，他还能有什么选择呢？

唉，是的，他还有许多其他选择，所以我不得不奇怪福尔摩斯先生的脑子里到底在想什么。当然，这倒不是说在所有我读过的故事里，他都特别乐于告知想法（不管怎么说，我没有一次猜到他的答案）。首先，他怎么就认为欧洲大陆会比他家门口更安全？伦敦本身就是一座他了若指掌的街巷拥挤、人口稠密的城市，有一次他还透露说，他有许多只有他自己才知道的房间（华生说是“五处小避难所”），坐落在城市各处。

他还可以把自己伪装起来。事实上他的确把自己伪装起来了。就在第二天，当华生来到维多利亚车站时，他注意到一位上了年纪的意大利神父正在和搬运工说话，甚至还愿意向他提供帮助。稍后那位神父坐进他的车里，他俩面对面坐了几分钟之后，华生才认出自己的朋友。福尔摩斯的伪装术实在是太高明了，他完全可以在接下来几年里装成一位天主教神父，也不会有任何人能识破他。他可以去一家意大利的修道院。夏洛克神父……那一定会骗过他的敌人。他们甚至也许会让他去从事他的其他一些爱好——例如养蜂——作为兼职。

然而，福尔摩斯匆匆踏上了一段没有可以称为行程计划的旅程，他还让华生陪他一起去。为什么要这么做？再无能的罪犯也一定能判断出，他们之中一个人去哪儿，另一个很可能会跟着去。而且我们可别忘了，我们正在说的这个罪犯可不是别人，是这一行当里的佼佼者，是一个福尔摩斯自己也既敬又怕的男人。我一丝一毫也不信他会低估了莫里亚蒂。常识告诉我，他一定在玩弄其他花招。

按照行程的每一步，夏洛克·福尔摩斯先后去了坎特伯雷、纽黑文、布鲁塞尔，还有斯特拉斯堡。他在斯特拉斯堡收到了伦敦警方的电报，告知他莫里亚蒂团伙的所有成员都已经被抓获。结果这一点却错得离谱。一个关键成员漏了网，其实我的说法是不确切的，因为塞巴斯蒂安·莫兰上校这条大鱼从来也没有进到网里去。

莫兰上校是欧洲最顶尖的神枪手，顺带一提，他在平克顿非常出名。真的，在他职业生涯的末期，他的大名响彻地球上所有的执法机构。他过去曾因一周内在拉贾斯坦邦射杀了十一头老虎而声名远扬，他的这项功绩震惊了他的猎人伙伴们，同样也让皇家地理学会怒不可遏。福尔摩斯称他是伦敦第二危险的人物——而更危险的是他一心只认钱。艾比盖尔·斯图尔特夫人谋杀案就是一个例证，这位极其受人尊敬的寡妇在劳德打桥牌时被枪射穿了脑袋，莫兰犯下这起罪行只是为了偿还他在巴加泰勒纸牌俱乐部欠下的赌债。有一点想起来有些奇怪，当福尔摩斯正坐着读那封电报的时候，莫兰就在离他不到一百码的一处酒店阳台上呷着茶。好吧，他们两个很快就会见面了。

从斯特拉斯堡出发，福尔摩斯又来到日内瓦，他花了一周时间探访那些被白雪覆盖的山头，还有罗讷河峡谷的美丽村庄。华生形容这段插曲为“令人陶醉”，这可不是我在那种情形下会用的说法。但我想，我只能对这两位表示钦佩，这样的两位挚友，即便是这种时刻也能在彼此相伴下如此悠闲自在。福尔摩斯仍然担心有人要害他性命，而且确实又发生了一起事故。在岛本湖的青色湖水边的一条小道上，他差点被一块从山上滚下来的巨石砸中。他的向导是一个本地人，向他保证这种事其实很平常，而我倾向于相信向导。我查过地图，计算了距离。据我看来，福尔摩斯的敌人已经捷足先登，正等着他的到来。即便如此，福尔摩斯确信他又一次被袭击了，他在极端焦虑中度过了接下来的时光。

最终，他们来到了阿勒河旁的迈林根村落，他和华生住进英国旅舍，这家旅馆由一位伦敦格罗夫纳酒店的前侍应生经营，他名叫彼得·斯泰勒。就是他建议福尔摩斯去游览莱辛巴赫瀑布的。有那么一阵子，瑞士警方怀疑他被莫里亚蒂收买了——从这点上你就可以看透瑞士警方的调查技巧了。如果你要我来说，即便要他们在阿尔卑斯冰山上找一片雪花，他们也会感到压力重重。我住过那旅馆，亲自和斯泰勒交谈过。他不仅仅是无辜的，还很单纯，几乎不会从他的锅碗瓢盆（实际上是他太太操持着这些）上抬起头来。直到有人来敲他的门之前，斯泰勒甚至都不知道他那有名的客人到底是谁，福尔摩斯的死讯被披露后，他的第一反应是用福尔摩斯的名字命名一种乳酪酥。

他当然会推荐莱辛巴赫瀑布了，如果他没推荐才有问题呢。对旅行者和浪漫的人而言，瀑布早已是一处知名景点。夏天的那几个月里，你会发现五六个画家四散在长满苔藓的小道上，试图捕捉罗森劳伊冰川的融雪，雪水从三百英尺高处一泻而下汇入深谷。他们不断尝试，却总是不成功。这处极寒之地有种近乎超自然的力量，并非所有人的笔墨描画得了的，除非是那些最伟大的画家。我在纽约见过查尔斯·帕森斯和伊曼纽尔·鲁茨的画作，也许他们能画出点什么。雷鸣般的水声，像蒸汽升腾的水花，犹如永恒的启示一般宣告此处为世界的尽头。惊恐的飞鸟纷纷逃离，太阳不敢露头。环绕这汹涌水流的围墙凹凸不平、粗陋不堪，与瑞普·凡·温克尔[①]一样老迈。夏洛克·福尔摩斯通常对传奇剧有着某种偏好，但那些比起这里来就远远不及了。这是一个演出大结局的最佳舞台，并且如同瀑布本身，它还会在未来几个世纪中回响不绝。

事件的进展从这里开始变得模糊不清。

福尔摩斯和华生在一起站了一会儿，他们正准备继续上路的时候，突然被一个胖乎乎的十四岁金发男孩的到来吓了一跳。他们的惊吓是有充分理由的。他身着传统的瑞士服装，打扮得漂漂亮亮，紧身裤塞进几乎及膝的袜子里头，白色的衬衫外面还套着宽松的红背心。所有这些穿戴都让我觉得有点儿不合时宜。这是在瑞士，不是在宫廷剧院上演歌舞剧。我觉得那男孩有点过头了。

不管怎样，男孩声称自己是从英国旅舍来的。有一位女士病了，因为某种原因她拒绝去看瑞士医生。这是他说的。如果你是华生，你会怎么做？你会去相信这个不可能的故事还是留在原地？还是——在一个可能是最糟糕的时刻，身处真正地狱般的地方——抛弃你的朋友？这就是我们听到的关于瑞士男孩的全部了，顺带一提——尽管我们很快就会再见到他。华生假定他也许在为莫里亚蒂做事，但是没有再次提及他。至于华生本人，他匆匆离开，去看他那

① 瑞普·凡·温克尔：19世纪美国小说家华盛顿·欧文所写的同名短篇小说的主人公。小说中瑞普酒后一觉睡了二十年，醒来发现一切都十分陌生。

不存在的病人，他待人慷慨，脑袋却一直有点儿冥顽不化。

现在我们必须等待三年才会见到福尔摩斯再次出现——重要的是要记住，实际上，就本故事的叙述而言，他被确信已经死亡。直到很久以后他才亲自做出解释（华生在“空屋案”中和盘托出），而我尽管在我这行里看到过许多书面表述，却几乎无人能够生搬硬造这么多不可能的事情。不管怎样，这是他的叙述，我想我们只能姑妄听之。

根据福尔摩斯的说法，华生离开后，詹姆斯·莫里亚蒂教授就出现了，他走在一半环绕着瀑布、前面突然断掉的狭窄小路上。所以毫无疑问的是福尔摩斯试图逃跑……倒不是说他曾经想过要这么做。公道地说，这个男人总是直面他的恐惧，不管是遭遇致命的沼泽蝰蛇、会使人发疯的可怕毒药，还是在沼泽地里放出来的一头恶犬。福尔摩斯做过许多——坦白来说——莫名其妙的事情，但他从来没有逃跑过。

两人交谈了几句。福尔摩斯请求给他的老伙伴留个便条，莫里亚蒂教授同意了。这些都至少能被证实，因为我见过那三张纸被展示在伦敦不列颠图书馆阅览室中，它们现在属于最珍贵的藏品之一。然而，当这些礼节一完毕，这两人就冲向对方，都想把对方拽进奔腾咆哮的激流中，这看起来不像是一场战斗，更像是约好的自杀。也许就是的。可福尔摩斯还藏了一手绝活。他学过巴顿格斗术。我之前从来没听说过它，但很显然这是一种糅合了拳击和柔道的格斗术，由一位英国工程师发明，而福尔摩斯将这格斗术充分地利用了起来。

莫里亚蒂猝不及防。他在惊恐中被推下悬崖，可怕地尖叫一声，就直直地坠入深渊。他消失在水中之前，福尔摩斯看到他撞上了一块岩石。他自己则安然无恙……原谅我，可这场对抗中是否有什么事情令人不满？你得扪心自问，为什么莫里亚蒂会让自己以这样的方式被人挑战。老套的英雄行为固然很好（虽然我从来没有遇见过一个罪犯会那么干），可如此将自己置于危险中到底能有什么目的？说白了，他为什么不拿把左轮枪，近距离毙了他的对手？

如果这算是奇怪的话，那么现在福尔摩斯的举动就完全是让人摸不着头脑了。他不假思索就决定实施脑海中刚刚闪现的念头：伪造自己的死亡。他爬上小道后面的岩石，藏在那里一直等到华生回来。当然，通过这样的方式，就没有第二行足迹能显示他已然生还。这有什么意义呢？莫里亚蒂教授已死，英国警方也宣布了整个犯罪团伙都已被逮捕，那么他为什么还相信自己仍然身处险境呢？这究竟能有什么好处？如果我是福尔摩斯，我会尽快赶回英国旅舍，点一份上好的维也纳煎牛排，再来上一杯纳沙泰尔的葡萄酒庆功。

与此同时，意识到自己被骗了的华生医生匆匆赶回现场，在那里一根被落下的登山杖和一行脚印就说明了发生的事情。他找来几个旅馆来的人，还有一位名叫格斯纳的当地警官帮忙调查现场。福尔摩斯看到了他们，但没有现身；即便如此，他也一定知道这会让他最信任的伙伴悲痛。他们发现了那张便条，看完之后明白再没有什么可做的，于是都走了。福尔摩斯再次开始往下爬，而这个时候本故事就又有了一个意想不到，并且完全令人费解的转折。看起来莫里亚蒂教授并非是独自一人来到莱辛巴赫瀑布的。当福尔摩斯开始往下爬——这事本身就不简单——一个人突然出现并接连不断抛下砾石，企图把他从栖身之处打下来。这个人就是塞巴斯蒂安·莫兰上校。

他到底在那儿做什么？当福尔摩斯和莫里亚蒂打斗时他是否在场？为什么他不来帮忙？他的枪呢？举世无双的神枪手会意外地把

枪落在火车上了？不管是福尔摩斯、华生抑或其他任何人，就此事而言，都从未对这些问题提供过合理的解释，而即便当我坐在这儿正敲打键盘时，似乎都无法回避这一点。我觉得我好像坐在一辆脱缰的马车里，正飞奔在第五大道上，碰见红灯也停不下来。

这差不多就是我们所知道的莱辛巴赫瀑布发生的事情。我现在必须说的这个故事，开始于五天之后，有三个人一同来到迈林根的圣米迦勒教堂的地下墓室。第一个人来自著名的大不列颠警察指挥中心——苏格兰场，是一位督察，名叫埃瑟尔尼·琼斯。第二个人便是我。

第三个人又瘦又高，有着高耸的前额，深陷的双眼如果有一丝生气的话，那也许就是用冷酷、恶毒和狡诈看着这个世界。可现在这双眼睛呆滞空洞。这个人是从离瀑布一段距离外的莱辛巴赫河里打捞上来的，之前穿着硬翻领、双排扣礼服的外套。他的左腿断了，肩膀和头部还有其他严重的创伤，不过他的死因却是溺水。当地警方在他被交叉放置在胸前的手腕上挂了一个标签。标签上写着名字：詹姆斯·莫里亚蒂。

这就是我千里迢迢来到瑞士的原因。看来我来得太晚了。

第二章

埃瑟尔尼·琼斯督察

“你确定这真是他？”

“我绝对确定，蔡斯先生。但抛开任何个人的判断，我们还是来看证据吧。他的模样，还有他在此的情形，看起来肯定符合我们掌握的所有证据。而且如果这不是莫里亚蒂的话，我们就不得不自问，他事实上是谁？他怎么会被害的？那样的话，莫里亚蒂本人身上到底发生了什么？”

“只找到了一具尸体。”

“我也是这样想的。可怜的福尔摩斯先生……连每个人都应得的基督教葬礼这样的安慰都被剥夺了。但是有一点我们可以确信，他的名字将被传颂。这还能让人有点安慰。”

这段对话发生在教堂阴暗潮湿的地下室里，一处无法沐浴春日温暖和芬芳的地方。琼斯督察就站在我边上，俯身探向溺水者，双手紧握，背在身后，就好像生怕会被传染。我看着他深灰色的眼睛在尸体上从头看到脚，其中一只脚上的鞋丢了。莫里亚蒂似乎喜好穿绣花的短丝袜。

我们不久前才在迈林根警察局见过。坦白讲我真的挺惊讶，一个在瑞士群山之中，周围除了山羊就是金凤花的小村庄，是否需要有一个警察局。但如同我已经说到过的，这是一处知名旅游景点，随着最近铁路的通车，一定会有越来越多的游客经过这里。那里有两个当班警察，都穿着深蓝色的制服，站在横跨前厅的木制柜台后面。其中一位就是倒霉的格斯纳警官，被召到瀑布现场——对我而言早已非常明显的是，他若是去处理丢失的护照、火车票，给人指路等等……只要不是谋杀这样严重的事情，就会高兴得多。

他和他的伙伴只能讲很少一点儿我的语言，我被迫用图画和一份英文报纸的大标题来解释，报纸是我为了那个特别目的随身带来的。我已经得知一具尸体从莱辛巴赫瀑布下的河里打捞了上来，并要求查看尸体。可这些瑞士警察一如其他着制服的、权力又有限的人一样固执。他们相互商量并比手画脚地说了半天后，才对我说清楚，他们在等待一位大老远从英国过来的高级官员，而所有的决定都由他来做。我告诉他们我过来的路程要远得多，而且我的事情也非常重要，可是不管用。对不起，我的先生[①]。他们什么忙也帮不上。

我拿出表看了一眼。已经十一点钟，半个上午都浪费了——就在我担心剩下的时间也会被浪费时，门打开了，我感觉到凉风吹在我的脖子后面，转过身来看见一个男人站在那里，背后的晨光勾勒出他的身形。他什么都没说，但当他走进来的时候，我看到他和我差不多岁数，也许比我稍微年轻一点儿，有三十多岁，深色的头发平贴在前额，柔和的灰眼睛在质疑一切。他身上有一股子严肃劲儿，当他走进

① 原文为德语，德语为瑞士三种官方语言之一。

一个房间，你不得不停下来去注意他。他穿着一套褐色的休闲装，披了一件没扣扣子的浅色大衣，松松垮垮地挂在肩膀上。很明显他最近大病过一场，以至于瘦了许多。从他过大的衣服，以及苍白瘦削的脸庞，我可以看到这一点。他拿着一根有一个奇怪的、造型复杂的银把手的红木手杖，走到柜台前，身体靠在上面用以支撑自己。

"能帮个忙吗？"他问。他的德语说得很自然，但并未试图用德国人的口音，就好像他学过，但从未真正听人说过这些词语。"我是苏格兰场的埃瑟尔尼·琼斯督察。"[1]

他略微审视了我一眼，接受了我的存在，记着以备后用，可除此之外他就不理我了。然而，他的名字立马对那两个警察起了作用。

"琼斯，琼斯督察。"他们重复说，而当他拿出自己的介绍信时，两个警察捧着信，一再鞠躬并且满脸堆笑。当他们在警局日志中登录细节时，他们让琼斯稍等片刻，然后走进里面的一间办公室，把我和琼斯两人单独留下了。

现在让我们忽视彼此已经不可能了，他首先打破了沉默，把刚才已经说过的话翻译成英文又说了一遍。

"我的名字是埃瑟尔尼·琼斯。"他说。

"我是否听到你说你来自苏格兰场？"

"的确如此。"

"我是弗雷德里克·蔡斯。"

我们握了握手。奇怪的是他握起手来软弱无力，就好像他的手几乎没连在手腕上。

"这是个美丽的地方，"他继续说，"我从来未能有幸到瑞士来旅

---

① 原文为德语。

行。实际上，这才是我第三次出国。”他短暂地注意了一会儿我的皮箱，这箱子因为没地方放，我只能把它带在身边。“你才到吗？”

“一小时前到的，”我说，“我猜我们一定是坐的同一班火车。”

“你来是为了……？”

我犹豫了。一位英国警官的帮助，对我到迈林根来的这个任务至关重要，可同时我又不想显得过于主动。在美国，平克顿和政府事务之间总是会有许多利害冲突。难道在这里就会有所不同吗？“我来这里是为了一件私事……”我开始说。

他对此报以微笑，虽然同时我从他的眼睛里看到他在掩饰某种东西，那也许是痛苦。“那么，也许你会允许我来告诉你，蔡斯先生。”他说。他考虑了一会儿。“你是纽约来的平克顿侦探事务所的雇员吧，上周你从英格兰出发，希望找到詹姆斯·莫里亚蒂教授的踪迹。他收到了一封对你而言很重要的信，因此你希望找到他本人。听到他的死讯你很震惊，所以直接来这里了。顺带一提，我明白你不怎么瞧得起瑞士警方——”

“等一等！”我叫道。我举起一只手。“停下！琼斯督察，你一直在监视我吗？还是你联系过我的办公室？我觉得这糟透了，英国警方竟在背地里对付我，并且插手我的事务……”

“你无需担心，”琼斯回答道，还是带着原来的奇怪微笑，“我告诉你的所有一切，都是我在这间屋子里，从我对你的观察中推断出来的。如果你希望，我还可以说更多。”

“为什么不呢？”

“你住老式的公寓楼，楼层挺高。你认为你的公司没有像它可能的那样照顾好你，尤其是因为你是他们最成功的探员之一。你还没结婚。我很抱歉发现你的越洋之旅特别不愉快——不仅仅是因为旅途第二天,抑或第三天非常糟糕的天气。你正在想这整趟旅程都是一场徒劳的搜寻。看在你的分上,我希望不是这样的。”

他陷入沉默,我瞪着他,如同初次见到他一样。“几乎所有你说的都说中了,”我嚷道,“可真见鬼,你是怎么做到的,这太超出我的想象了。你能解释一下吗?”

“这些都非常简单明了,”他回答道,“我几乎可以说那是基础的。”他谨慎地选择了最后那个词,就像它有什么特殊意义似的。

“你说起来倒是容易。”我朝门那儿瞥了一眼,现在它把我们和两个瑞士警察隔开了。格斯纳警官看起来正在通电话。我能听到他的声音含糊不清地从门那边传来。空荡荡的柜台伸展开来,成了分隔我们和他们之间的一道屏障。“请问,琼斯督察。能告诉我你是如何得出这些结论的吗?”

“当然可以,虽然我必须预先告诉你,其实一旦说开了,这些似乎都是再明显不过的。”他把自己的身体重心转移到手杖上,设法找到一个舒服的站姿。“你是美国人这点,可以明显地从你的谈吐和穿着看出来。特别是你的西装背心上有条纹,还有四个口袋,这款式在伦敦很难找到。我注意到你的用词。刚才你说‘我猜’,而我们会说‘我想’。我对口音了解有限,但你说的应该是东海岸的口音。”

“我老家在波士顿,”我说,“如今我在纽约生活和工作。请继续说!”

“我进来的时候,你正在看表,虽然你的手指遮住了部分表面,我还是相当清楚地看到铭刻在表壳上的标志——一只眼睛,底下写着‘吾等永不眠’。这当然是平克顿侦探事务所的信条,我记得它的总部在纽约。你从那里上船是明显的，因为你行李上盖的是纽约港务局的章。”他再次扫了一眼我的行李箱，它被我立在一张照片底下，照片上的男人愁眉不展，也许是个没出息的当地人。“至于说到你对瑞士警方的不屑，究竟为什么你要去看自己的表？而那边的墙上就挂着一座绝对精准的、正走着的钟。我能看出来，他们并没有帮上什么忙。”

“先生，你说得绝对正确。但你是如何得知我和莫里亚蒂教授的关系？”

“还能有什么其他理由会让你来迈林根呢？我打赌要不是因为上周发生的事件，你都从没听说过这个默默无闻的小村子。”

“我的事可能和夏洛克·福尔摩斯有关。”

“那样的话，你一定会待在伦敦，并且从贝克街展开你的调查。这地方除了一具男性的死尸之外什么都没有，而不管他是谁，他肯定不是福尔摩斯。不是的。从纽约出发，你最可能的目的地是南安普敦——这从你上衣右手口袋里露出来的一卷报纸《汉普郡回声报》可以确认。我看到报头上的日期是 5 月 7 日星期四，那说明你在码头买了报纸以后就被迫立即启程来欧洲大陆。是什么消息把你引到这里来的呢？那天只有一条让人感兴趣的新闻。一定是莫里亚蒂。”他微笑着说，“我奇怪怎么没有看到你。如你所说，我们肯定坐的是同一趟列车。”

“你提到了一封信。”

“莫里亚蒂什么也告诉不了你。他已经死了。你不太可能认得出他——只有很少人面对面地见过他。那么一定是他有什么东西引起了你的兴趣，你希望从他身上找到的某件东西——来自美国的一封信或是一个包裹。我肯定，这就是我到达时你正在和警察讨论的事。”

“我请求他们让我检查一下尸体。”

“还有一点要补充。”

“越洋之旅吗？”

“你迫不得已和人共用一个客舱……”

“你怎么知道？”我叫起来。

“你的牙齿和指甲告诉我，你不抽烟，但我还是能从你身上闻到很重的烟味。这一点告诉我，虽然你的雇主一定是挑选了最好的人干这份工作，不管它是什么——他们终究派你穿越了半个地球——他们却并没有准备为单人客舱买单。和一个吸烟者共处一个客舱，对你来说一定不愉快。”

“是的。”

“而且天气让这更糟。”他举起一只手，在我发问之前挥手把我的问题打发了。“你脖子边上的那道伤口真讨厌。在海上刮胡子可不容易，尤其是在暴风雨里头。”

我大笑起来。“琼斯督察，”我说道，“我是一个简单的人。我的成就都是通过勤勉和努力工作取得的。我从未见过如此的技巧，而且完全不知道英国警方的侦探被训练来使用这些技巧。”

“不是我们所有人，”琼斯平静地回答道，“但是或许你可以说我得到过特别的指导……并且师从最出色的老师。”

“还有最后一点。你还没和我说明白，你是怎么知道我的婚姻状况，以及我在纽约的居住条件。”

“你没戴结婚戒指，也许这本身还不足以证明，但是——请你见谅——没有一个妻子会允许她丈夫在袖口污渍斑斑，或者鞋跟必须重新钉掌的情形下离家出门的。至于说公寓，那就又是一个简单的观察和推理问题。我注意到你的外衣料子——右面的袖子——磨损得相当厉害。怎会如此？除非是你习惯于手臂蹭着金属栏杆爬好几层楼梯。我想象你的办公室应该有电梯。而一栋老旧的公寓楼可能就不会有了。”

他停了下来，我能看得出所有这些对话让他疲惫，以至于他更加沉重地靠在他的手杖上。至于我，我毫不掩饰地用钦佩的眼神注视着他，我们本来可以在那儿再站一会儿，突然办公室的门打开了，两位警官再次出现。他们快速地说着德语，虽然语焉不详，语气却足够友好，我听出来他们现在正准备陪同苏格兰场的来人去尸体停放处。事实证明如此。琼斯挺直了身子，开始朝门边走去。

“能说一句吗？”我说，“琼斯督察，我肯定你得到了指示，但是也许我可以帮到你。你对我说的一切——刚才你那不寻常的论证——都绝对正确。我追踪莫里亚蒂至此，是因为三周前的一封信，它也许对你我都具有严重的后果。我的确不能辨认他，但至关重要的是，至少得允许我看到尸体。”

这位苏格兰场来的人顿了一下，他的手握着手杖头。“你得明白，先生。我在这里是奉上司之命行事。”

“我保证不会在任何方面妨碍你。”

两名瑞士警察正等着我们。琼斯做出决定，点了点头。“他和我们一起去。”[①] 他朝我回过身。“你可以加入我们。”

“我真心感谢你，”我说，“我保证你不会后悔。”

---

① 原文为德语。

我把行李留在警察局。我们沿着主路经过一排分散的房子，穿过了村子。自始至终琼斯和格斯纳都在用德语低声交谈。最终我们来到圣米迦勒教堂，这是一座古怪的小建筑，有着明亮的红屋顶和顶层过大的钟楼。警察为我们打开门锁，当我们走进去的时候他们站在后面。在圣坛前我低头鞠了一躬，可是我注意到琼斯督察并未这么做。我们来到一段通向地下墓室的台阶，他示意想单独和我一起下去。格斯纳则几乎不需要劝说：在有着厚实石墙的阴冷教堂里，死亡的味道已然呼之欲出。

尸体就像我描述的那样。这个直挺挺躺在我们面前的男人，虽然双肩佝偻，活着的时候一定非常高大。我可以想象他是一位图书馆管理员，或是大学讲师，詹姆斯·莫里亚蒂曾经就是后者。他的衣服是黑色的，款式陈旧，犹如海草那样紧紧贴在他身上——我猜想那衣服还是湿的。世上有许多种死法，可很少有比溺亡在人的身躯上留下的痕迹更难看。他的肉体笨重，散发着恶臭，其颜色惨不忍睹、无法形容。

“我们不能确定这就是莫里亚蒂。”我说，“你之前说我不能辨认他，完全正确。可你能吗？”

琼斯摇了摇头。“我从未亲眼见过他。我的同事们也没有。莫里亚蒂一生几乎都活在阴影里，并且心甘情愿如此。也许用不了多久我们就能找到他当数学教授时曾和他共事过的某些人，请放心，我回去就会开始这样的调查。现在，我只能说这么多了。眼前这个男人的年纪对得上，穿的衣服毫无疑问是英国式样的。你看到那块怀表了吗？表壳是银质的，而且上面清晰地标记着：伦敦 约翰·迈尔斯。他来这里不是为了享受田园风光。他和夏洛克·福尔摩斯死于同一时间。所以我再问一遍，他还能是谁？”

“尸体被搜查过了吗？”

“是的，瑞士警方检查了口袋。”

“什么都没有吗？”

“几枚硬币。一条手帕。没有更多了。你希望能找到什么？”

我正等着这个问题呢。我没有迟疑，因为我知道，所有这一切，肯定包括我近在眼前的未来，取决于我的回答。即便现在，我仍然能够看见，我们孤零零地站在黑暗的地下墓室里，一具死尸横躺在我们面前。“莫里亚蒂在 4 月 22 日或者 23 日收到过一封信，”我解释道，“写信的是一个为平克顿所熟知的罪犯，这个人在任何方面都同莫里亚蒂本人一样邪恶而危险，他邀请莫里亚蒂参加一个会议。虽然看起来莫里亚蒂已经死了，我仍希望或许能在他身上找到信，如果他身上没有，那么也许是在他的住所。”

“你感兴趣的是这个人，而不是莫里亚蒂吗？”

“他是我来这里的原因。”

琼斯摇了摇头。“来这儿的路上，格斯纳警官对我做了解释。警方已经做过调查，一直未能发现莫里亚蒂的住所。他也许在附近的村子安了落脚点，但即便如此他也一定用的是假名。除这里之外，我们无处可查。是什么让你觉得他也许带着这封信？”

“也许我只是在抓最后一根稻草，”我说，“是的，我承认。我就是在抓最后一根稻草。但这些人的行事方式……有时候他们用标记和符号作为验证的方式。信本身就可以是一张通行证，如果是这样的话，莫里亚蒂应该会贴身带着它。”

“如果你想要，我们可以再搜查他一次。”

“我想我们确实得这么做。”

这是一件恐怖的差事。冷冰冰、浸泡过水的尸体，在我们的手上完全感觉不到人气，而当我们把他翻过身来的时候，我们几乎可以感到血肉正从其骨头上分离。衣服黏糊糊的。当我把手伸进他口袋里的时候，发现他的衬衣已经向后皱起，我的手一时间碰到了惨白的皮肤。虽然我们俩事先并未商量好，我专注于尸体上身，而琼斯则忙着搜查尸体下半身。如同之前的警察，我们也一无所获。口袋是空的。如果那里曾经装过琼斯提到过的那几样之外的任何东西，莱辛巴赫瀑布的湍急水流，一定已经把它们无情地冲没了。我们静静地搜查。最后，我摇晃着后退离开，喉咙里一阵阵作呕。

“什么也没有，”我说，“你是对的。这是在浪费时间。”

“等一下。”琼斯看到了什么。他伸手抓起死者的外衣，仔细查看胸前口袋周围的缝线。

“我看过了，”我说，“那里什么都没有。”

“不是在口袋里，”琼斯说，“看这条线缝。这段线缝没必要出现在这儿。我想这是后缝上去的。”他用手指揉了揉布料，“衬里中间好像有东西。”

我俯身凑上前去。他是对的，口袋的下面有一条数英寸长的线缝。“我有刀。”我说。我拿出总是随身携带的折叠刀递给我的新朋友。

琼斯把刀尖插进接缝处，轻轻地往下割开。我看着线缝被割开，布料掉下来。死者的上衣里头有一个暗口袋——而且里面还真有东西。琼斯轻轻地从里头抽出一方折叠的纸片。纸还是湿的，如果不是他处理得极其轻柔，它也许就成碎屑了。他用扁平的刀面把纸片平放在尸体边的石桌上。他小心翼翼地把纸片翻开，上面写满了字，字迹如儿童一般。

我们一起俯身过去，看到的是：

HoLmES WaS CeRtAiNLY NOt A DIFFiCulT mAn to LiVe WItH. He wAs QuIeT iN HiS WAYs and his hABITS wErE REgulAr. iT wAs RARE fOR HIm To BE up AfTeR TEN at nighT aND hE hAD INVariABLY breAKfasteD AND GoNE OUT BeFOrE i RoSe in The morNINg. SOMEtImEs He SPeNt hiS DAy At ThE ChEmiCaL lABoRatORY, SoMeTimes IN THE dIsSeCting ROoms And oCcAsionaLly iN lOnG WALKs whICH ApPeAREd TO taKE HIM INtO THE LOwEsT PORTioNs OF thE CITy. nothINg COuld exCEeD HiS ENErgY WHeN tHE wORkING FiT WAs upOn HiM.①

就算琼斯失望了，他也没有表露出来。但这不是我说的那封信。它看起来毫不相干。

“你觉得它怎么样？”他问。

“我……我不知道说什么。”我再看了一遍字条。“我知道这段文字，”我继续说，“我当然知道。这是约翰·华生医生所写故事中

① 此信中非常规的大、小写字母显然包含某种密码，以传达特殊的信息。该信的字面意思是：“福尔摩斯肯定不是一个难于相处的人。他不张扬，生活习惯规律。他很少在晚上十点之后睡觉，并且总是一成不变地，在早上我起床前，就吃过早餐出门去了。有时候他白天就待在化学实验室里，有时候则在解剖室里，偶尔他也会长时间散步，那似乎总是把他带到城里最贫困的地区。当他工作顺手的时候，没有什么事能够使他精力不济。”

的一段。从《利平科特月刊》上抄来的。”

“我想你会发现这实际上抄自《比顿圣诞年鉴》，”琼斯纠正我说，“而且就是那篇《血字研究》的第三章。但这不能让它减少一丁点儿神秘性。我想这不是你所期望找到的。”

“这是我最不想要的。”

“这肯定非常让人费解。我在这儿待得太久了。我提议我们先离开这个阴冷讨厌的地方，给我们自己来杯红酒暖暖身子。”

我看了大石板上被翻过身来的死者最后一眼，然后和琼斯一起爬上台阶往回走。

第三章
守夜人

埃瑟尔尼·琼斯已经在英国旅舍订好了一间房，他建议我也住到那儿去。我们和瑞士警察分手之后，步行穿过村子朝旅馆走去。此时天空万里无云，阳光灿烂，万籁俱寂，只听得见我们自己的脚步声，间或还有在附近山坡上吃草的绵羊或山羊身上的铃铛发出的声响。琼斯在沉思，回想我们从死者口袋里发现的那份文件。莫里亚蒂跑到瑞士来，身上藏着一份夏洛克·福尔摩斯故事的摘录，他到底在做什么？他也许想要赶在与对手在莱辛巴赫瀑布相遇之前，发掘一点儿后者的想法？或者这就是我说过的那封让我千里迢迢来到瑞士的信？它是否包含了我们俩都不知道的机密？琼斯没有对我提出这些问题，但是我可以看得出，这些问题显然都在他脑海里。

旅馆小巧迷人，木质构件上刻着图案，窗的四周还悬挂着花卉，正是每一个英国旅行者梦想要找到的瑞士度假小屋的样子。幸好还有房间留给我，一个男孩被派去警察局取我的行李。琼斯和我在楼梯上分手。他的手里拿着那张纸。

“如果你允许的话，我希望再对它花点儿时间。”他说。

“你觉得你能从中琢磨出点儿什么？”

“至少我能在这上面集中全部注意力，而且……谁知道呢？”他累了。虽然从警察局走到这里路程不长，但算上这儿的高海拔，这就几乎让他筋疲力尽了。

“当然可以，”我说，“我们今晚上再见？”

“我们可以一起用餐。八点怎么样？”

“对我来说非常合适，琼斯督察。且不说其他任何事情，这让我有时间可以去著名的莱辛巴赫瀑布走走了。在所有的国家里，我从来没想过我会到瑞士来，而且这个村子——颇令人身心愉悦——就好像出自童话一样。”

“你也许可以问问有关莫里亚蒂的事。如果他没有住在旅馆或者宾馆，他也许在私人的住宅找了一间屋子。有人或许在他和福尔摩斯见面前，就看见过他。”

“我想瑞士警方已经做过这些调查了。”

“格斯纳警官吗？一个竭尽所能、让人钦佩的人。不过再问问反正没有坏处。”

“很好。我来看看能做些什么。”

我按他要求的做了，漫步穿过村子，和那些说英语的村民交谈……这儿可没几个人说英语。不过有两个词他们都听明白了，那就是“夏洛克·福尔摩斯”。当提及他的名字时，他们变得严肃并且激动。因为这样一个名人到访迈林根是非比寻常的，而且他还葬身于此，真让人难以置信。他们想要帮忙。不过令人沮丧的是，他们没人见过莫里亚蒂，没有陌生人住过他们中任何人的房间。除了磕磕巴巴的英语和同情，他们什么也给不了我。稍做考虑后，我最终还是回到了自己的房间，我可不想走着去瀑布，那至少得两个小时。事实是，想到这瀑布我就毛骨悚然，而且那里也没有什么是我还不知道的。

当晚稍后，我和埃瑟尔尼·琼斯一起吃了晚饭，我高兴地看到他已经恢复了体力。我们一同坐在温暖舒适的旅馆餐厅里，桌子挤在一起靠得很近，墙上挂着动物的头，炉火旺得和房间的大小不成比例。不过这是有必要的，因为在黑暗中，一股强烈的冷空气已经一路迂回曲折地穿过大山，来到了村子里。现在毕竟只是5月份，而且我们又身处两千英尺海拔之上。周围没几个食客，我们选择了一张靠壁炉的桌子，这样就能不受打扰地谈话。

招待我们的是一位肩膀圆滚滚的小个子女人，她穿着一件带泡泡袖的围裙，还披着一条披肩。她给我们拿来了一篮面包和一大壶红酒，把东西放下后，她自我介绍叫格丽塔·斯泰勒，是英国店主的瑞士太太。“今晚我们只剩下汤和烤肉了。”她解释说。她英语说得很好，我只希望她的厨艺一样好。“今天只有我丈夫一个人在厨房里，你们走运，我们只有一半的房间住了人。再多些客人的话，我就不知道该如何应对了。”

“你们的厨师怎么啦？”琼斯问道。

“他去看望他住在罗森劳伊的母亲了，因为她身体不好。基本上上周他就该回来，但是我们一直没有他的消息——他在我们这里干了五年还这样！然后就发生了瀑布的那件事情，警察啊、探员啊，都来问我们问题。我等着迈林根回到原来的样子。我们可不要这种刺激。”

她匆匆离开了，我给自己倒了点红酒，而琼斯谢绝了，他给自己倒了些水。“那份文件……”我开始说话。从我们坐下，我就想问他从文件上搞明白了什么。

“也许我能就这件事给你一点儿提示。”琼斯回答，“首先，这很可能就是你说过的那封信。看起来肯定是出自一位美国人之手。”

“你怎么可能知道呢？”

“我仔细查看了这张纸，发现它是用原木纸浆造的亚光版纸，因此它很可能源自美国。”

“那么内容呢？”

“我们一会儿会说到的。但是首先，我们得达成一致。”琼斯举起他的酒杯。转着晃动杯子，我瞧见杯中的液体反射的火光。“我是代表英国警方来这里的。当我们一得知夏洛克·福尔摩斯的死讯，我们就觉得，即便仅仅出于礼貌，也应该有人到现场来。我肯定你知道，他曾经在不同场合为我们提供过帮助。而且有关詹姆斯·莫里亚蒂教授的任何活动，我们自然都有兴趣。在莱辛巴赫瀑布发生的事情看起来明白无误，但即便如此，还是有些事情显然‘在进行中’，就如福尔摩斯先生惯常说得那样。你出现在此地，并且推断莫里亚蒂与美国地下世界的某个成员有联系——”

“不仅仅是某个成员，先生。还是老大呢。”

“我们很可能有共同的关注点，理应并肩工作，可我必须警告你，通常来说苏格兰场对待外国的侦探机构，特别是私人侦探机构，会有一定的保留。这可能没好处，但事实就是这样。情况是，如果我要向我的上司汇报这案子，我需要知道更多。简而言之，你得把关于你自己的情况以及你为何来到这里，向我和盘托出。你可以私下里这么做。只有凭你所告诉我的，我才能决定下一步该怎么走。”

“琼斯督察，我很乐意告诉你一切。”我说，“不瞒你说，我非常需要你和英国警方能够提供的一切帮助。”我停下来，这时斯泰勒女士回到桌边，带着两碗热气腾腾的“鸡蛋面疙瘩”[①]汤——她用“鸡蛋面疙瘩”来称呼浑浊的褐色液体上漂浮着的小圆子。这汤的味道闻起来比它的卖相强，此时一股煮熟了的鸡肉和着香草的味道，钻进我的鼻孔里，我开始了我的叙述。

“就像我告诉过你的，我生在波士顿，我父亲在那里是一家声誉极高的律师事务所的所有人，办公室位于科特广场。我童年的记忆是有关一个凡事一丝不苟的家庭，有几个用人和一个黑人保姆——蒂莉——她和我很亲。”

“你是你们家唯一的孩子？”

“不是的，先生。我是两个男孩中的老二。我的哥哥，亚瑟，比我大好几岁，我们一直都不亲。我父亲是波士顿共和党的成员，他花了许多时间在一些想法相同的绅士们身上，一群精英吧，他们为自己从英格兰带来的价值观感到自豪，觉得这些价值观使他们与众不同。他们有的是‘马鞍俱乐部’成员，有的是‘远见者俱乐部’和许多其他俱乐部的成员。我的母亲，恐怕因为身体孱弱，许多时候卧床不起。结果是我很少见到父母中的任何一个，那也许解释了我为什么在十来岁时变得相当叛逆，最终在我至今仍然后悔的情形下离开了家。

“我的哥哥已经加入家族公司，我被期待同样如此。不过我没有法律方面的才能。我觉得那些教科书枯燥无味，几乎没法读得懂。而且我也没有什么其他抱负。我也说不清那个犯罪世界最初有什么吸引了我……也许是我在《梅里博物馆》里看到的那些故事。这是

① 原文为德语。

邻里的孩子们都在看的一本杂志。但是，还有一件事我至今还清楚记得。我们是沃伦大道浸礼会教区的成员，从不缺席礼拜，只有在那一个地方我们一家人才聚在一起。唉，在我大概二十岁的时候，教堂的司事，一个叫托马斯·派珀的人，被发现犯了一系列相当可怕的谋杀罪……”

“派珀？”琼斯的眼睛眯了起来。“我记得这名字。他的第一个受害者是个小女孩——”

“确实如此。这件事在美国之外被大肆报道过。至于我，虽然我们整个社区都义愤填膺，我必须承认，我感到毛骨悚然，因为有这么一个人一直隐藏在我们中间。我看见他经常穿着黑色的长斗篷，总是微笑着，一副慈眉善目的样子。如果他被确定犯有如此罪行，那么我们社区中还有哪个人能真的摆脱嫌疑呢？

“这一刻我找到了能毕生从事的职业。律师的枯燥世界不适合我。我想成为一名侦探。我曾听说过平克顿侦探事务所，它在全美名声极盛。在谋杀丑闻被披露后几天，我告诉我父亲，我要到纽约去加入平克顿侦探事务所。”

我陷入沉默。琼斯正用一种我终将熟知的方式紧紧地盯着我，我知道他在掂量着我说的每一个字。我的一部分是我不愿意这样向他展露我自己的，但是同时我也知道他要知道的不会比这更少。

“我的父亲是个安静而又非常有修养的人，”我继续道，“他从未对我扯过嗓门，在我一生中从没有过，但是那天他这么做了。从他的情感上来说，警察和侦探的工作（他觉得两者没有不同）是低微和让人作呕的。他求我改变主意。我拒绝了。我们吵了起来，最后我离开家，口袋里几乎没几块钱，当家在我身后溜走时，我的恐惧不断增加,觉得自己犯下了一个可怕的错误。

“我坐火车到了纽约,很难向你表达当我从中央车站出来时的第一印象。我发现自己身处一个异常富裕和极端贫困、高贵非凡和堕落不堪并存的城市,这两个对立的世界靠得如此之近,因此我只要转过头就能从一个看到另一个。不知怎么我就到了下东区,城市的这个部分让我想起了巴别塔,因为这里有波兰人、意大利人、犹太人、波希米亚人,所有的人都说着他们自己的语言,遵循自己的风俗。即便是街上的气息对我来说都是新鲜的。经过漫长的备受呵护的童年之后,我似乎是头一次看到这个世界。

“在经济公寓里很容易就能找到一个房间,每扇门上都贴着一张广告。我是在一间没有家具、只有一个小火炉和一盏煤油灯,又暗又不通风的屋子里,度过那头一个晚上的。我承认,当我睁开双眼看到黎明的第一缕光线时,实在是高兴坏了。

“我想到在申请加入平克顿侦探事务所之前,得有点作为执法者的经验,我曾经考虑申请在纽约当警察。但是,我很快发现这么做实际上是行不通的。我身上没有推荐信,没有社会关系,没有职务地位,几乎连门都难进。警察的经费少,而且贪腐成风。那家号称‘永远不眠的眼睛’的著名侦探事务所,会考虑接纳一个没经验的毛头小子吗?只有一个方法能找到答案,那就是直奔他们的办公室,并提交申请。

“我是幸运的。美国最知名的侦探,事务所的创始人艾伦·平克顿以及他的两个儿子罗伯特和威廉,正在积极招募新员工。也许你会吃惊,警察的经历并非必需。事实上,正好相反。在美国,许多资深的警官最初都是出身于平克顿事务所。诚实,正直,可信……这些才是有价值的品质，而且我发现我和一帮从前的鞋匠、教师和酒商在一起面试，他们都希望在此更好地造就自己。我的年纪也没有对我产生任何不利。我表现得不错，因为我熟知法律。那天下班之前，我就被作为一名特别探员雇佣了，暂时的底薪为二点五美金一天，另包食宿。每天的工作时间很长，我被清楚地告知，一旦发现我不称职，就会被立即解雇。我下定决心不会让这事发生。”

我用勺子稍稍搅动了一下汤。坐在房间远处桌子旁的一个男人突然爆发出一阵大笑声，我想是因为他自己说的笑话。我想，他大笑的方式特别的日耳曼式，虽然这想法可能毫无价值。

我再一次开始叙述。“我会快点儿说，琼斯先生，因为我的个人经历你不会有多少兴趣的。”

“正相反，我正沉浸其中呢。”

“那好吧，就这么说吧，我的工作极其令人满意，而且这些年来，我在同僚中脱颖而出。我来说说我回到波士顿和父亲重归于好，虽然他从未完全原谅我。几年前他过世了，把律师事务所留给了我哥哥，给我留了一小笔钱。这笔钱证明是有用的，因为我的薪水从来都不高，虽然我不是在抱怨。”

“据我所知，任何国家的执法者都从来没有得到特别好的报酬，”琼斯回答道，“我可以补充一句，犯罪更能挣钱。不管怎样，请原谅我打断了你。”

“我调查过诈骗案、谋杀案、伪造案、银行抢劫案、人口失踪案……所有这些在纽约都很普遍。我不敢说我使用了与你今天早上向我演示的同样方式，同样非比寻常的智慧。我执着于自己的破案方法，还很挑剔。在发现会让我查明真相的两份相互冲突的证词之前，我也许会看一百份证词。不靠其他，就靠这个，经常把我引向成功，并且引起上司对我的注意。不过，让我告诉你一件1889年春天委托给我调查的案子，尽管当时我并不知道，不是别的而是那个案子最终把我带到了这里。

“我们有个名叫威廉姆·奥顿的客户，他是西联电报公司的董事长。他来找我们，因为他公司的线路被人拦截，然后一系列虚假和有害的信息被发送到纽约股票交易市场，造成了破坏性的后果。几个大公司几乎到了破产的边缘，而投资者发现他们的损失达到数百万美元。科罗拉多州一个矿业公司的董事长收到了一份假电报后，回到自己的卧室开枪自尽。奥顿认为这一定是一个极端恶毒、冷血的恶作剧者所为。我花了三个月时间、进行了无休止的一系列面谈，才找出真相。事实上，这是一出了不起的、自编自演的监守自盗。一帮在华尔街外的经纪人合起伙来，收购了受害公司的股票——当然，是以抄底价格获得的这些股票。他们以这种方式赚了一大笔钱。这样的运作需要勇气、想象力和狡诈，并且聚集许许多多的犯罪天才。在平克顿事务所里，我们立刻意识到还从来没有遇到过类似的案子。我们最终抓获了那些小喽啰——可是那个发起整个阴谋行动的首犯，从我们的手指缝间溜走了。他的名字叫克拉伦斯·德弗罗。

“你要知道，美国是一个年轻的国家，而正因如此，她在许多方面还未开化。刚到纽约的时候，尽管我觉得自己已经有了心理准备，事实上，我还是被周围满眼的违法乱纪行为所震惊。如果不是有需要的话，一家像平克顿侦探事务所一样的公司怎么会如此成功？我住的公寓周围都是一些妓院、赌场和沙龙，犯罪分子在那些地方聚集在一起，相当公开地吹嘘自己的不法行径。我之前提到过造假者、赝品制造者和银行劫匪。在这些之外，我也许还可以加上数不清的拦路劫匪，他们使夜晚出行变得危险，还有在白天肆无忌惮作案的扒手。

“遍地都是罪犯。成百上千的贼和妓女。但是——你也许会说，这里毕竟还有可以挽救之处——因为他们各不相同，也无组织，几乎总是单干。当然，也有例外。吉姆·邓拉普和鲍勃·斯科特领导着一个被称为‘指环帮’的组织，他们从全国各地的银行里偷了一大笔钱，有三百万美金之多。其他帮派——‘爱尔兰死兔党’和‘鲍厄里街小子’——来了又走了。在巴尔的摩那边还有专事恐吓行动的‘打击丑陋团’。我看过所有的资料。但是，一个全面综合的犯罪网络，具有它自己的行事准则以及充分运作的指挥链，克拉伦斯·德弗罗是第一个看到其好处的人。虽然在西联电报公司案中我们才第一次听说这个人，可当时他已经让自己成为那一代人中最杰出、最成功的罪犯了。”

“这个人就是你来这里的原因吗？”琼斯问道，“他就是写信给死去的莫里亚蒂教授的人吗？”

“是的，我相信是这样的。”

“请继续说。”

我甚至还没有尝过一口面前的汤。琼斯仍然专注地盯着我。这顿饭可真奇怪，两个外国人坐在一家瑞士饭馆里，谁都不吃东西。我在想，从我开始讲我的故事到现在过了多久了。外面的夜色似乎更暗了。炉火噼噼啪啪地响着，飞向烟囱。

“到如今我已经升任总探长，”我继续道，“罗伯特·平克顿让我亲自负责德弗罗的追捕。我有一个特别小组——包括三名探员，一名出纳，一名秘书，两名速记，还有一个勤杂工——我们一起被称为

‘守夜人’，这称呼指我们经常干通宵的意思。我们的办公室隐藏在地下室，里头塞满了信函文件，四壁钉满了那些名副其实的恶棍的画像，墙皮被遮得一寸也看不到。报告从芝加哥、华盛顿和费城发送给我们，而我们则缓慢而有条不紊地从上百页的纸张中找出线索。这事儿让人筋疲力尽，但是今年年初，一张面孔慢慢开始成形……不完全是一张面孔，而是感觉中的一个鬼魂。”

“克拉伦斯·德弗罗。”

“我甚至不能肯定这就是他的真名。他从来没被人看到过。也没有他的画像或照片流传。传闻中他四十岁上下，从欧洲来到美国，出身于一个富裕的家庭。又说他颇具魅力，非常有教养，而且乐善好施。是的，我看得出你很吃惊。但我知道确有其事的是，他给‘纽约弃婴医院’和‘无依无靠者之家’捐了很大一笔钱。他在哈佛大学设立了一项奖学金，他还是大都会歌剧院最初的捐助者之一。

“我告诉你，与此同时，整个美国没有比他更邪恶的势力了。克拉伦斯·德弗罗可不像其他犯罪分子，他是个绝无仅有的罪犯，极端冷酷无情，如同那些被他毁了的活着的受害者一样，那些为他干活的恶棍也同样害怕他。没有什么恶行是他不干的，没有什么犯罪形式是他干不出来的。事实上，他在组织和实施各种阴谋诡计的时候，是如此乐在其中，以至于我们相信他犯罪的目的，既是从中获取任何可能的利益，又是在自娱自乐。不管怎样，他已经发了财。他是一个擅长表演的人，一个会给被他触碰过的每一个人带来苦难的杂耍大师，他到哪里，哪里就会留下他带血的手印。

“我曾经研究过他，也曾经追捕过他。他代表着我所憎恨的最邪恶的一切，终结他的恶行将是我职业生涯的巅峰时刻。而他现在还在我够不着的地方。有时候我觉得他对我的每一步都了若指掌，他是在戏弄我。克拉伦斯·德弗罗行事极其小心，他隐匿在假面具之后，从来都不会暴露自己，让自己置于危险境地。他会精心谋划一场罪案——抢劫银行、入室盗窃、谋杀，会详细规划细节，然后招募团伙成员，最后收获赃物……可是他自己决不会出场。他会保持隐身。然而，他有一个特点，这或许在将来某一天会帮我把他认出来。据说他有一种奇特的叫作广场恐惧症的心理问题，也就是说他对空旷场所有着病态的恐惧。因此他一直待在室内，只乘坐有篷的马车出行。

"还有一些别的信息。当我们进一步调查后，我们就查出知晓他真实身份的，几乎肯定是为他工作的三个人，他们分别是他最亲近的副手和贴身保镖。他们追随在他周围，而且这三人本身都是邪恶的罪犯。其中两个人是兄弟，埃德加·莫特莱克和利兰·莫特莱克。第三个人开始只是小偷小摸，我们称之为'手帕贼'，但很快他就干起撬保险箱和大宗盗窃，他的名字叫斯科奇·拉韦尔。"

"你不能把他们抓起来吗？"

"我们抓捕过他们——有很多次。他们三个全都是辛辛监狱和图姆斯监狱的刑满释放犯，但最近两年他们都小心地保持手脚干净。他们现在装成体面的生意人，也没有证据能证明他们就不是。再逮捕他们也没用。警方再三盘问他们，但这个世界上是没有什么能让他们开口的。他们代表新生代的罪犯，是我们平克顿最害怕看到的。他们再也不畏惧法律。他们认为自己凌驾于法律之上。"

"你见过他们吗？"

"这三个人我都在远处观察过，并且也在铁丝网后面看见过他们。我一直认为我们最好不要认识。如果德弗罗可以对我隐藏他的模样，那么以同样的方法回敬他似乎才公平。”斯泰勒夫人走过来，尽管她的饭店里已经热得像个桑拿房，她还是朝火里又添了一根木柴。我等她走开后才结束陈述。“我们调查克拉伦斯·德弗罗两年都没有什么成果。然而就在几个月前，我们有了突破。突破来自于我手底下的一个年轻探员，他叫乔纳森·皮尔格雷姆。”

“我也知道这个名字。”琼斯低声说。

“我初次见到他的时候，他才二十来岁，充满激情，作风正派，他让我想起我自己在他这岁数时的样子。他从西部来到我们那儿，是个了不起的家伙。他还是个不错的大提琴手和棒球运动员。我在布鲁明代尔公园见过一次他投球。他十九岁的时候，赶着一群马走了上千英里，横穿得克萨斯平原，他有过农场和矿山的工作经验……他甚至还在内河的船上干过。他在纽约加入我的团队，他独自行事，想办法接近到利兰·莫特莱克。我们这么说吧，两兄弟之中的老大一直很喜欢有帅小伙陪着他，JP[①] 有着金黄色的头发和明亮的蓝眼睛，他真的很英俊。他成了莫特莱克的秘书和旅伴。他们一起就餐，一起去剧院看歌剧，还一起泡酒吧。嗯，一月份莫特莱克宣布要移居伦敦的时候，他邀请 JP 和他一同前往。

“这是个绝妙的机会。我们在犯罪团伙中有了一个自己人，虽然乔纳森从来没有和德弗罗见过面——如果他能够见到德弗罗，我们的任务就会简单太多了！——他可以接触到莫特莱克的许多信件。他窃听谈话，留意每一个和黑帮来往的人，对黑帮的活动做了大量笔记，虽然这么做将他自己置于极其危险的境地。我会在每个月的第三个周日，和他在第三十街一处叫干草市场的舞厅密会。他会向我

① JP：即乔纳森·皮尔格雷姆，这是他名字首字母的缩写。

报告所有侦查到的情报。

“从他那里我获知，虽然克拉伦斯·德弗罗掌控了几乎整个美国的地下世界，他还是不满足。他正把注意力转向英国。他与某位詹姆斯·莫里亚蒂教授联系，探索建立一个也许可以命名为‘泛大西洋联盟’的可能性。你能想象吗，琼斯督察？一个罪犯的兄弟会，触角从加利福尼亚西海岸一直延伸到欧洲的中心！一个全球性的联盟。两个邪恶的天才走到一起。”

“你知道莫里亚蒂？”

“当然，他可是声名赫赫啊。虽然你不幸言中，苏格兰场在办案时不总是肯和平克顿合作，我们在纽约警方内部仍然有些关系——在比利时警方和法国警方那里也是这样。我们一直担心总有一天，莫里亚蒂也许会西进来到美国，但现在看来正好相反的事情已经发生了。

“到新年初，斯科奇·拉韦尔、利兰·莫特莱克和埃德加·莫特莱克这三人都已经在伦敦站稳了脚跟。乔纳森和他们同往，几周后他给我们发了一封电报，大意是克拉伦斯·德弗罗也已经加入了他们。这正是我们所等待的。伦敦可没有那么多四十岁的有钱美国人。如果他的心理问题属实，也能帮我们认出他来。‘守夜人’立刻提取了过去一个月里，所有从美国横渡大洋去英国的轮船乘客名单，尽管这是一项庞大的任务——好几百个人名啊——我们还是认为有可能缩小嫌疑人名单。除非克拉伦斯·德弗罗能插翅飞翔，否则他就一定在这些乘客中，我们昼夜不停地寻找。

“就在这事持续进行之际，我们收到了乔纳森·皮尔格雷姆发来的第二封电报，告诉我们他亲自给莫里亚蒂送去了一封信，用来安排莫里亚蒂和德弗罗的会面。是的！我们的探员的的确确见到了莫里亚蒂。他们两个还交谈了。就在第二天，就在他能告诉我们到底发生了什么之前，悲剧降临了。乔纳森一定是被黑帮分子发现了。也许是最后那封电报暴露了他。不管怎样，他被残忍地杀害了。”

“他是被绑起来射杀的。我记得那份报道。”

“是的，督察。与其说这是谋杀，还不如说是处决。这是纽约黑帮常常用来对付线人的法子。”

“即便如此，你还是跟踪他横渡了大西洋。”

“我仍然坚信，在伦敦要比在纽约更容易找到德弗罗，而且我还觉得，如果能锁定德弗罗和莫里亚蒂的会面地点，嘿，那可是一石二鸟啊！一举抓获地球上两名罪恶滔天的罪犯！

“所以你可以想象，当我一下船第一次踏上英国的土地，看到报纸的头条……说确信莫里亚蒂已经死亡时，我是何等沮丧！那天是5月4日。我的第一个念头是到迈林根来，一个我从未去过的国家，一个我从未听说过的村子。为什么呢？因为那封信。如果莫里亚蒂还带着它，兴许我能通过信找到德弗罗。我甚至想，德弗罗也许就在这儿，而他出现在这里，与莱辛巴赫瀑布发生的事情也许有关联。不管怎么说，在南安普敦空等，什么用处也没有。我搭上头一班去巴黎的火车，然后从那儿来到瑞士。我正试图从瑞士警方那里获取某种合作——并不怎么成功——今天早上，就在这时你我相遇了。”

我陷入沉默。在讲述我漫长的故事时，汤已经凉了，现在再来品尝已经太迟。我转而喝了一小口红酒，它在我嘴里尝起来甜腻而凝重。琼斯督察一直在听着我冗长的讲述，好像房间里就只有我们俩一样。我知道他已经把所有的细节都听进去了，什么都没落下——

如果你要求他——他能把几乎所有我说的话都写下来,而且毫不费力。我已然把他归类为那种给自己定下最高标准的人,但是他只是通过自己的坚忍和毅力达到这些标准的。就好像他在和自己做斗争。

“你的线人乔纳森·皮尔格雷姆。你知道他当时住在哪里吗?”

“他在一家会所——波士顿人那里,订有房间。我相信这会所在伦敦一个叫梅费尔的地方。如果说作为一名探员他有什么弱点的话,那就是他的想法过于独立了。他告诉我们的很少,我确信,他身后什么也没留下。”

“其他人呢?莫特莱克兄弟和拉韦尔……”

“据我所知,他们还在伦敦。”

“你认识他们,知道他们的长相。难道你不能利用他们来找到德弗罗吗?”

“他们小心极了。就算是他们要碰头,也会很隐秘地躲在上锁的房间里。他们仅仅通过电报和密码交流。”

琼斯思考着我告诉他的话。我看着壁炉里的火焰吞噬木柴,等他开口。“你的故事让人非常感兴趣,”最终他开口说,“我没有理由不帮你。不过也许已经太晚了。”

“那是为什么?”

“现在既然莫里亚蒂已经死了,为什么这个人,克拉伦斯·德弗罗,还要待在伦敦呢?”

“因为这对他来说也许是个机会。德弗罗本来就提议建立某种合作伙伴关系。莫里亚蒂死后,就全都是他一个人的了。他可以继承莫里亚蒂的整个组织。”

琼斯对此嗤之以鼻。“我们在莫里亚蒂教授到达迈林根之前,就逮捕了他们整个团伙的几乎所有成员，”他说，“而且夏洛克·福尔摩斯留下了一个信封，里面有许多他同伙的身份和地址。克拉伦斯·德弗罗到英国来或许是为了寻找合作伙伴，可他早已发现他这次旅行是白费功夫。恐怕对你来说，也是这样。”

“我们在莫里亚蒂口袋里发现的那张便笺。你说过它会透露这事的某些信息。”

“的确如此。”

“你解开这个谜题了？”

“是的。”

“老天啊，那你倒是告诉我啊！莫里亚蒂也许已经完蛋了，但是克拉伦斯·德弗罗肯定还没有，如果你我还能做些什么来铲除这邪恶之徒的势力，我们可千万别犹豫。”

琼斯喝完了他的汤。他把盘子挪开，清出一块地方，然后掏出那张纸，把它打开平放在我的眼前。我似乎觉得餐厅突然变得安静了。烛光在桌子另一边投下昏暗跳跃的阴影。墙上的动物脑袋朝我们探过来，就好像在试图偷听我们的谈话。

我又读了一遍这份大、小写字母乱成一团的摘录。

“你看不懂吗？”琼斯问道。

“一点也看不懂。”

“那就让我来给你解释一下。”

第四章
密信

HoLmES WaS CeRtAiNLY NOt A DIFFiCulT mAn to LiVe WItH. He wAs QuIeT iN HiS WAYs and his hABITS wErE REgulAr. iT wAs RARE fOR HIm To BE up AfTeR TEN at nighT aND hE hAD INVariABLY breAKfasteD AND GoNE OUT BeFOrE i RoSe in The morNINg. SOMEtImEs He SPeNt hiS DAy At ThE ChEmiCaL lABoRatORY, SoMeTimes IN THE dIsSeCting ROoms And oCcAsionaLly iN lOnG WALKs whICH ApPeAREd TO taKE HIM INtO THE LOwEsT PORTioNs OF thE CITy. nothINg COuld exCEeD HiS ENErgY WHeN tHE wORkING FiT WAs upOn HiM.

“你真的相信？”我说，“这页纸里藏着某种秘密的信息？”

“我不但相信，而且我知道事实正是如此。”

我拿着那张纸,把它朝向灯光。“会是用某种隐形墨水写的吗?”

琼斯微笑着。他再次拿回那张纸,把它平放在我们之间的白色桌布上。那一刻,吃饭的事都被抛诸脑后了。“你也许知道,夏洛克·福尔摩斯写过一篇关于代码和密写的专题文章。”他开始说。

“我不知道。”我说。

“而我拜读过这篇文章,我还读过所有他慷慨地允许公之于世的一切。这篇专题文章研究了不少于一百六十种秘密通讯的形式,更重要的是,文章还研究了他借以揭示这些形式的方法。”

“你得原谅我,督察,”我打断他的话,“不管这封信的实质是什么,都不会是密码。我们都知道它的内容。你自己就说过。它是华生医生一字一句写下来的。”

“的确如此。但肯定还是有一点奇怪之处。你认为为什么它会被这么抄写?为什么写信人在文本的表现形式上如此用心?”

“我想这是明显的,难道不是吗?为了掩饰他的笔迹!”

“我想不是这样的。毕竟莫里亚蒂已经知道是谁给他写的信,没必要掩饰笔迹。是的,我相信这些大、小写字母能直指问题核心,绝不能不加区分地对待它们。我第一眼看到这段话的时候,就明白这段话是慢慢地按某种方法写出来的。你能够观察到纸面上重重落笔形成的凹痕。这个远远不是什么抄写练习。这是有意试着向莫里亚蒂传达什么,若是落到不懂的人手里,那它就仍然是个不解的秘密。”

“所以里头有密码!”

“正是如此。”

“而你能破解它!”

“是的，通过反复尝试。”琼斯点头。“请注意，这不算是我的功劳。我仅仅是紧跟福尔摩斯的脚步而已。”

“那么信里说了什么？”我再看了一眼那页纸。“它还能告诉我们什么呢？”

“我会向你解释的，蔡斯。我相信你会原谅我的冒失，但是我开始觉得，我们也许能为一个共同的目标联合起来。”

“我非常希望是这样。”

“非常好。你说得对，单是这封信什么意义也没有，因为它和华生医生写的语句一模一样。那么我们只剩下似乎随机分布的大、小写字母了。但我们得假设这些不是随机的。这张纸上有三百九十个字母。这本身就是个有意思的数字，因为它正好可以被五整除。所以，让我们先开始把字母以五个为一组拆开——”

“等一下。三百九十也可以被六整除啊。”

“六的话会产生远比实际需要更多的组合方式了。”他不悦地说，“不管怎样，我试过了但没有成功。反复尝试嘛。我可不是夏洛克·福尔摩斯，所以有时候必须走些弯路。”他取出第二张纸放在第一张纸的旁边。“我们必须忽略词与词之间的空白。我们仅需关注其中的字母是大写（以下标记为‘大’）抑或小写（以下标记为‘小’）的问题，而忽略其他一切，那样的话，该文本看起来就成了这个样子：

大小大小大 大大小大大 小大小大小 大大大大大 小大
大大大 大小大小小 大小大小小 小大小大小 大大小大大
小小大小大 小大小大小 大大小大大 大大小小小 小小
小小小 大大小大大 小大小大大 大小小小大 小小大小

大 小大大大大 小大大大大 小大小大大 小小大小大 小
大大大大 小小小小小 小大小大大 小大小大大 大大大
小小 小大大大大 小小小大大 小小小小小 大大大大大
小大大大大 大大小大大 小大小大小 大小小小大 小小
小小小 大大大小大 大大大小大 小大小大小 大大小大
小 小小大大大 小大小大小 大大小大小 小大小大小 大
大小大小 小大大大大 小大小大小 小小小大大 大大大
小大 小大小大小 小小小大大 小小小大小 小小大小大
小小小小小 大小小小大 小大小大大 大大大小小 小大大
大大 小大小大大 大小大大小 小大大大大 大大大小大
大大大大大 小大小大大 大大大小小 大小大大小 小大
大大大 小小小小小 大大小大大 小小小小小 大大小大
大 小大大大大 小小大大大 小大小大大 小大大小大 大
大大小大 大大小小小 大小大小大

琼斯小心地在纸上写下那几组字母。我盯着这些字母惊呼道：“这是电报码的规律！”

“和它非常类似，”督察表示同意。“就像是摩斯电报码一样，每一组代码都代表一个单独的字母！而且你会看到，蔡斯，特定的几组还会重复。举例来说：‘小大大大大’这一组出现了不下十一次。”

“是一个元音字母吗？”我猜道。

“几乎可以肯定是。而且‘小小小小小’也许是另一个元音字母，它出现了七次。可是从这样的分组来着手破译的话很不方便。下一步我所做的就是给每一组代码一个编号，这样做就会比现在我们眼前的内容看起来更简单。对我们有利的是，在二十六个字母中，只有十九个在这里被用到。”

他抽出第三张纸，在上面写下了如下内容：

1 2 3 4 5 6 6 3 2 7 3 2 8 9 2 10 11 7 5 5

10 7 5 9 10 10 12 5 13 9 4 5 2 3 11 9 14

14 3 15 16 3 15 3 15 5 3 13 14 3 13 17 7

9 11 10 12 5 10 18 5 14 4 10 12 18 5 9 2

9 2 5 16 10 19 14 8 1

“你明白，”他解释道，“每一个数字代表一组字母。所以‘大小大小大’五个字母组合等于1，‘大大小大大’等于2，还有……”

“是的，我明白。”

“那么现在你看出什么了？”这个埃瑟尔尼·琼斯和我之前看到的那个步行去教堂后就筋疲力尽的家伙判若两人。他的身上无处不洋溢着活力，他的眼中闪烁着兴奋的神色。

“现在每个数字代表一个字母，”我说，“但是这里有许多数字——你说得对，有十九个之多——没有空格这点也对我们没什么帮助。我们没法说出一个单词在哪里结束，或是下一个单词在哪里开始。”

“的确如此，”琼斯表示赞同。“然而至少我们可以看到哪一个数字——例如3,5和10——出现得最频繁。这些必定是元音字母，又或许是那些更经常被用到的字母，如T, R,或是S。不幸的是，你说对了，没有空格我们就没办法分辨出一些常用英语单词的拼写，如‘the’，或是‘a’。这对我们非常不利。”

“那你又是如何继续下去的？”

“我靠的是努力加上运气。我开始自问在这封信里，是否会有一个单词我能从它的拼写上把它认出来。我想到几个词，夏洛克·福尔摩斯（SHERLOCK HOLMES）是一个，平克顿（PINKERTONS）是另一个。但是最终我决定选择莫里亚蒂（MORIARTY）。如果他是这消息的接收人，那么他的名字不出现肯定是不合理的。于是，我搜寻了一遍在八个字母的顺序中有一个字母——并且只有一个字母——在第三和第六的位置重复，这里说的就是莫里亚蒂名字中的R这个字母。比如在短信开始处，我看到了6 6 3 2 7 3 2 8，其中3可能就是R。但是因为有两个连着的6和重复的2，这就不可能是莫里亚蒂。稍后，我们在文中又看到了5 3 13 14 3 13 17 7，13也许就代表R，但这次重复的3否定了我的猜测。

“事实上，在整封信中，正确的组合只出现了一次，在第一行近开始处，我们有7 3 2 8 9 2 10 11。这种情况下，数字2就代表R，而且——这名字自身之内——没有其他重复的字母。那么如果我们假设这就代表莫里亚蒂，非常有趣的事情就发生了。那就是，如果我们来查看在它之前的那些字母，这就是我们所看到的……”

1 R O 4 5 6 6 O R

“它可以是不止一个单词。”我说。

“可我不认为它不止一个单词，”他回答道，“看看那重复的R，还有那重复的O——还有那重复的6,不管它代表哪一个字母。据我所知,在英语中只有一个单词是这么拼写的。你还要考虑到信的内容。这是在向收信人打招呼啊。”

“教授(Professor)!”我叫道。

“完全正确。莫里亚蒂教授(Professor Moriarty)。这封信里最初的两个单词。那么,用那些已知的字母,密码中更多的字母就能被找出来了。”

PROFESSOR MORIARTY – M E E T M E A
T T 12 E 13 A F E R O Y A 14 14 O 15
16 O 15 O 15 E O 13 14 O 13 17 M A Y
T 12 E T 18 E 14 F T 12 18 E A R A R E
16 T 19 14 I P

“莫里亚蒂教授,到……来见我(Professor Moriarty, meet me at ...)。”我开了个头,随即我的声音就低了下来。“那之后就没有什么更多明白的内容了。”我说。

“我不同意你的说法。‘到……来见我’后面接的是‘T 12 E’。此处除了单词‘the’[1]还能是别的词吗?你可以看到同样的组合重复出现在第三行‘五月’(MAY)的后面。这就给我们破译了另外一个字母:12 就是 H! 而且,看看第二行,你会看到字母 ROYA 在一起。再说,第五个字母是明显的。这只可能是一个单词……”

“皇家(Royal)?”

① 英文中置于名词前的定冠词,并无实义。

“正是如此。到皇家什么的地方来见我……”

“那会是什么呢？”

“那只可能是皇家咖啡厅（the Café Royal）！”琼斯解释道。我看起来一片茫然，所以他继续说：“这是伦敦市中心的一家有名的餐馆。和你自己一样，克拉伦斯·德弗罗或许也没听说过这家餐馆，但这地方很容易找到。”

“那后面的单词是什么呢？”我问。

“那就不难破译了。我们现在有了 L。所以——L O 15 16 O 15。重复的 15 如果出现在其需要的地方，就会给我们提供另一条线索。”

“伦敦（London），”我说道，“伦敦皇家咖啡厅。不可能是其他词了。”

“我同意。那就是会面的场所。那么现在我们来看看接下来是什么。”

ONE O C L O C 17 MAY THE T 18 E L F T H

“再明显不过了，”我嚷道，“5 月 12 日一点钟（One o'clock, May the twelfth）！”

“那就是三天之后。你看密码这么快就被破译了。让我们接着来看看最后。”

W E A R A R E 16 T 19 L I P

“我们是 (We are)……” 我糊涂了，就停了下来。

“不是‘我们是’。这是‘戴一’ (wear a)。从你告诉我的来判断，几乎可以肯定莫里亚蒂和克拉伦斯·德弗罗从未面对面见过对方。他们两个都自鸣得意于没人知道他们的长相。所以莫里亚蒂被告知要戴上什么东西才可以认出他。这东西就藏在最后的八个字母中。”

R E 16 T 19 L I P

我什么都没说，琼斯微笑着结束了他给我的解读。“这只可能是一朵红色郁金香 (a red tulip)，” 他说，“再来个插花的纽扣孔 (a buttonhole)，你就全有了，蔡斯……”

莫里亚蒂教授。到伦敦皇家咖啡厅来见我。5 月 12 日一点钟。戴一朵红色郁金香。①

“我们运气不错。莫里亚蒂教授是解开整个谜团的钥匙。如果写信的人省掉了开头的称呼，我们就会陷入僵局。”

“你可真了不起，琼斯督察。我无法充分表达对你的钦佩。我简直不知道该从何说起。”

“哎，这也不是很难。我肯定福尔摩斯先生只要用一半的时间就会取得同样的结果。”

---

① 此信被解码后，英文原文为：PROFESSOR MORIARTY. MEET ME AT THE CAFÉ ROYAL, LONDON. ONE O' CLOCK, MAY THE TWELFTH. WEAR A RED TULIP.

“这正是我所希望的，”我说，“它说明了我千里迢迢到欧洲来是正确的……并且就此而言，证明花的钱也值得。那么克拉伦斯·德弗罗会在三天后到这个叫‘皇家咖啡厅’的地方去。他会去找一个戴一朵红色郁金香的人，如此他就会亮出自己的身份。”

“如果他得知莫里亚蒂已死，他就不会去了。”

“确实如此。”我沉默，然后再次思索。“但是假设你能发布一条声明，就说你相信莫里亚蒂仍然活着呢？毕竟你被派来调查莱辛巴赫瀑布这里发生的事。你就说发现了莫里亚蒂没有参与这次袭击事件的新证据，这样说对你应该很简单。”

“那怎么解释地下墓室中的尸体？”

我愣了一下。“我们不能假装这是别人吗？”这时，我们的女主人来到桌前取走了盘子。“斯泰勒夫人，”我说，“你能告诉我，那个母亲生病的厨师叫什么名字吗？”

“弗朗兹·赫茨尔。”她看着我几乎没动过的汤说，“不好喝吗？”

“非常好。”我回答道。我一直等她回到厨房。“如果你需要一个名字，这就是了。死者可以是我们那位迷路的厨师。他在回家的路上，喝醉了坠下瀑布。他的尸体大致在同一时间被冲上岸，那只是一个巧合。告诉报界莫里亚蒂还活着，那么德弗罗就会走进圈套。”琼斯紧紧地噘着嘴目光低垂，所以我继续说：“我认识你时间不长，但是我看得出来，你不喜欢我这不诚实的主意。我也是。但是请相信我说的，你还不知道什么样的疾病已经降临你们的城市。竭尽你的所能去清除它，是你理应为你的市民做的。督察，相信我。莫里亚蒂死了，这次会面就是我们仅存的希望。我们得去那儿。我们得知道随之而来会发生什么。”

斯泰勒夫人端着主菜回到桌边，那是两盘烤羊肉。我拿起刀叉，这次决心要吃掉它。

琼斯缓缓点了点头。“你是对的，”他说，“我会给苏格兰场发一封电报，我们明天就走。如果火车时刻对我们有利，我们就能够刚好及时到达。”

我举起酒杯。“为抓捕克拉伦斯·德弗罗归案，”我说，“并且——如果可以——为我们俩，苏格兰场和平克顿侦探事务所的合作。”

我们干了杯，如此开始了我们的联盟。然而，如果当时我们知道前面等待我们的是什么，杯中的酒也许会变得苦涩无比，而我们也本该百般不愿继续以后的旅程。

第五章

皇家咖啡厅

虽然没有多少美国人有机会坐火车穿越欧洲旅行，我却无法描述出多少我所看到的景色。大多数时候我将脸紧贴着车窗玻璃，目光凝视着散布在山坡上的小农舍，湍急的溪水，长满初夏花朵的山谷，然而我心里却是惴惴不安，没办法将注意力集中在所看到的风景上。火车开得非常慢，而且我们的二等座还不怎么舒服。我总是担心我们会赶不及，因为琼斯告诉过我，全程有五百多英里，要换四趟火车，从加来到伦敦桥还得坐蒸汽船。哪怕是延误一次换乘，我们也耽搁不起。从迈林根出发向西，在茵特拉肯穿过布里恩茨湖，然后继续前往伯尔尼。就在伯尔尼这里，琼斯发出了我们共同策划的电报，说明莫里亚蒂教授奇迹般地从莱辛巴赫瀑布的惨剧中逃脱，并被确信已经回到了英国。邮局到火车站有相当一段距离，而琼斯没力气走太长时间的路，因此几乎让我们错过了下一班火车。当我们在车厢中坐定时，琼斯面色苍白，身体显然不适。

头一两个钟头里，我们俩都坐着不出一声，沉浸在各自的思绪中。然而，在前往穆捷附近的法国边境时，我们打开了话匣子。我给琼斯讲了一些平克顿的历史，他对外国执法机构的调查手法——虽然比起他自己国家的就逊色了——有着极大的兴趣。我向他详细讲述了我们在几年前被卷入了伯灵顿和昆西铁路罢工事件中。事务所被谴责煽动暴乱，甚至谋杀罢工者，然而我向他保证，我们的作用仅仅是保护财产和维持稳定。不管怎样，这就是全部的情况。

之后琼斯背过身，埋头阅读一本他自带的小册子，这本小册子居然是夏洛克·福尔摩斯关于灰烬的一篇论著。显然——琼斯向我确认——福尔摩斯可以区分一百四十种雪茄、香烟和烟斗的不同灰烬，而琼斯自己只认得其中的九十种。为了迎合他，我到列车的餐厅，从几个困惑不解的乘客那里取了五种不同的烟灰各一小撮。琼斯对此十分感激，他从旅行包中取出一副放大镜，接下来的一个小时他都在仔细地研究那些烟灰。

"我多么希望见到过夏洛克·福尔摩斯啊！"我感慨道。这时他终于把那些烟灰推到一旁，同时挥了挥手算是打发了它们。"你见过他吗？"

"是的，我见过他。"他陷入沉默，我吃惊地看到，我的问题不知怎么冒犯了他。这就奇怪了，我们短暂的相识中他所有的话，让我相信他是那位名侦探的一个热烈的，甚至是狂热的崇拜者。"事实上我见过他三次。"他继续说，然后停了停，似乎不知从何说起。"第一次不完全算是相见，因为我是和一大帮人在一起。他给我们苏格兰场的一些人做讲座——这次讲座直接导致了'主教门'珠宝案窃贼被捕。直至今日，我还是倾向于认为福尔摩斯先生更多是靠猜测，而不是靠缜密的逻辑侦破这个案子的。他不可能知道那个人的脚天生畸形。而第二次见面就相当不一样了，约翰·华生医生将此公之于众，并且实际上提到了我的名字。我不敢说，他对我的描述是特别友好的。”

“很抱歉听到这事。”我说。

“你没有看到过后来被称为‘四签名’的那个案子吗？这可是一件最不同寻常的案子。”琼斯掏出一支烟点上。我之前从来没有见过他抽烟，他似乎已经忘记了我们第一次见面时的对话。在最后一刻他终于想起来了。“很抱歉又一次让你难受了。”他说，“我偶尔会放纵一下自己。你不介意吧？”

“一点儿也不。”

他摇灭火柴，把它丢开。“那时候，我当上督察还没多久。”他解释说，“我刚被晋升。或许如果华生医生早些知道这点，他可能会对我略微口下留情。不管怎么样，9月的一个晚上，我碰巧在诺伍德——那是1888年——我正在调查一个小案子……有个女用人被女主人指控盗窃。我刚刚结束对她的问话，突然来了个信差，带来消息说在不远处的一所房子里发生了一宗谋杀案，作为在场级别最高的警官，我必须得到场。

“这就是我怎么会来到‘本地治里别墅’[①]的，一个庞大的、像阿拉丁的白色洞穴一样的地方，那里有一个花园，简直如墓地一般，它的地面上到处是被挖开的洞。房子的主人是巴塞洛缪·肖尔托，我永远不会忘记第一眼看到他的样子，在四楼一间与其说是书房，倒更像是一间实验室的屋子里，他坐在一把木质扶手椅上，可怕的狞笑凝

① 本地治里别墅：本地治里是印度地名；本地治里别墅为柯南·道尔原著《四签名》中的一处案发现场。亦有译为“樱池别墅”。

滞在他的面孔上，人都已经死透了。

“夏洛克·福尔摩斯就在那儿。他破门而入，其实他是无权这么做的，因为这是警方的事务。这是我第一次近距离见到这位伟大的侦探，也是第一次见到他办案——他已经开始着手调查了。我能告诉你什么呢，蔡斯？他的个子比我记忆中要高，有着唯美主义者的瘦削身形，就好像他是故意让自己饿成这样的。这凸显了他的下巴、颧骨，尤其是他的眼睛，如果不能在抽丝剥茧后摄取可能得到的信息，他的眼睛似乎从不会在任何事物上停留。他的身上有一种活力，这是我在其他任何人身上都从未感受过的一种躁动。他的动作干脆简练。他给你的感觉是他没有时间可以去浪费。他身穿深色大衣，没戴帽子。我第一次见到他时，他手里拿着一把才收起的卷尺。”

“华生医生呢……”

“我没怎么注意他。华生医生站在房间一边的阴影里，他个子矮些，圆脸，表情和蔼。

“我不需要描述这案子的细节。你如果对此有兴趣，可以自己去读一下。如我所说，死者是巴塞洛缪·肖尔托。据悉，他的父亲遗赠给他和他的孪生兄弟撒迪厄斯一大笔财产。可是，他们找不着这笔财产，这也是在花园里出现的所有那些坑的来由。但对我而言，案件的真相似乎相当一目了然。他俩如同人们通常那样，面对意外横财发生了争执。撒迪厄斯用吹箭射出一支毒箭杀死了他的弟弟——我应该说明一下，那间房子里满是来自印度的奇珍异品。我逮捕了他，还有他那个叫麦克默多的仆人作为帮凶也被一并逮捕。”

“那你的判断正确吗？”

“不，先生，事实证明我错了。尽管我不是第一个这样做的，我还是让自己成了彻头彻尾的傻瓜——我有几个同事和我的想法一模一样——在当时这也算是个小小的安慰吧。”

他沉默了下来，盯着窗外的法国乡村风光，虽然从他的眼神中我确信他什么也没有看到。

“第三次呢？”我问。

“那是几个月后……阿伯内蒂家那件奇案。如果你不介意的话，现在我不想多说。这事还在让我闹心。表面看来它似乎始于一次入室盗窃——尽管这次盗窃很不一般。所以我想说的就是，我又一次错过了所有重要的线索，当福尔摩斯先生逮住罪犯的时候，我就傻站在一旁。蔡斯先生，我向你保证，这样的事情不会再发生了。”

接下来的几个小时里，琼斯几乎没有和我说话。我们在巴黎的换乘非常顺利，而这是我第二次路过这个城市，也不过是瞥了一眼埃菲尔铁塔。但那又有什么关系？伦敦就在前方，我已经开始不安了。我感觉到一片阴影降临在我们头上，但它属于谁——不管是福尔摩斯，还是德弗罗，甚至于是莫里亚蒂——我可不敢说。

就这样我们来到了伦敦。

有人说，美国的好人死后会去巴黎。也许次等圣洁的芸芸众生会像我一样，从查令十字车站拖着皮箱来这儿，两旁马车夫在大喊大叫，乞讨的男孩们围着你转来转去，人潮汹涌而过。琼斯督察要回到坎伯威尔的家，而我得去找一家平克顿总探长的出差预算能负担得起的旅馆，于是我们就此别过。我曾经惊讶于他有妻小。他原先给我的印象就是一个单身的，甚至是孤独的男人。但是在巴黎时他谈到了他的妻儿，而且当我们在多佛尔从汽船上下来的时候，他手里正抓着一个印度橡皮球，以及一个名叫“弗拉乔”的法国警察木偶，这是他在巴黎火车北站附近挑选的。这意外的发现让我颇为困扰，可是一直到我们此行结束，我什么都没说。

“你得原谅我，督察。”我说，当时我们正准备各奔东西。“我知道这不是我该说的，但我不知道你是否应该重新考虑一下。”

“重新考虑什么？”

“整个这次冒险——我指的是对于克拉伦斯·德弗罗的追踪。我可能没和你说清楚，这个人是如何凶狠恶毒。当我说你不要与这样的人为敌时，就相信我吧。他在纽约身后留下的尽是斑斑血迹，因此我相信如果他在伦敦，肯定会同样这么干的。瞧瞧可怜的乔纳森·皮尔格雷姆身上发生了什么！追捕德弗罗是我的任务，而且我也没有家累。我可以这么做，你就不一样，让你去面对即将来临的危险让我觉得不安。”

“让我身临此地的不是你。我只是在完成苏格兰场我的上司交待我的追踪调查而已。”

“德弗罗既不会对苏格兰场有所敬畏，也不会惧怕你。你的警衔和地位保护不了你。”

“那没什么区别。”他停下来，抬头看着午后沉闷的天空，伦敦的乌云和小雨正在欢迎我们的到来。“如果这个人已经到了英国，并如你所说，计划继续他的犯罪活动，那么他必须被制止，这是我的职责所在。”

“还有许多其他的督察啊。”

“但我是唯一被派去迈林根的。”他笑了。“我理解你的情感，蔡斯，我会说这给你的为人加分了。我有家庭是事实。我不会做任何威胁他们安全的事情，但选择权不在我。无论好坏，你我已然是一条绳子上的蚂蚱，而我们只能保持这个样子。如果能让你舒心，我还可以私下补充一句，我不愿意让雷斯垂德、格雷格森，或者我的任何其他朋友和同事，偷走抓捕德弗罗的功劳。但是，现在马车来了。我必须得上路了！”

他一手拿着球，手臂上挎着一个软绵绵、穿蓝制服的玩偶，他匆匆离去的样子我至今还记得。就如同我当时就不明白一样，直到现在我还是搞不懂，华生医生怎么可能把他描述成这样一个傻瓜。那之后我拜读了《四签名》，我可以说，那次历险中的埃瑟尔尼·琼斯，与我所认识的那个人几乎没有多少相似之处。而且我应该说，在苏格兰场里无人可以与他媲美。

靠近火车站的诺森伯兰大道上有好几家旅馆，但它们的名字本身——豪华酒店，维多利亚大酒店，大都会酒店——都无法达到这些词所代表的含义。最终我在泰晤士河河堤上，靠近桥的地方找到了一家旅馆……事实上因为太靠近桥，每次火车开过，整个旅馆都会轰隆隆地响。赫克瑟姆旅馆脏乱不堪，而且还摇摇欲坠。地毯破破烂烂，吊灯侧歪一边。但床单倒是干净的，住一晚只要花两先令，而且当我把窗户上的灰尘擦去后，我高兴地看到了泰晤士河，一艘运煤船正慢悠悠地驶过河面。我一个人在旅馆的餐厅吃了晚饭，不过还有一个生气的女用人和一个闷闷不乐的杂役，然后坐在我的房间里看书一直到午夜，最终我进入了不安稳的睡眠。

琼斯督察和我约好了第二天的十二点，在摄政街的皇家咖啡厅外碰头，比原先约定的时间提前了整整一个小时。经过反复考虑——毕竟我们已经一起在火车上待了三十个小时—— 我们已经制订了一个似乎能涵盖所有可能发生情况的计划。我会戴上一朵红色郁金香冒充莫里亚蒂，而琼斯将坐到一张附近的桌子边，近到足以听清楚我们的任何谈话。我们俩都认为克拉伦斯·德弗罗亲自出马是极不可能的。因为除了这会让他冒着不必要的风险暴露于危险之中，他还有广场恐惧症的问题，所以即使是坐在一个封闭的车厢里来摄政街，对他来说也极不现实。他一定会派一个同伙来，而此人会以为将看到莫里亚蒂一个人。那么接下来呢？有三种可能性。

我有希望和某人碰面，而此人会把我护送到德弗罗住的房子或是下榻的酒店。这种情形下，琼斯会悄悄地跟在后面以确保我的安全，当然也会记下德弗罗的地址。另一种情况，德弗罗的同党可能知道莫里亚蒂的长相。他会一眼看出来我是个冒牌货，然后悄悄走开。在这种情形下，琼斯就溜出餐厅跟踪他到他来的地方，这样至少可能会给我们一条找到德弗罗的线索。最后还有一种可能，就是压根没人来。然而，莫里亚蒂从莱辛巴赫瀑布生还的消息已经被伦敦的报纸大肆报道过了，我们有充分的理由希望德弗罗会假定他还活着。我从车站外的鲜花摊上买了一朵红色郁金香，当我走向位于城市中心的皇家咖啡厅时，我已经戴着它了。也许芝加哥有斯泰特购物街，纽约有奢华的百老汇，但我敢说它们都一点也赶不上摄政街的优雅和迷人，此地空气清新，外观漂亮又不失古典。川流不息的马车从两个方向滚滚而来，又绕过马路的弯道疾驰而去。人行道上挤满了逛街的人和孩子，英国绅士和外国游客，但更多的是穿得光鲜亮丽的女士们，陪同的仆人们则在她们所采购的诸多物品的重负下挣扎着。那么她们到底买了什么？我走过的窗口展示着香水、手套和珠宝、香草巧克力和镀金的钟表。你能在这里找到的一切似乎没有不贵的，却又很少是真正需要的。

琼斯正等着我，他身着套装，一如既往地倚在手杖上。“你找到旅馆了？”他问。我给了他旅馆的名字和地址。“找到这地方你没费什么功夫吧？”

“只要走很短一段路，他们给了我非常明确的方向。”

“好。”

琼斯疑惑地朝皇家咖啡厅的方向看了一眼。“这是一个漂亮的聚会场所，”他喃喃地说，“我甚至不知道我们的老兄怎么找到你。至少跟踪他而不被发觉会很困难。”

他说得有道理。即便是咖啡厅在摄政街的入口处——三根柱子后面就有三扇门——就能提供太多的出入通道，而当我们走进去，我们也搞不清楚会面的地方，因为这建筑到处布满了走廊和楼梯、酒吧、餐厅和会议室——其中一些被带镜子的屏风所阻挡，其他部分则被大量摆设的鲜花所掩藏。似乎伦敦一半的人都聚集到这里来吃午饭了，这对我们的任务也没有帮助。我从来没见过这么多有钱人聚在一起。克拉伦斯·德弗罗和他的整个团伙可能已经在那里计划他们的下一次谋杀，又或是对英格兰银行的一次武装袭击，我们可认不出他们。如此嘈杂的环境中，我们也没办法听见他们说什么。

我们在一楼选了家咖啡店，这家店有着高高的天花板和明亮公开的氛围，似乎是最适合两个陌生人会面的地方。这是一间漂亮的屋子，里头有天蓝色柱子和金色的装饰，到处都挂着大礼帽和小礼帽，人们聚集在大理石桌旁，穿着黑色燕尾服和白色长围裙的侍者像马戏团演员一样奋力挤来挤去，装满食物的托盘几乎像是在他们的肩头上漂浮。我们设法找到两张并排的桌子。我和琼斯自从进门后就不再交谈。任何看到我们的人都会觉得，我们两个都不知道彼此的存在。我要了一小杯红酒。与此同时，琼斯已经拿出了一张法国报纸，并且向服务员要了一杯茶。

我们并排坐着，互不理睬，看着远处墙上时钟的分针爬升得越来越高。我能感觉到随着时间的临近，督察越来越紧张。他早已自认我们要失望，我们匆匆横穿整个欧洲大陆也于事无补。但是就在一点钟整，我看到一个身影出现在门口，透过人群仔细地看着屋里。在我身边的琼斯身体紧绷，他的双眼——总那么严肃——突然变得警觉起来。

新来的是一个十四岁左右的孩子，穿得很漂亮，身着送电报男孩鲜亮的蓝色外套，戴着军帽。他看起来有些拘束，好像不习惯被迫穿上的衣服，而且那衣服肯定不太合身，制服又瘦又紧，而他的身材正好完全相反。事实上，他胖胖的肚子，短短的双腿和圆圆的脸颊让我联想到，他和装饰我们这间屋子的小爱神丘比特是何其相似。

他看到我——或者更确切地说，看到了我插在外套上的郁金香——目光一闪认出了我，就开始穿越人群。他来到我面前，没取得我的同意就在我对面坐下来，跷起了二郎腿。这动作本身就显示出一副傲慢的做派，就他的身份而言颇不得体的——他来到了眼前，就可以很明显看出来他从未在电报局工作过。他太老练了。他的眼睛湿润而又空洞，仿佛从来只看邪恶的东西，其中有某种非常奇怪的眼光。同时，他的睫毛很好看，牙齿洁白，嘴唇饱满，整体看来他既非常美貌，同时也异常丑陋。

“你在等人吗？”他问。他的嗓音沙哑，几乎像成年男子的声音。

“也许吧。”我回答。

“郁金香不错。先生，我得说这可不是天天都能看到的。”

“一朵红色郁金香，”我赞同道，“对你而言，它有什么含义吗？”

“可能有，也可能没有。”

他陷入沉默。

“你叫什么名字？”我问道。

“我需要名字吗？”他顽皮地冲我眨眨眼。“我不会说有这个必要，先生。如果一个人不想被人认识，名字又有什么用。但我告诉你，如果你想叫我什么的话，你可以叫我佩里。”

琼斯督察还在假装看他的报纸，但我知道这儿说的每一个字他都在听着。他把报纸放低了一点，以便能从上面偷看过来，与此同时他的脸一片茫然，表现出没有任何兴趣的样子。

“好吧，佩里，”我说，“我正在等着和人见面，但我可以毫无疑问地说这个人不是你。”

“先生，我当然不是，我的工作是带你去见他，但首先我得肯定你就是你自称的那个人。当然了，你有郁金香。但你有我主人给你的那封信吗？”

我的确带着那封残破的密码信。是琼斯提醒我，说我可能会被要求出示它，所以我随身带着。我把它取出来放在桌上。

男孩只是瞄了它一眼。“你就是那个教授？”他问。

“是我。”我说，把声音压得很低。

“莫里亚蒂教授？”

“是的。”

“没被淹死在莱辛巴赫瀑布里？”

“你干吗要问这些愚蠢的问题？”这一定是真莫里亚蒂会说的

话。“是你的主人安排了这次会面。如果你坚持要浪费我的时间，我保证你一定会承担严重的后果。”

可是男孩并没有被吓倒。“那你告诉我，伦敦塔里飞出去了多少只乌鸦？”

“什么？”

“乌鸦，伦敦塔，多少只？”

这是我们最害怕遇到的一种可能情况。我们在漫长的火车旅途中反复考虑我们的计划时，琼斯和我讨论过会有接头暗号的可能性。克拉伦斯·德弗罗和詹姆斯·莫里亚蒂教授这两名重量级的罪犯在确信自身的安全之前，是不会把自己送到对方的门上的。所以这才是最后的预防措施——交换接头暗语，这肯定是在另外的通信中商定的。

我挥手打发了这个问题。“别玩这些愚蠢的游戏了，”我说，“我可是远道而来会见克拉伦斯·德弗罗的。你知道我在说谁。别装了！我从你眼里都看出来了。”

“先生，你错了。我从来没有听过这个名字。”

“那你为什么到这里来？你认得我。你知道那封信。不用假装别的什么了。”

那男孩突然急着离开。只见他瞄了一眼门口，片刻之后他离开桌子站了起来。但不等他动，我就一把抓住他的手臂，让他动弹不得。

“告诉我在哪里可以找到他。”我说。我刻意压低声音，因为我意识到周围其他的食客正开始午餐，他们有的正呷着咖啡和酒，有的正在点菜，又或者正聊得起劲。埃瑟尔尼·琼斯仍旧坐在他的桌子边，离我虽然近，却又是完全分开的。屋子里没人注意到我们。那一刻，单单我们在上演一出小小的好戏。

"没必要发火嘛，先生。"佩里的声音也很小，但却很难听，充满了威胁。

"在你告诉我我想知道的事情之前，我是不会让你走的。"

"你弄疼我了！"泪水从他的眼中涌了出来，仿佛在提醒我，他毕竟只是一个孩子。可是那时，即使我只是犹豫了一下子，他便在我的手掌中扭了扭，突然我感觉到有什么东西抵住了我的脖子。我无法想象他是如何设法只用一只手做到这点的，但是我能感觉到它正在切开我的皮肤，虽然他几乎没有用多少力。我低下头，看到了他从外套的某处取出来的那件武器。这真是个可怕的玩意儿——一把黑色手柄的手术刀，刀刃至少有五英寸长。他小心地拿着，这样只有他和我可以看见它，虽然邻桌的那位先生可能也看到了，要不是他莫名其妙地回过头去看他的法文报纸，他肯定能看到。

"放开我，"男孩嘘声说，"上帝作证，我会干净利落地割开你的喉咙，就在这里，现在，没错，还会把所有这些好人们在进餐中赶走。我以前这么干的时候，看见血飙到七英寸高。血一定会猛地喷出来。这种事情你可不会希望发生在一所豪华时髦的房子里头。"他的手往下按了按，我感到脖子一侧有一行血正慢慢流下来。

"你正在犯一个错误，"我悄声道，"我是莫里亚蒂……"

"先生，不要再说笑玩游戏了。那些乌鸦已经让你露馅了。我数到三……"

"不需要这样！"

"一——"

"我跟你说……"

"二——"

他没能数到三。我放开了他。他是个恶魔般的孩子，他很明确地表达了哪怕是在公共场合，他也乐意来一场谋杀。与此同时，尽管琼斯一定看到了发生的事情，他却什么都没做。难道他为了达到自己的目的，竟然会袖手旁观，让那男孩在光天化日下把我杀了？男孩在人群中左右穿梭，匆匆离去。我抓起一块餐巾，按在脖子上。当我再次抬起头时，琼斯正起身离开。

"一切都还好吗，先生？"一个侍者像变魔术似的不知从哪里冒了出来，他满脸戒备地徘徊在我身边。

我拿开餐巾，看到餐巾上有一抹鲜红的血迹。"没事，"我说，"一点小意外。"

我匆匆走向门口，当我来到大街上时已经太迟了。琼斯督察和那个自称佩里的男孩都已踪影全无。

第六章

布雷德斯顿公馆

我没再见到琼斯，直到第二天他神色紧张地匆匆走进我的旅馆，一如我见证他破译死者口袋里那封密信时一般。他到达旅馆，在我对面坐下时，我刚吃完早饭。

“你就住在这儿，蔡斯？”他看了看四周破旧的壁纸，还有几张摆在踩踏过度的地毯上的靠得很近的桌子。我半个晚上都让一个痛苦地咳嗽的家伙搞得睡不着觉，不知道为什么他被安排住在我隔壁的房间。我还期待着能在早饭时候看到他，但是到目前为止他还没有现身。除了这位神秘的客人，我就是赫克瑟姆旅馆唯一的客人了，老实说我对此一点都不奇怪。它可不是贝德尔克旅行指南或是默里游记会推荐的那类住所……除非是不得已而为之。因此，早餐餐厅里就只有我们俩。“嗯，我觉得这里够不错了。当然比不上克拉伦登酒店，但我们的事进展顺利，如果运气好的话，要不了几个星期你就能回纽约了。”他把手杖靠在桌子边上，突然关心起我来。“我确信你没受伤。我看到那男孩拿出刀，而我不知道该做什么。”

“你可以制止他。”

“把我们俩都暴露？从他的样子来看，他可不是那种会屈服于压力的人。如果逮捕他，我们就会一无所获。”

我用手指划过佩里在我脖子上留下的痕迹。“这可是紧贴着割出来的刀痕，”我说，“他能割开我的喉咙。”

“请原谅我，我的朋友。我得做出一个判断，当时我来不及想。”

“好吧，我觉得你采取了最佳的应对方式。但是督察，你现在明白了我想告诉你的事情。这些都是邪恶之徒，他们完全不会感到不安。一个不过十四岁的孩子啊！而且就在一家座无虚席的饭店里！真是不能想象！幸好他没伤到我。更重要的问题是，他有没有带你找到克拉伦斯·德弗罗？”

“不，没有找到德弗罗。我可以告诉你，这真是横穿整个伦敦的一次跟踪。从摄政街一路追到牛津广场，然后又向东到托特纳姆法院路。我们很幸运，他穿了一件鲜亮的蓝外套，否则我会在人群中跟丢他。我得保持一定的距离，幸好我这么做了，因为他好几次回过头来看，确保自己没被跟踪。他爬上了一辆公共马车，坐到了马车顶上的座位上，这时我正好看见他。”

“他没坐进马车里，是你又走运了。”

“也许是吧。我立刻叫了一辆同向的两轮马车继续跟踪。我得说我很高兴不用步行太远，特别是当我们开始往上爬向北郊去时。”

“那个男孩去了那里吗？”

“的确如此。佩里——假如这就是他的名字——把我一路带到阿奇韦酒馆，从那里他搭上有轨电车一直到海格特村。我一路跟随，他在前车厢，我在后车厢。”

“然后呢？”

“嗯，从有轨电车下来之后，我跟着男孩沿默顿巷往回朝山下走了一小段路。我得承认，到那里后的所见让我有些吃惊，你们那位探员乔纳森·皮尔格雷姆的尸体不正是在这里被发现的吗？不管怎么说，他继续走直到走进南安普敦庄园边，一座完全被高墙包围的房子里，也就是在这里，我终于跟丢了他。接近目的地时，他加快了脚步。蔡斯，你应该已经看出来了，我的健康状况欠佳，当我看到那个男孩消失在墙后的时候，我还离着好长一段距离。我急忙向前赶去，而当我拐过墙角的时候，他已经不见了。实际上我并没有看到他进屋，但这仍然是毫无疑问的。后面是一片空地和几丛灌木。那里没有他的踪迹。附近坐落着几处民居，但如果他是去了其中任何一家，我都肯定能在他穿过空地时看见他。不会的。他一定是进了布雷德斯顿公馆，后面墙上有一扇门，他肯定是从那里进去的。门是锁着的。

“布雷德斯顿公馆不是一个特别友善的地方，依我的看法，是它的住户们把它变成这样的。一面装有金属尖刺的墙围着它。每扇窗的外面都装着栏杆。花园的门上有一把丘伯牌的专利锁，只有最老练的窃贼才能撬开这种锁。那个男孩会再出来吗？我退后一段距离，并且用了一样我一直觉得有用的装备继续观察……”他指了指手杖，我第一次看见早先我注意过的那个复杂奇怪的银质手柄可以打开，变成一副双筒望远镜。“没有佩里的踪迹，这让我得出结论，他应该不会又是去送信了。他肯定是住在那儿。”

“你没进去吗？”

“我很想进去。”琼斯微笑道，“可是在我看来，我们应该共同进退。这案子不单是我的，同样也是你的。”

“你想得很周到。”

“不过我也没闲着，”他继续说，“我做了些调查，觉得你会感兴趣的。布雷德斯顿公馆是去年过世的出版商乔治·布雷德斯顿的产业。他的家人没有嫌疑。因为六个月前，他们就把房子租给了一个叫斯科特·拉韦尔的美国商人。”

“斯科奇·拉韦尔！”我惊叫道。

“是同一个人。毫无疑问这就是你说过的德弗罗的那个副手。”

“德弗罗本人呢？”

“拉韦尔能领我们找到他。我看你已经吃完早饭了，我们是不是可以马上出发？蔡斯，游戏在进行中了。”

我不需要更多鼓励的话语，我俩一起沿着佩里那孩子前一天为我们定下的那同一条路线，穿过城市的中心地带一直来到郊区，最终我们坐上有轨缆车，它毫不费力地拉着我们上了山。

“这真是一样了不起的装置。”我惊叹道。

“真遗憾我不能带你去这一带其他地方瞧瞧。就在附近，从希斯过去，有些不错的风景。海格特从前是一个很有特色的村庄，可我担心它已经失去了许多魅力。”

“自打斯科奇·拉韦尔来了，就成这样了，”我说，“在对付完他和他的朋友之后，我们会更享受这座城市。”

我们来到了公馆，它正和琼斯描述的一样，而且是更恐怖、更坚定地和外面的世界保持着距离。这不是一栋好看的建筑，高度超过了宽度，由暗灰色的砖块砌成，它不大适合乡村，而更适合城市。其建筑样式是哥特式的，前门前方有一个精巧的拱道，尖顶窗上覆盖着花格窗棂，怪兽状的滴水嘴，还有其他许多装饰。琼斯关于它保安措施的说法肯定是没错的。大门、铁刺、栏杆、百叶窗……上一次我看到像这样的建筑，是一座监狱。任何一位不速之客，或者更确切地说是夜贼，都会发现不可能进得去，但那时我已经了解了这些人，所以一点也不意外。

我们甚至无法走近前门，因为前面的围墙上有一扇装饰华丽的金属大门，把入口和街道隔开来，这扇大门也是锁着的。琼斯按响了门铃。

“有人在吗？”我问道。

“我看见窗户后面有人走动，”他回答道，“我们正在被监视。他们这里一定是些疑神疑鬼的人。啊，有人来了……”

一个穿着一身黑衣的仆人朝我们走来，他迈着如此悲伤的脚步，可能就要向我们宣布，因为房子的主人过世了，所以概不接待访客。他走到大门口，从栏杆的另一边朝我们说话。

“我能帮你吗？”

“我们来见拉韦尔先生。”琼斯说。

“恐怕拉韦尔先生今天不见客。”仆人回复说。

“我是苏格兰场的琼斯督察，”琼斯回答道，“他肯定会见我的。而且你如果不在五秒钟之内打开这扇门，你就会被关回纽格特监狱，那才是你该待的地方，克莱顿。”

那个仆人惊讶地抬起头，他靠得更近了一些，仔细地审视着我的伙伴。“琼斯先生！”他惊叫起来，声音都不一样了。“天啊，先生。我没认出您来。”

“哼，每张脸我都过目不忘，克莱顿，看到你的脸可没什么让我高兴的。”在那仆人笨手笨脚地从口袋里掏出钥匙打开大门时，琼斯转向我低声说道:“上次我抓到他偷鸡摸狗,让他蹲了六个月监狱。看起来拉韦尔先生对他的同伴并不怎么挑剔。”

克莱顿打开大门,带着我们走进房里,他每走一步都在尽力恢复镇静。“关于你的新主人,你能告诉我们什么?”琼斯盘问他道。

“先生,我什么也告诉不了您。他是一位美国绅士。他很注重隐私。”

“肯定的。你为他工作多久了?”

“从1月份开始。”

“我猜他没有要证明文书。”我嘀咕了一句。

“我去告诉拉韦尔先生您在这里。”克莱顿说。

他将我们独自留在一个巨大阴暗的门厅里,周围的墙壁在我们头顶高耸着,墙上镶着那种最灰暗的木板。一段没铺地毯的大楼梯向上通到二楼,那是一条长廊式、四面开放的走道,这样从楼上许多门口中的任何一个,我们都能无从察觉地被监视到。甚至墙上的画都是阴暗而又凄惨的——都是些冰冻的湖泊和光秃秃的树木这样的冬天场景。两把木椅被放置在壁炉的两边,但很难想象,在这阴暗的地方会有人愿意坐这两把椅子,哪怕只是坐一小会儿。

克莱顿回来了。“拉韦尔先生会在他的书房见你们。”

我们被带到一间满是书籍的房间里,这些书从未有人读过——它们看起来陈旧霉烂,似乎从未被关爱过。我们进去的时候,有个男人从一张巨大的詹姆斯一世风格的书桌后瞪着我们,有一阵子,我都觉得他要袭击我们了。他的外表像个职业拳击手,虽然他并没有穿成那样。他脑袋光秃秃的,长着一个朝天鼻,两只很小的眼睛深陷在脸上。他身穿图案醒目、紧贴在身上的套装,两手的每根手指上几乎都戴着戒指，花丽胡哨的宝石互相磕碰。单是一件或许还能让人接受，但总体效果花哨俗气，奇怪地令人不快。他脖子上的褶皱，隆起而挤作一堆，就要钻进他的衣领。我立刻确信就是这个人。他就是斯科奇·拉韦尔。第一次和他见面是在纽约万里之外的一所郊外房子里，这种感觉似乎挺奇怪。

桌子的对面有两把椅子，虽然他没有邀请，我们还是坐下了。这至少表达了我们留下的决心。

"这都是怎么回事？"他问，"苏格兰场的琼斯督察？你来这儿做什么？你想要什么？我对你没什么可说的。"他注意到了我。"和你一起来的是谁？"

"我的名字是弗雷德里克·蔡斯，"我回答，"我来自纽约的平克顿。"

"平克顿侦探事务所！一个流浪汉和背后捅刀子人的大杂烩。我得跑多远才能躲开他们？"他说的是曼哈顿下城区街头的粗鄙土话。"这儿没有平克顿侦探事务所，这是在我的窝里，我不和你说话，多谢你了。"他转向琼斯。"你说是苏格兰场！我和你也没什么瓜葛。我没做过什么错事。"

"我们在寻找你的一位同伴，"琼斯解释道，"这个人叫克拉伦斯·德弗罗。"

"我不知道这个名字。从来没听说过。他不是我的同伴。他对我什么都不是。"拉韦尔那双好斗的小眼睛瞪着我们，向琼斯挑衅。

"你不是和他一起来英国的吗？"

"你没听到我说的吗？我怎么会和我从未见过的人一起旅行？"

"你的口音告诉我，你来自美国，"琼斯试着说，"你能告诉我，你为什么来英国吗？”

“我能告诉你？也许我能——但是我不知道我究竟为什么要这么做。”他用一根手指朝我们戳了戳。“好吧，好吧。我是公司发起人。那可没什么错！我筹集资金。我提供投资的机会。如果你要买肥皂、蜡烛、鞋带的股票，或者不管你要什么……我就是你要找的人。也许我可以让你有兴趣做一份投资，琼斯先生？或者是你，平克顿先生？投资萨克拉门托一个不错的小金矿。又或者是威尔米萨的煤和铁。你们将得到的回报，会好过一个小执法官的薪水，我能向你们保证。”

拉韦尔在戏弄我们。我们都知道他和德弗罗关系的真相，他也很清楚这一点。但是没有任何计划中或是已经犯下的犯罪证据，我们几乎做不了什么。

琼斯督察做了第二次尝试。“昨天我跟着一个年轻人——一个孩子——到了这公馆。他一头金发，穿送电报人的制服。你见到他了吗？”

“为什么我会见他？”拉韦尔讥笑道，“我也许收到了一封电报，也许没有。我不知道。你得去问克莱顿。”

“我看见那孩子走进公馆。他并没有离开。”

“坐在那里和你的私家侦探在一起，对吗？打量我？哼，这里没有告密者，不管是送电报的还是别的。”

“谁住在这里？”

“和你有什么关系？我为什么要告诉你？我已经说过了。我是一个受人尊敬的商人。你可以去公使馆问我的事，为什么不呢？他们会为我作证。”

“拉韦尔先生，如果你不愿意协助我们，我可以带一份搜查令和一群警官再回来。如果你就是你说的那样，那你就会回答我的问题。”

拉韦尔打了个哈欠，挠了挠脖子后面。他仍然怒视着我们，但是我看得出来他已经权衡了各种选择，明白除了满足我们的要求之外别无他路。“我们有五个人，”他说，“不，有六个。我自己，我的女人，克莱顿，厨师，女用人，还有个厨房杂工。”

“你说这里没有孩子。”

“他不是孩子了。他已经十九了。他有一头姜黄色头发。”

“我们还是想见他，”我插话道，“他在哪儿？”

“你觉得在哪里能找到一个厨房里打杂的？”拉韦尔吼了起来。“他在厨房里。”他一只手的手指敲击桌面，使镶着宝石的戒指抖动了起来。“我来给你们把他叫来。”

“我们自己去找他。”我说。

“想要到处嗅嗅吧，是不是？很好。但完事后你们就得赶紧开路。我说，你们没理由待在这里，而且我已经受够了你们俩。”

他从桌子后面站起身，这动作让我想起一个游泳的人冲破海面的样子。他把自己显露在我们眼前，因为有巨大的桌子衬托着他，他的身体好像缩小了。与此同时，在我看来，他那火红颜色的紧身外套，加上那许多珠宝，也让他显得更小了。

他已经朝门边走去。“这边！”他喝道。

我和琼斯两个人跟上，就像为了这公馆里一份卑微工作的两个求职者刚被面试完一样。我们再次穿过门厅，这次我们遇上了一个从楼梯上下来的女人，比拉韦尔年轻得多，而且就像他一样，衣着奢侈，深红色丝绸衣服紧紧地包裹着她丰满的身体。她的领口低到足以在波士顿的街头引发一场骚动，她的胳膊也露在外面。一串钻石——我看不出真假——挂在她的脖子上。

“斯科奇，这是谁啊？”她问。她有着布朗克斯[①]的口音。即便隔着一段距离，我还是能闻到她身上肥皂和薰衣草香水的味道。

“不是谁。”拉韦尔呵斥道，毫无疑问拉韦尔恼火了，因为这女人出卖了他，她用的名字是我和全美许多执法者所熟知的。

“我一直在等你。”她嘀咕说，听起来就像是一个女生不情愿地被拽去上课。“你说过我们要出去的……”

“闭上臭嘴，让你的烂舌头歇歇吧。”

“斯科奇？”

“上楼去等着我，亨儿。我准备好了就告诉你。”

那女人噘着嘴拎起裙子，转身从原路跑上楼。

“你妻子？”琼斯问道。

“露水夫妻。关你什么事吗？我是在一家窑子里遇到她的，我旅行时就带着她。这边走——”

他带着我们穿过门厅，从一个门口进到厨房，这是一个洞穴般幽暗的房间，里面有三个人正忙着。克莱顿已经把餐具摆开，正在擦拭，每一件都得到了最细致的呵护。厨房杂工是个有着姜黄色头发、瘦高个、满脸雀斑的小伙子，和佩里一点也不像，他正坐在后厨剥果菜皮。一个灰头发、围着围裙、一脸严肃的女人，正在搅拌炉灶上的一口大锅，整个房间里都是咖喱的味道。厨房里所有的地方都被擦洗得干干净净。地面上黑白瓷砖洁净无瑕。两扇大窗和镶嵌玻璃的门朝向外面的花园带进来自然光线，即便如此，我还是感觉这是一个阴暗的地方。一如这公馆里的其他地方，窗户上都有栏杆，门上了锁。

① 布朗克斯：位于纽约市北部的一个行政区。

这容易让人相信，这些人是被违心地扣押在此的。

我们进去时，他们都停下了手中的活计。那个厨房杂工站了起来。拉韦尔站在门口，他宽阔的双肩几乎碰到了门框。“这几个人想和你聊聊。”他咕哝道，就像是无需解释似的。

“谢谢，拉韦尔先生，”我说，“因为我们都知道你忙，我们就不请你留下了。完事以后克莱顿可以带我们出去。”

他对此不怎么乐意，但不管怎么样他还是离开了。琼斯什么都没说，但我看得出他吃惊于我竟用这样的方式支开拉韦尔，我觉察到也许我有点儿操之过急了。然而，这也是我调查的案子，尽管我对琼斯十分尊重，我当然有权力让他体会到我的存在。

“我是埃瑟尔尼·琼斯督察，”我的同伴开始说话，“我正在调查一个名叫克拉伦斯·德弗罗的男人。你们对这个名字有什么要说的吗？”

没人开口。

“就在昨天下午两点刚过，我看到有一个男孩进了这公馆。我从摄政街一直跟踪他到此。他穿一件亮蓝色的外套，戴军帽。我看到那条小路直通这间屋子。他进来时，你们有人在屋子里吗？”

“我整个下午都在这儿，”那厨师咕哝道，“就我和托马斯，我们没看到其他人。”

托马斯就是那个厨房杂工，点点头表示认同。

“那时候你在干什么？”我问。

她傲慢地看着我说：“做饭！”

“做午饭还是晚饭？”

“都做！”

“那么你现在做什么饭？”

“拉韦尔先生和太太今天要出门。这是给晚上准备的。那些蔬菜嘛……”她朝托马斯点点头。“……是为明天准备的。接下来我们就要开始为后天的饭菜做准备了！”

“没人来过公馆，”克莱顿插话道，“如果他们按了门铃，我会去应门的。而且我们这里没多少访客。拉韦尔先生不鼓励他们来访。”

“那男孩没走前门，”我说，“他从花园的门进来的。”

“那不可能，”克莱顿说，“那扇门两边都锁着。”

“我想要看看。”

“为什么呢？”

“克莱顿，我觉得你不该问问题。照我说的做就是了。”

“好的，先生。”

他放下正在擦拭的餐叉，笨拙地朝餐具柜挪去，那个柜子是一件超大的家具，占据了一整面墙。我注意到它有一个面板，十多把钥匙贴着它挂着，克莱顿从中小心地挑选出一把，用它打开厨房的门，然后又在另一把复杂的锁头里拧了一下，看来公馆的安全都靠这些锁了。我们三个人——我，琼斯，还有克莱顿——走进花园。一条蜿蜒曲折的小路一直通到后面的木头大门，小路的两旁是草坪和花床。我怀疑这些都是房子的前任主人种下的，因为曾经是既整齐又对称的花草已然呈现出荒废的样子。我打头，克莱顿紧随我，琼斯在后面蹒跚而行。就这样我们来到了那扇我们从外面观察过的门前，除了那把丘伯牌锁之外，门上还有一个金属门扣，里头有第二把锁，把门固定在门框上。翻墙会很困难，因为墙头上遍布尖锐的铁刺，而且，屋子里对这里能够一览无余。也不曾有人从墙上跳下来过，因为那样他们肯定会在草坪上留下足迹。

“你有这把锁的钥匙吗？”琼斯指着金属门扣问。

“钥匙在屋子里，”克莱顿回答道，“琼斯先生，不管您和另外这位先生会怎么说，这扇门从来没用过。我们在公馆里都很小心。除非是走前门，否则没人能进来，而且钥匙也都被保管在安全的地方。”他停顿了一下。“您想让我打开门吗？”

“两把锁——里头一把，外头一把。我可以说，这两把锁都是最近才加上的。你的雇主害怕什么？”我问道。

“拉韦尔先生不向我说他的事情。”克莱顿讥笑我说，“看够了吗？”我想他是故意用傲慢的态度对待我。虽然他过去曾经遇到过埃瑟尔尼·琼斯，可他对我一无所惧。

“我不会告诉你我看到还是没看到什么。”我回答。可他是对的。我们没理由再在这儿待下去了。

我们回到厨房。我再一次第一个走了进去，看到厨师和杂工已经回到他们的工作岗位上，就好像他们已经忘记我们来过。托马斯正在后厨，那个老女人也和他在一起，她正从架子上一个一个地挑选洋葱，好似怀疑洋葱是假的一样。最终琼斯也到了，那仆人在他身后又一次地把门锁上，并把钥匙放回原处。很明显我们已经没什么可说了。也许我们可以要求搜查公馆，来找出那个消失了的送电报男孩，但那又能怎样呢？这样一处地方能有数以百计的藏身之所，也许还有暗门。琼斯朝克莱顿点点头，我们就离开了。

“我觉得那男孩没来公馆。”当我们又一次站在前门的另一边时，我对琼斯说。

“你凭什么确信这点？”

“我搜查了花园门的四周，没有脚印，不管是大人的还是小孩的都没有。而且他不可能从外面把门打开，因为里头有个金属门扣。”

“我亲眼所见，蔡斯。我同意，从证据来看，男孩似乎不可能进得来。当然，除非有人等着他来，把门扣预先打开了。想想吧。我跟踪他，他在不知情的情况下把我直接带到了斯科奇·拉韦尔的公馆，而这个人你熟悉，还是克拉伦斯·德弗罗已知的同伙。那男孩一定是来自这里了，要么德弗罗本人就住在这附近，正像我告诉过你的，他不可能去其他地方。当所有的证据都指向唯一可能的结论，不管看起来多么不可能，真相是我们都不能够忽视的。我相信那男孩进了公馆，而我相信他也许还在那里。”

“那么我们接下来该怎么办？”

“我们要取得正当的授权，然后回来进行一次彻底的搜查。”

“如果男孩知道我们在找他，他会离开的。”

“也许是这样，但我想和他的那个女人谈谈。亨丽埃塔——这是她的名字吗？也许比起拉韦尔来，她更害怕警察。至于克莱顿，也许一时半会儿他还不敢开口，但是相信我，蔡斯，我会让他看清形势的。在这间公馆里有些东西会引导我们到下一步。”

“直到找到克拉伦斯·德弗罗！”

“完全正确。如果这两个人之间在联络——他们一定会的——我们就可以找出他们之间的关联。”

我们就这样回去了，就在第二天，它就发生了——并不是琼斯所预期的搜查。当太阳再一次照耀在海格特山上的时候，布雷德斯顿公馆已经成为了一处异常可怕，并且绝对令人困惑的案发现场。

第七章
血与阴影

第二天早上，女佣发现了尸体，然后尖叫吵醒了邻居。与她的雇主所告诉我们的相反，玛丽·斯塔格小姐不住在公馆里，正是这个简单的原因她才没有死在那里。玛丽和姐姐同住在一所继承自她们父母的小农舍里，她姐姐也在海格特村子里做用人。我们去布雷德斯顿公馆的时候她不在那里。那天正好是她的休息日，就和姐姐一起去购物了。第二天早上太阳升起的时候，她才过来清理炉灶并帮着准备早饭，她发现大门和公馆的前门都开着而感到很困惑。如此不寻常的安保失误本应该让她感到警惕，一定有什么事很不对劲，但她继续前行，无疑还哼了一支小曲，结果却遇见了让她毕生难忘的恐怖一幕。

当我走下接我过来的马车时，甚至连我也不得不坚定一下决心。埃瑟尔尼·琼斯正在门口等我，一看他的脸色——苍白中带着厌恶——就足以警告我这是一个恐怖的场景，即便以他所有的经历也是前所未见的。

“蔡斯，我们是发现了一个什么样的疯人院啊？”他看见我时问道，“想想就在昨天我们还来过这里。是不是我们的到访无意中引发了这场屠杀？”

“拉韦尔……？”我问。

“他们所有人！克莱顿，姜黄头发的男孩，厨师，那个情妇……他们全都被谋杀了。”

“怎么被杀的？”

“你会看到的。其中四个死在床上。也许他们得庆幸。可是拉韦尔……”他深吸了一口气。“这就和宾奇街抑或是飞燕花园[1]那个案子一样糟糕……糟糕透顶。”

我们一起走进公馆。里头有七八个警官，他们默默地在阴影中蹑手蹑脚走动着，就像他们希望自己能离开。我第一次进来时似乎就显得昏暗的门厅，变得愈加昏暗了，空气中有股重重的肉店味道。我开始注意到苍蝇飞过的嗡嗡声，与此同时，我看到地板上厚厚的一摊沥青似的东西。

“上帝啊！”我一边惊叫，一边用手遮住我的双眼。半遮双眼的同时又忍不住盯着展现在眼前的景象。

斯科奇·拉韦尔坐在昨天我曾注意过的一把沉重的木头椅子中，椅子显然是为了让他坐着而被拉到了前面。

他穿着长至脚踝的丝绸睡衣，光着脚。他被放置在面朝镜子的位置。无论是谁这么做，都是要他看到接下来发生的事。

他不是被绑在椅子上，而是被钉在那里。一块块参差不齐的金

---

① 宾奇街、飞燕花园和后文中出现的白教堂一样，都是著名的“开膛手杰克”制造的未解悬案中的地名。

属从他烂掉的手背上突出来，即便他已经死了，双手仍紧紧抓在椅子扶手上，似乎铁了心决不放手。用来实施这项恶行的榔头就扔在壁炉前。我注意到附近有两条鲜艳的带子，肯定是从卧室带下来的，它们也散落在地板上。

斯科奇·拉韦尔的喉咙被凶狠利索地一刀割开，让我忍不住回想起在皇家咖啡厅里，佩里那么轻松地用来威胁过我的外科手术刀。我在想琼斯是否也已经得出了这同样的、不可避免的结论。难道这起令人毛骨悚然的谋杀，竟是一个孩子所为……虽然不是一个人单独作案。把拉韦尔拽到这里至少要两个人才行。那么对于屋里所有的其他人呢？

"他们在睡着时被杀的，"琼斯轻声说，就好像看透了我的想法，"那个厨师，厨房杂工，那个名字兴许是叫亨丽埃塔的女人。他们身上没有任何挣扎的痕迹。克莱顿睡在地下室。他的心脏被刺穿了。"

"但是他们没有一个人醒过来吗？"我问，"你是在告诉我，他们什么也没听到？"

"我相信他们被下了药。"

我琢磨着这条信息，甚至就在我说话的工夫，我明白琼斯已经想到我前头了。"那咖喱！"我叫道，"你记得吗，琼斯？我问过那个女人她在做什么菜，她说那是为晚饭准备的。他们肯定都吃了它，不管谁来这里……往里头加些强力迷药是容易的，可能是鸦片粉末。咖喱会把它的味道掩盖过去。"

"但他们必须先到厨房。"琼斯低声说。

"我们应该检查一下门。"

我俩都保持距离绕开尸体，因为血迹和阴影看起来非常相像，而我们得小心在哪里下脚。直到我们到达厨房里相对干净的地方，我们才松了口气。我再一次检查那一尘不染的灶台、铺瓷砖的地面、开着门的后厨，那里整齐地堆放着橱架。在所有这些东西中间，曾经装咖喱的锅子空荡荡地被放在黑暗中，像是个有罪的秘密。那个活下来的女用人正在房间里，她弓着背坐在一把椅子上，正用她的围裙抹眼泪，被两个穿制服的警员看守着。

"这真糟糕，"我说，"非常糟糕。"

"可谁会这么做，为什么呢？这是我们调查的当务之急。"我可以看得出，琼斯被这起谋杀的冷酷无情弄得失了神，正尽力恢复我们同在迈林根时所表现出的镇静，那本是他天性中的重要部分。"我们知道斯科特·拉韦尔——或者斯科奇·拉韦尔——是以克拉伦斯·德弗罗为首的团伙成员。"

"这是无可置疑的。"我说。

"他安排与詹姆斯·莫里亚蒂教授会面，为此他派了一个男孩佩里去皇家咖啡厅。那儿有个人假扮莫里亚蒂，但是扮演失败。男孩知道你不是你所声称的人……"

"……因为塔里多少只乌鸦。"

"所以这事就算完了。男孩经历漫长的行程来到海格特，向派他去的人报告。没有能见面。或许莫里亚蒂到底还是死了。那就是这些人要被引导去相信的事。"

"然后我们出现了。"

"是的，来自两个不同国家的侦探。我们知道那个男孩。我们问问题——可是事实上，蔡斯，我们几乎没有取得进展。我猜想我们离开时，拉韦尔正在微笑。"

“他现在不在笑。”我说，尽管我忍不住想到他喉咙上又长又深的红色切口。那形状像是恶魔的微笑。

“他为什么会被杀？为什么是现在？但这里有我们的第一条线索，告诉我们也许发生了什么的第一个迹象。那门没有上锁。”

埃瑟尔尼·琼斯是对的。那道通往花园，我们眼见克莱顿用橱柜边上的钥匙打开又锁上的门，是开着的。他转开把手，外面是让人庆幸的新鲜空气，我跟着他来到那疏于修整的，我们前一天才穿过的草坪上。

我们一起向墙那边走去，立刻就看到远处的门也开着。丘伯锁被从外面打开。木头上被钻出了一个圆孔，位置正好露出里面的锁。然后这把锁被凿穿，金属门扣被卸掉。琼斯检查了这手工活儿。“丘伯锁看起来没坏，”他说，“如果这是刻意的，那么我们的入侵者的技艺远超过任何普通的或专盗花园的窃贼——涉案的肯定不是这种货色，对此我们可以肯定。他们有可能弄到一把复制的钥匙。我们等着瞧。另一把锁门扣的锁尤其让人感兴趣。你可以看到他们在门上切割出一个洞，也许是用一把双刃或三刃的转柄钻。它只会发出很小的声响。但你看看他们置放钻头的位置！”

“那个洞瞄准了锁。”我说。

“正是这样。这洞的位置精确到英寸。第二钻凿穿了锁壳，把锁心露了出来。这是专业活儿——但是如果入侵者们不站在我们现在的地方，并且仔细记住锁的精确位置，是做不到这点的。”

“可以是公馆内部的人帮助了他们。”

“除了那个女用人，公馆里所有的人都死了。我更倾向于认为他们是自己干的。”

“琼斯督察，你说到了‘入侵者们’。你确定不止一个人吗？”

“毫无疑问。这儿有踪迹。”他用手杖指了指，向下看去，我能辨认出并排的两行足迹，朝墙壁相反方向的公馆走去。“一个男人和一个男孩，”他继续说，“你可以看得出那男孩不太谨慎，他几乎是一路小跑。那男人留下了更深的脚印。他是个高个，至少有六英尺，穿着不寻常的靴子。看到那脚趾的深痕了吗？当男孩跑到前面去的时候，他站住了。”

“男孩之前来过这里。”

“这是事实，从他的大步子可以看出他熟悉周围环境。再注意一下，他是沿着最直接的路线去厨房的。我相信昨晚有月亮，但他不害怕被看到。”

“他知道整座房子的人都睡了。”

“被药迷倒了，在熟睡。还有一个问题，就是他如何进入公馆的，我猜测他是爬上一条雨水管，从楼上进去的。”埃瑟尔尼·琼斯打开了他手杖上的望远镜，用来观察房子的上部。在厨房门边确有一条细细的雨水管，但是它绝不能承受一个成人的体重——也许这就是为什么拉韦尔从来没有认为这是他防御的一个漏洞。但对一个孩子来说这就完全是另一码事了，当他到达了二楼……

“窗户是被插销锁着的，”琼斯继续说，“从窗框里塞进一把刀很容易。然后他就可以从楼梯上下来，打开门让他的帮凶进来。”

“我们说的这个男孩……肯定是同一个人。”我说。

“佩里吗？毫无疑问。”埃瑟尔尼·琼斯放低了他的手杖。“通常我不会把一个孩子和这样可怕的罪行联系起来，但是我和你都见过他。我见过他带着的武器。他来过这儿。我亲自跟踪了他。他走进花园的门，来到厨房里并且看到正在制作的咖喱。一定是在那个时候他做了准备，计划好他和同伙晚上回到这里。但还有一个问题。拉韦尔为什么要对我们撒谎？他们为什么都装作那男孩从没来过这里？是他们派他去和我们见面的。没有其他理由可以解释佩里在皇家咖啡厅的出现。但他独自一人回来以后发生了什么呢？”

“还有，如果他是为拉韦尔工作的，他为什么对他主人翻脸，并且协助对他的谋杀？”

“我希望你或许可以对此给些启发。你在美国的工作……”

“我只能重复我已经告诉你的事情，督察。那个美国罪犯没有辨别力，也没有忠诚感。在克拉伦斯·德弗罗出场之前，他单干独挑，没有组织或是体系。甚至后来，他也依然邪恶、狡诈，且无法预测。纽约发生的案件经常就是与此一样，既血腥又让人难以理解。两兄弟可以因为掷硬币的结果而吵起来，其中一人——或是两人——最终也许死了。两姐妹也一样。你现在明白了吗？我尝试过警告你。布雷德斯顿公馆这里发生的事件只是开头，这是首批毒药进入你们国家血液的警告信号。也许德弗罗对此负有罪责。也许我们对此处的造访——你可以肯定他已经得到消息——足以使他认为拉韦尔必须被禁声。我不知道。这一切都让我感到恶心。但是我害怕在我们查明真相之前，还会有更多的鲜血要流。”

再在花园逗留也不会有所收获了，于是我们勉强再次走进现在已经变成停尸房的房子里。这房子里唯一的幸存者玛丽·斯塔格还在厨房里，但她已经没什么告诉我们的了。

“我曾经为布雷德斯顿先生和太太工作，”她呜咽着解释道，“我老实和你们几位先生说，那时候我要高兴得多。他们是一户好人家。

和他们在一起你知道自己在干什么。但后来布雷德斯顿先生过世了,他们就说会在年初出租这房子,布雷德斯顿太太劝我留下。她说知道这房子有人照看着,这能帮到她。

"但是从一开始我就不喜欢那位美国来的先生。他的脾气邪性,而且你们应该听听他说的话!那可不是一位绅士应该使用的话语。厨师是第一个离开的。她受不了这一切。然后赛克斯先生觉得受够了,然后就由克莱顿先生取代,而我也不怎么喜欢克莱顿先生。我对安妮说——她是我姐姐,先生——我正准备也要提出辞职。而现在这样了!"

"花园的门是不是总锁着?"等女用人恢复平静后琼斯问。

"总是锁着,先生。每扇门,每扇窗户。拉韦尔先生一来这儿就这样,他很在意这个。所有房间都得关上门,上好锁,钥匙放在它们该放的地方。没有人,即便是送报的都没能进过门,除非是克莱顿先生到那里去接他们。布雷德斯顿先生在的时候,我们曾经有过那样棒的晚餐,还有聚会。那时候公馆是一个快乐的地方。可短短几个月时间,拉韦尔先生就把它变成类似监狱的地方了——而他是主要的囚徒,因为他几乎不出门。"

"拉韦尔太太呢?你和她打过什么交道吗?"

女用人退缩了一下,尽管做了努力,她还是没法掩饰在她脸上一闪而过的厌恶之情,那一刻我理解了自从斯科奇及其同伙到来之后,在她的位置上她有多为难。"对不起,先生,我可不确定她就是拉韦尔太太。我们只是叫她'夫人',她也真的是一位合格的夫人。对她来说,没有什么是对的——但她对拉韦尔先生唯命是从。除非拉韦尔先生开口,她从来不出家门。"

"没有访客吗？"

"有两位先生时不时会来。我并不常见到他们。他们人高马大，头发是黑的，除了其中一人留着八字胡之外，他们就像一个豆荚里的豌豆。他们是兄弟，肯定的。"

"利兰·莫特莱克和埃德加·莫特莱克。"我低声说。

"你曾经听说过一个叫克拉伦斯·德弗罗的人吗？"琼斯问。

"没有，先生，但有另外一个他们一直谈起的人，倒不是因为他老来这里，他们说到他的时候会放低声音。我听到过一次他的名字，永远不会忘记。"女用人停了下来，手绢在手里绞着。"我正经过书房，拉韦尔先生在和克莱顿先生说话……至少我是这么觉得。我看不到，也不该偷听。但他们在深入交谈。就在那时候我听到他们的对话。'我们必须要一直防着莫里亚蒂。'拉韦尔先生这么说。我不知道为什么这让我印象那么深刻——就在后来，克莱顿先生拿它对我开玩笑。有一次我把门开着没关，'玛丽，你不该这么做，'他对我说，'要不然莫里亚蒂教授会来抓你的。'这是个可怕的名字。有时候我睡不着就会想到它，这会在我脑子里一遍遍地翻来覆去。看起来整个公馆里的人都有理由害怕这个莫里亚蒂，你看现在发生了什么！"

玛丽·斯塔格没有什么可以告诉我们的了，在警告她不得向任何人泄露发生的事情之后，埃瑟尔尼·琼斯派了一个警察把她送回家。这个好女人显然急不可耐要离开公馆，而且我很怀疑她还会再回来。

"会不会就是莫里亚蒂做的？"我问。

"莫里亚蒂死了。"

"也许他有同伙，犯罪同党，帮派成员。你看到拉韦尔被杀死的方式了，琼斯督察。照我看来，它无外乎是一个用鲜血写就的信息，也许是送来作为一个警告。”

琼斯思考了一会儿。“你告诉过我莫里亚蒂和德弗罗计划会面，来创建一个犯罪联盟……”

“是的。”

“可是他们从来没见过面。我们从迈林根发现的密码信中得知这点。就我们的判断而言，他们并未合作涉案，那么为什么一个人想要杀了另一个人呢？”

“也许德弗罗和发生在莱辛巴赫瀑布的事有关。”

琼斯不耐烦地摇头道：“这时候没有事情说得通。我需要时间来思考，然后理清我的思绪。可是在这里不行。现在我们必须搜查这公馆，看看不同的房间里或许能揭露出什么秘密来，如果有秘密的话。”

于是就这样我们开始了苦差事——就好像我们在探索一处地下墓穴。每打开一扇门就又是一具尸体。我们从那厨房杂工托马斯开始，他在后厨旁边一间破旧的空房间里最后一次闭上了眼睛。他躺在那里，身上仍然穿着工作时的衣服，光脚躺在床单上，这样子显然触动了琼斯，我想起来，他有一个也许只比这个年轻受害者小几岁的孩子。托马斯是被勒死的。绳子还绕在他的脖子上。几步之遥就通向下面的地下室房间，克莱顿从前住在那儿，后来就死在那儿。一把也许是取自厨房的切肉餐刀插在他心脏上，并被留在那里，他就像实验室里的昆虫一样被钉在床上。我们心情沉重地爬上阁楼的房间，那个厨师——我们现在知道她的名字是温特斯太太——如她生前一样瞪着眼睛躺着，死透了。她也是被勒死的。

“为什么他们都得死？”我问，“他们或许是在为拉韦尔工作，但是可以肯定他们是清白的。”

“那些袭击者不能冒险让他们任何人醒来，”琼斯低声说，“而且拉韦尔死了，他们就没理由隐瞒所知道的。这样就能防止他们对我们开口了。”

“杂工和那女人是被勒死的，但克莱顿是被刺死的。”

“他是三人中最强壮的，虽然被下了药，很有可能还会醒过来。杀人者们这么做是为了以防万一。所以在他身上用了刀子。”

我转过脸去。我已经不忍再看了。“接下来去哪儿？”我问。

“卧室。”

那个火红色头发、被拉韦尔称为“亨儿”的女人，穿着一件领口和袖口有褶皱的粉色细麻纱睡袍，四肢张开躺在一张鹅毛床垫上。死亡似乎让她老了十岁。她的左臂伸向躺在她身边的男人，好像他还能给她带来安慰。

“她是被闷死的。”琼斯说。

“你怎么知道呢？”

“枕头上有口红印。那就是杀人凶器。而且你也可以看到她嘴巴和鼻子边上的瘀痕，枕头就是被捂在那儿的。”

“上帝啊。”我低声道。我看了看床上空着的地方，床罩被丢回在那里。“那拉韦尔呢？”

“他是所有这一切的起因。”

琼斯快速地搜查了一遍卧室，但什么也没发现。“亨儿”喜欢廉价珠宝和昂贵的衣物，壁橱里丝绸和塔夫绸的衣服都要溢出来了。她盥洗间里的香水和化妆品，比百老汇大道上罗德与泰勒百货公司整个二层的还要多——我大致是这么对琼斯说的。可是事实上，我俩都明白我们只是在推迟那不可避免的结论，然后怀着沉重的心情，下楼回去。

斯科奇·拉韦尔正坐着等我们，有几个警官还徘徊在他周围，但愿自己能随便在哪儿也不要留在这里。我看着琼斯查验尸体，他身体前倾靠在手杖上，小心地保持着距离。我还记得昨天他见到我们时表达的怒气和敌意。“想要到处嗅嗅吧，是不是？”如果斯科奇更礼貌一点的话，也许他就能逃脱这命运？

“他是在半昏迷中被带到这里来的，”琼斯小声说，“有许多迹象显示发生了什么。首先，椅子被搬动，然后他被绑了起来。”

“那些带子！”

“它们在这里不会有其他原因。肯定是杀手为了那个特殊的目的，把它们从卧室带下来的。他们把拉韦尔绑到椅子上，然后确保一切都如他们要求之后，把水喷在拉韦尔脸上把他弄醒。因为有这么多血就很难看出来，但是我得说拉韦尔睡衣的领口和袖子是湿的，而且不管怎样，我们有那个翻倒的花瓶作为证据，它是被从厨房带来的。我昨天在那里见过。”

“然后呢？”

“拉韦尔醒了。我不怀疑他认识那两个袭击者。他之前肯定见过那男孩。”琼斯自己停了下来。“可是我这么和你描述是错误的。我肯定你已经自己观察到了所有的细节。”

“是的，观察到了，”我回答，“可我没有你的本事复原整个场景，督察。请继续。”

“很好。拉韦尔被绑了起来而无可奈何。虽然他可能不知道，但是整间房子里的人都被杀了。现在他自己的苦难开始了。那男人和男孩需要情报。他们开始折磨拉韦尔。”

“他们把拉韦尔的手钉在椅子上。”

“他们做得比这还过分。我自己没办法太靠近来查验,但是我可以说他们用同一把榔头敲碎了拉韦尔的膝盖。看看他睡衣上的痕迹。他们还砸碎了他的左脚后跟。”

“真是令人作呕,毛骨悚然啊。”

“我在想,他们想要知道的是什么呢?”

“有关拉韦尔为之工作的组织的情况。”

“他开口了吗?”

琼斯想了想。“这几乎没办法知道,但是我们肯定可以假设他开口了。如果他不说,他的伤势一定会更严重。”

“而他们仍旧杀了拉韦尔。”

“我会想象死亡倒是一种解脱。”琼斯叹口气。“我在英国从未碰到过这样的罪行。我到这里后马上就想到了白教堂谋杀案,那案子野蛮邪恶。但即便是他们也没有我们在此见到的那样残忍,那样冷血地精于算计。”

“接下来去哪儿?”

“书房。拉韦尔在那里接待了我们,如果他有什么信件或文档是我们感兴趣的,我们也许会在那里找到。”

我们回到了那间屋子。窗帘被拉了开来,这样能让房间正面的一些光线透过来,但房间里看起来还是黑黑的,而且还因为没有了主人显得荒废,就像属于一幢遗弃很久的房子。就在昨天,这桌椅还是我们的主要演员据此扮演角色的舞台。现在它们都没用了,而没被读过的书籍似乎比任何时候都显得无关紧要。我们仍然翻看了抽屉，检查了书架。琼斯颇为肯定斯科奇·拉韦尔会留下一些有价值的东西。

我可以对他说实则不然。我知道一个被克拉伦斯·德弗罗这样的人操控的组织，在事关保护自身安危时是不会冒险的。不会有信件就触手可及地躺在废纸篓里，不会有地址被粗心大意地涂写在信封的背面。这整幢公馆是被特意设计成保护它自身的机密，并把世界拒之门外的。拉韦尔把自己说成是一个公司发起人，可没有一丝一毫的证据能证明这点。他是个隐形人，没有背景、前台、计划，策略和阴谋会随他进入坟墓。

埃瑟尔尼·琼斯正竭力掩饰他的失望。所有我们发现的纸张都是空白的。有一本没有用过的支票簿，一小叠有关琐碎家务的收据，一些似乎完全可用的信用证和本票，一份美国公使馆宴会的请柬……以“庆祝美英企业”。就在一页页快速翻阅拉韦尔的日记时，他突然停下来让我注意被圈起来的一个大写单词和一个数字。

霍纳 13

“你觉得这是什么？”他问。

“霍纳？”我想了想。“会指佩里吗？他大概十三岁。”

“我想他要大些。”琼斯把手伸到抽屉的背面，在那里发现了什么。当他的手拿出来时，我看到他拿着一块全新的、还包着纸的剃须肥皂。“在这里放这么一样东西似乎有些奇怪。”他说。

“你觉得它有什么重要性吗？”

“也许，但我看不出来是什么。”

“没什么了，”我说，“对我们来说这里没什么了。我开始后悔我们曾经找到这幢公馆了。它被谜团和死亡所围绕，并把我们带往死胡同。”

“别放弃希望，”琼斯回答，“也许前路迷茫，但我们的敌人已经把自己暴露了。至少我们已经在战线上交战了。”

他还没来得及多说，我们就被门厅传来的一阵喧嚣所打断。有人进来了。警官们正在阻止他们向前走。愤怒的声音越来越大，我辨别出其中有一个是美国口音。

琼斯和我快步走出书房，看见一个瘦削、疲惫的男人，他油亮的黑头发呈波浪形贴在前额上，小眼睛，嘴唇上是仔细修剪过的八字须。如果说斯科奇·拉韦尔散发出的是暴力气息，这个男人更多地显示出一种深思熟虑的威胁感。他会杀了你，但他会先加考虑。多年的牢狱生活在他身上留下了印记，他的皮肤是不自然的苍白，看起来死气沉沉的。他一身黑衣使这更糟——黑色紧身的双排扣礼服，黑色的漆皮皮鞋——拿着的手杖也是黑色的，他几乎像武器一样挥舞着手杖，让围着要逼退他的警官们没法靠近。他不是独自一人来的。还有三个年轻人进入了公馆，围着他站着，三个人二十岁左右，看起来像是混混。他们脸色苍白，衣衫褴褛，脚穿笨重的靴子，手持棍棒。

他们都瞧见了发生在斯科奇·拉韦尔身上的事。他们怎么可能看不到呢？那人正既恐惧又厌恶地盯着尸体，就好像允许这件事发生是对他个人的侮辱。

“见鬼，这里发生了什么？”当琼斯从书房里出来时，他正在四顾问话。“你是谁？”

“我的名字是埃瑟尔尼·琼斯。我是苏格兰场的一名督察。”

“一名侦探！好吧，那很有帮助。就是迟了点，你不觉得吗？你知道这是谁干的吗？”我听到过他的口音，比起拉韦尔少了点不敬，然而很明显他也来自纽约。

“我才到一会儿，”琼斯回答，“你认识这个人？”

“是的，我认识他。”

“那么你是谁？”

“我不确定我是否介意告诉你我的名字。”

“先生，在告诉我你的名字之前，你不得离开这公馆。”埃瑟尔尼·琼斯撑着他的手杖站直了身子。他看着那个美国人。“我是一名英国警官，”他继续说，“你闯进了一处令人费解的暴力谋杀案现场。如果你有任何情报，你有义务告知我，如果你拒绝，我保证你会发现自己要在纽格特监狱过夜——你和这帮围着你的流氓。”

“我认识他，”我说，“他的名字叫埃德加·莫特莱克。”

莫特莱克将他的黑色小眼睛转向我。“你认识我，”他说，“但是我们没遇到过。”他吸口气鄙视地说，“平克顿的人？”

“你怎么猜到的？”

“在哪儿我都嗅得出这气味。纽约？芝加哥？或者也许是费城？没关系。不管哪来的离家都有点儿远了，对不对，小子？”美国人微笑着，带有一种自信和自控的神情，绝对能让人心生寒意。他似乎全然没觉察到鲜血的气味，或者没看到就在同一个房间里，距他数英寸远的椅子上支离破碎的尸体。

“你到此有何公干？”琼斯问。

“我自己的事务，”莫特莱克轻蔑地对他说，“肯定和你一点关系都没有。”

琼斯转向离他最近的一位警察，后者正越来越警觉地看着这场对战。“我要你逮捕这名男子，”他说，“罪名是妨碍公务。我今天就会带他们去见地方法官。”那名警察犹豫着。“执行你的职责。”琼斯说。

我永远也忘不了那一刻。琼斯和莫特莱克面对面站着，周围也许有五六个警官，但对方还有一帮流氓。好像战争就要爆发了。在这一切的中心，斯科奇·拉韦尔静静地坐着，这个引发这一切而自己却不明就里的起因者，此刻几乎被遗忘了。

莫特莱克让步了。“不必如此嘛。”他说，在骷髅似的脸上挤出一丝几乎看不见的微笑。“我为什么要妨碍英国警方呢？”他举起手杖指向尸体。“斯科奇和我曾经一起做过生意。”

“他说他是公司发起人。”

“他这么说的？好吧，他有很多身份。他投资了我的一家小小的会所。在梅费尔，你可以说我们是共同创始人。”

“是不是波士顿人会所？”我问。我回想起了这个名字。那是乔纳森·皮尔格雷姆初来英国时住的地方。

我让莫特莱克吃了一惊，虽然他极力掩饰。“就是那一家，”他大声说，“看来你没闲着啊，平克顿的。或者你是一位会员？我们有许多美国客人。但是我怀疑你是否能负担得起我们的价钱。”

我不理他。“克拉伦斯·德弗罗也是你这小生意的合伙人吗？”

“我不认识什么克拉伦斯·德弗罗。”

“我相信你认识。”

“你错了。”

我听够了。“埃德加·莫特莱克，我知道你是谁，”我说，“我看过你的卷宗。抢劫银行，撬保险柜。因武装袭击被关在图姆斯监狱一年。这还只是你最近的罪行。”

“你应该小心你对我说过什么！”莫特莱克朝我走了几步，他的随从紧张地围着他，不知他还要干什么。“这些都是过去的事了，”他咆哮道，“我现在是在英国……一位拥有一家人企业的美国公民，而你的工作似乎应该是保护我，而不是骚扰我。”他朝那个死人点点头。“考虑到我已故的合伙人，你是大大地失职了。那女人在哪儿？”

“如果你是指亨丽埃塔，她在楼上，”琼斯说，“她也被杀了。”

“他们其他人呢？”

“这是场灭门凶杀案。”

莫特莱克似乎第一次被吓到了。他最后看了一眼血迹，厌恶地撇了撇嘴唇。“这里没我什么事，”他说，“我就留你们两位先生在这里四处嗅嗅吧。”

在有人能拦住他之前，他再一次像他来时一样旁若无人地离开了。三个小流氓向他靠近，我看出来他们首要的任务是保护他，在他和外面世界的敌人之间提供一道人墙。

“埃德加·莫特莱克，”我说，“这个帮派正在暴露自己。”

“而那也许有助于我们。”琼斯看着洞开的门说。

莫特莱克已经走到花园尽头穿过了大门。就在我们眼皮底下，爬上了等着他的马车，后面跟着三个保镖。随着鞭子的响声他离开了，朝海格特山的方向去了。我想如果斯科奇·拉韦尔和他的家仆被害是故意放出的一个信息，那么非常肯定这个信息已经送到了。

第八章
苏格兰场

如果赫克瑟姆旅馆有什么可以推荐的优点——这份优点的清单不会长——那就是它离伦敦市中心非常近。早餐室又空荡荡了，我用过餐，把乖戾的女佣和不高兴的杂役留在身后就出发了。我打算按昨天琼斯的建议，沿着堤街走一走。

林荫大道的一长排树木的另一边，泰晤士河波光粼粼。当我走出旅馆，一阵清新的春风微拂，一艘黑色的蒸汽船噗噗地驶过开向伦敦码头。我停下脚步看着它驶过，就在那时我有一种奇怪的感觉，我正在被人注视着。时间还早，周围没几个人：一个推着婴儿车的妇人，一个戴着圆顶硬礼帽正在遛狗的男人。我转身往后看旅馆。就在那时我看到了他，他站在三楼的一扇窗户后面，向外凝视着街道。仅仅一秒钟，我就认出是他住在我隔壁的房间。这就是那个我听见整夜咳嗽的人。他离得很远——窗玻璃也太脏——我看不清他。他黑发，穿着深色的衣服。不自然地几乎静止不动。也许是我的想象，但是我可以说他的眼睛正盯着我。然后他伸出一只手拉上窗帘。我试图把他置之脑后并继续上路。但是我已经没法再如我期待的享受散步了。不知道为什么，我心神不宁。

十五分钟后我来到了目的地。众所周知，苏格兰场（虽然实际上它坐落于白厅）是一幢令人印象深刻的建筑，坐落在维多利亚堤和威斯敏斯特之间的地块上。它也是一幢挺丑陋的建筑，或者当我穿越大道、寻找正门的时候，我是这么觉得的。就像是建筑师在施工开始后又改了主意。两层朴素的花岗岩楼层突然让位于红白两色的砖结构塔楼，塔楼的窗扉装饰华丽颇有弗莱明风格，给人的印象是两幢分开的建筑，一幢压在另一幢的上面。这地方也还有点监狱的意思。它的四个楼翼围着一处庭院，院子里几乎照不到阳光。比起被圈在此处的不幸警官们，纽格特监狱的囚犯也许会更喜欢他们的放风时间。

埃瑟尔尼·琼斯正等着我，他举手招呼。“你收到了我的信息！棒极了。会议很快就要开始。这可真是太了不起了。我在这里的这些年里，我能说这是独一无二的。不少于十四位最资深的督察聚到一起，以应对海格特的谋杀案。蔡斯，我们不会再有这样的机会了。这简直是超乎想象。”

“我被允许出席？”

“不容易。我不会假装不是这样。雷斯垂德反对，格雷格森也反对。我们初次见面时我告诉过你……我们有许多人认为我们不该和平克顿这样的商业侦探机构打交道。依我的观点，当我们有相同的目标，不合作是愚蠢的。然而，这次我得以说服他们了解你出席的重要性。来吧——我们该进去了。”

我们爬上一段宽大的楼梯，进到一个大厅中，那里几个穿着制服的警官站在高桌子后面，检查着那些想要进去的人的介绍信和护照。琼斯已经帮我打好前站，我们俩一起在拥挤的楼梯上挤出了一条上楼的路，楼梯上挤满了穿制服的人、文员和信差，他们朝两个方向互相推挤着。

“这大楼对我们来说已经太小了，”他抱怨道，“而我们到这里才仅仅一年！他们在施工时，在地下室发现了一个被谋杀的女人。”

“谁杀的？”

“我们不知道。没人知道她是谁，或者她是怎么到那儿的。你不觉得奇怪吗，蔡斯？欧洲最顶尖的警察机关，会选择安置在一个悬而未决的案子的现场？”我们来到四楼，经过一连串均匀分隔的门。琼斯在我们经过其中一扇时点了一下头。“我的办公室。最好的房间可以看到泰晤士河的景致。”

“那么你的呢？”

“我朝向院子，”他微笑着说，“也许当你我了结这桩事情之后，他们会考虑把我挪动一下。最起码我现在还靠近档案室和电报室！”

我们穿过一扇打开的门，当然，里面有十来个穿着深色衣服的男人，他们坐在桌子旁，或是沿着一个高高的柜台坐着，他们埋首在电报机上，他们四周到处都是纸片和打印好的电报纸条。

“你们多快能联系上美国？”我问道。

“实际的信息可以在一分钟左右发送出去，”琼斯回答，“打印需要更长时间，如果有很多电报，可能要几天。你想要和你的办公室联系吗？”

“我应该给他们发份报告，”我说，“我离开之后，他们还没从我这儿听到什么呢。”

“说实话，你最好去纽格特街的中央电报局。你会发现他们更乐于提供服务。”

我们继续穿过几扇门，来到一间不通风的大房间，窗户那样凹进去，好像挡住了光线。一张巨大的、两头椭圆的桌子占据了所有可用的空间，似乎不怎么能让人们聚在一起，而更像是要把人们分开。我从没见过这么大块的抛光木料。房间里已经有九个或者十个人在那里，有一两个人在抽烟斗，相互之间低声谈话。我可以说，他们的岁数不等，从大约二十五岁到大约五十岁。他们的衣服绝不是制服。虽然大多数人穿着漂亮的礼服大衣，还是有一个人穿了一身粗花呢的套装，另有一个人则身着不寻常的绿色粗呢短大衣，戴着围巾。

就是这个人在我们进门时首先看到我们，并大步快速走向我们，就像他要拘捕什么人。我的第一印象就是，除了警察，很难想象他干其他任何工作。他身形瘦削，一副公事公办的样子，好探究的黑眼睛审视着我，就好像我——还有所有其他他遇见的人——一定有什么事要隐瞒。当他说话时，他的嗓音里有棱角，那几乎是刻意的不友善。“好啊，好啊，琼斯，”他叫道，“我想这就是你说起过的那位先生。”

“我是弗雷德里克·蔡斯。”我说，同时伸出手去。

他快速地握了一下我的手。“雷斯垂德，”他说，两只小眼睛放光，“蔡斯先生，我要欢迎你来到我们小小的聚会，但我不确定欢迎这个词用得对不对。这时机不合适。布雷德斯顿公馆的这事……非常，非常糟糕。我不知道它预示着什么。”

“我来这里是想尽我所能向你们提供帮助。”我热心地说。

“我不知道是谁最需要帮助。好吧，我们走着瞧。”

又有几位督察走进房间，房门终于被关上了。琼斯做手势让我坐在他边上。“先不要说话，”他平静地说，“并且要小心雷斯垂德和格雷格森。”

“为什么？”

“你做不到赞同一个人，同时又不得罪另一个。那边的约尔是个好人，但他还在设法站稳脚跟。而他旁边的那个……”他看了一眼那个坐在桌子主位的男人，他有着宽大的前额和专注的双眼。尽管他不是房间里外表最让人印象深刻的人，他身上仍然有某种东西显示出强大的内在力量。“亚历克·麦克唐纳德。我相信他有着这一行当最棒的头脑，如果有人能驾驭这次调查的正确方向，那就是他。”

一个气喘吁吁的高大男人在我对面落座。他身穿一件带饰扣的短上衣，上衣在他胸口紧紧地绷着。“布拉德斯特里特。”他轻声说。

“弗雷德里克·蔡斯。”

“幸会。”他取出一只空烟斗，在面前的桌子上轻轻地敲打。

雷斯垂德督察以一种高于屋里其他人的自然而然的权威，宣布会议开始。“先生们，”他说，“在我们开始讨论今天把我们带到这里的重要案情之前，正适合向我们最近失去的一位非常好的朋友和同事表示敬意。我说的当然是夏洛克·福尔摩斯先生，我们这里许多人都认识他，普通大众也知道他的名声。我得承认，从几年前劳里斯顿花园那个案子开始，他在一两个场合下帮过我不小的忙。固然他有些奇怪的地方，就像从稀薄空气中抽出蛛丝一般，制造出那些上好的理论——尽管其中一些也许不过是猜想而已，可我们这里没人会否认他常常获得成功，我确信，他在莱辛巴赫瀑布不幸死亡之后，我们都会怀念他的。”

“他就没有机会幸存吗？”说话的人年纪轻轻，衣着潇洒，位于桌子中部。“毕竟,他的尸体一直没被找到。”

“这倒是事实,福里斯特,”雷斯垂德同意道,“可是我们都读过那封信。”

“我去了那个可怕的地方,”琼斯说,“如果他和莫里亚蒂搏斗并掉下瀑布,我恐怕他生还的机会很小。”

雷斯垂德一本正经地摇摇头。“我承认过去有一两件事情我是错的,”他说,“特别是和夏洛克·福尔摩斯相关的事。可是这次我看了证据,我可以确切无疑地告诉你们他死了。用我的名誉担保。”

“我们不该假装夏洛克·福尔摩斯的去世不是一场灾难。”坐在我对面的那人说。他高个、金发,当他说话时,琼斯悄悄对我说:“格雷格森。”他继续说:“雷斯垂德,你提到了劳里斯顿花园事件。没有福尔摩斯,这案子会走进死胡同。为什么,因为你当时正准备搜查整个伦敦,找一个名叫‘雷切尔’的女孩,而实际上那是一个德文词‘Rache’,意为‘复仇’,受害者留下的最后线索。”桌旁有好几个人对此报以微笑,有一两个督察大声笑了出来。

“不幸中的万幸,”约尔督察说,“最起码我们不再会发现自己被他的同伴华生医生冷嘲热讽了。我的看法是,他的涂鸦对我们的名誉一点好处都没有。”

“他是个该死的古怪家伙。”第五个人叫道。他说话时用食指和拇指擦着他的眼镜,就好像在调整它,以便更好地看清屋里的其他人。“你们知道,我和他在那个失踪马匹的案子里共事过。银马案。一个非常古怪的人夏洛克·福尔摩斯……不是那匹马。他习惯说谜语。就像深夜里乱吠的狗。真的!我钦佩他,喜欢他。可我不确定我会怀念他。”

“我一直怀疑他的方法，”福里斯特同意道，“他把所有的事都说得很容易，而我们信他的话。可是真的可以从一个人的笔迹看出他的年龄吗？或者从他步子的大小算出他的身高？”

“他所说的话有许多是不正确、不科学的，偶尔还荒诞不经。我们相信他是因为他有了结果，可是就现代侦探工作而言，这不是一个正确的平台。”

“他让我们都成了傻子，”另一个督察叫道，“固然，有一次我也得益于他的专业知识。可是我们变得太依赖于福尔摩斯，也许这样并不正确？不依靠他我们解决过任何问题吗？”他转向左右两边的同事们。“尽管这话说起来难听，而且还不领情，但也许我们应该将他的离世，作为我们靠自己取得成就的机会。”

“说得好，兰纳督察。”说话的是麦克唐纳德，现在所有人的目光都在他身上。“我自己从未见过福尔摩斯先生，”他继续用浓重的苏格兰口音说，“但我想大家都同意，我们该对他表示感谢和尊重，现在是时候继续前进了。无论好坏，他离开了我们，得靠自己干了，说得够多了，让我们来考虑手头的事情吧。”他拿起一张放在面前的纸，照它读起来。“斯科特·拉韦尔先生，受过折磨，并被割了喉。亨丽埃塔·巴洛，被闷死。彼得·克莱顿，我们所知的一个小罪犯，被刺死。托马斯·杰罗尔德和露西·温特斯，被勒死。居住在一处体面的郊区公馆中的一整户人家，在一夜之间被灭门。这事我们不能答应，先生们。这种事不能允许发生。”

房间里每个人都低声表示同意。

“据我所知，这些还不是最近在海格特发生的第一起暴行，雷斯垂德？”

“你说得对。不到一个月前就有一起死亡案件。是一个叫乔纳森·皮尔格雷姆的年轻人。双手被绑，头部中枪。”雷斯垂德注视着我，就好像我该为此负责，一时之间，我觉得内心燃起怒火。我和皮尔格雷姆关系紧密。不为别的，就因为他的死，驱使我继续追踪克拉伦斯·德弗罗。但我明白这只不过是雷斯垂德的表达方式。他这么说没有什么别的意思。“皮尔格雷姆携带的文件显示他是最近才来到英国的美国人，”他继续说，“他肯定是对拉韦尔感兴趣，因为他的尸体就在布雷德斯顿公馆不远处被发现的。”

我感觉开口的时机已到，于是我这么做了。“皮尔格雷姆正在调查克拉伦斯·德弗罗，”我说，“为此我亲自派他到英国来的。德弗罗和拉韦尔勾结在一起，他们一定是识破了我的探员。是他们杀了皮尔格雷姆。”

“如果是那样的话，谁杀了拉韦尔？”布拉德斯特里特问。

麦克唐纳德举起一只手。“蔡斯先生，”他说，“琼斯督察向我们详细说明了你来伦敦的原因，而我必须说，仅仅因为这起案子的特别之处，你今天才能在这里。”

“我对此表示感谢。”

“好吧，你可以去谢他。稍后我们会听你陈述。但是在我看来，如果要彻底查明这些骇人听闻的凶杀案，我们似乎需要回到最开头……甚至回到莱辛巴赫瀑布。”他转向一位到目前为止还未发过言的督察。这人身材瘦小，灰发，一直神经质地抠着他的指甲，看起来好像不希望别人注意他。“帕特森督察，”麦克唐纳德说，“是你负责拘捕莫里亚蒂团伙的。你帮着把他赶到国外。我想你应该和我们分享一下到底发生了什么。”

"当然。"帕特森说话的时候头也不抬,就像是他的报告刻在了桌面上。"我想,你们都知道,福尔摩斯先生去年 2 月份来找我,虽然我想他本意是要来见雷斯垂德。"

"我正在办另一个案子。"雷斯垂德皱着眉头解释。

"我相信你是在沃金。好吧,是的,你不在的时候福尔摩斯先生找到我,让我协助指认并逮捕一个犯罪团伙,他们在伦敦运作有一段时间了——或者他是这么说的——特别是其中的一个人。"

"莫里亚蒂教授。"琼斯低声说。

"就是这个人。我得说那时候我还没听说过这个名字,福尔摩斯告诉我,他因为发明了某种理论而闻名于整个欧洲,此外他还是一所名牌大学的数学教授,当时我觉得福尔摩斯在和我开玩笑。可他是绝对认真的。他提到莫里亚蒂时用了诅咒的字眼,并向我提供了无可置疑的证据。

"就在上个月月初,我在巴顿督察的协助下画了一张示意图——你可以说是一张地图——展示在伦敦有一个非比寻常的、互相关联的犯罪网络。"

"莫里亚蒂就在其中心。"巴顿补充道,一边抽着烟斗。

"的确如此。我也许还可以补充说,我们受到许多突然选择走到前台的线人的协助。就好像是,他们感觉到莫里亚蒂的弱点,抓住了这个时机来复仇……无疑他是靠恐吓和威胁来控制他们的。我们收到了匿名信。他过去罪行的证据——我们以前对这些一无所知——突然间暴露出来。莫里亚蒂从默默无闻到走到舞台中央历时非常短暂,而福尔摩斯最在意时机,他给出了一个约定的信号,我们就突袭莫里亚蒂团伙。一个周末的时间里,我们在霍尔本、克拉肯维尔、伊斯灵顿、威斯敏斯特和皮卡迪利实施了抓捕。入室抓捕行动远至赖斯利普和诺伯里。最受人尊重的人士——教师，股票经纪人，甚至还有一位副主教——被关押起来。周一的时候，我发电报给福尔摩斯，告诉他我们抓获了整个团伙，那时他正在斯特拉斯堡。”

“除了头目本人外的所有人。”巴顿同意道，而桌子四周专心聆听的督察们在沉默中点头。

“我们现在知道莫里亚蒂出发去追福尔摩斯了，”帕特森总结道，“我本人至少要为接下来发生的事负部分责任，但是同时我也不信福尔摩斯会没有料到这些。要不然他为什么会那么匆忙地离开英国？无论如何，事情就是这样。巴顿和我目前甚至还在准备起诉，这些案子很快就会上法庭了。”

“干得出色。”麦克唐纳德说。他停了一会儿，然后皱起眉头。“但难道只有我一个人发现了这里的疑点？今年的2月份，你和福尔摩斯开始逼近莫里亚蒂。大概就在同一时间，一名叫克拉伦斯·德弗罗的美国罪犯来到伦敦，向同一个莫里亚蒂寻求结盟。怎么会这样？”

“德弗罗不知道莫里亚蒂已经完蛋了，”另一位督察说，“我们都看到过那封用密码发出的信。只是到了4月他们才同意会面。”

“德弗罗对莫里亚蒂可能会很有用，”又一位督察提示道，“他到达的时机不能再好了。莫里亚蒂正忙着逃跑。德弗罗可以帮他重整河山。”

“我不同意！”雷斯垂德的拳头重重地落在桌上，他怒气冲冲地环顾四周。“克拉伦斯·德弗罗！克拉伦斯·德弗罗！这些纯粹都是妄想。我们对克拉伦斯·德弗罗一无所知。他是谁？住哪儿？他还在伦敦吗？甚至他是否存在？”

“我们对莫里亚蒂也一无所知，直到夏洛克·福尔摩斯把我们的注意力引向他。”

“莫里亚蒂足够真实。但是我建议我们要亲自去联系纽约的平克顿事务所。我要看到他们关于此人的每一件证据。”

“不需要，”我说，“我把所有文件的副本都带来了，我会很乐意将其提供给你们。”

“你三周前离开美国，”雷斯垂德回答道，“这段时间里能发生许多事情。蔡斯先生，很失礼这么说，你在这行是一位资历尚浅的探员，如果我想知道最新情况，我不会去和一位普通警察谈。我宁愿和派你来这里的人打交道。”

“先生，我就是一名高级探员。但是我不会和你争辩。”我看出激怒这个人没有任何意义。“你必须亲自去和罗伯特·平克顿先生谈了。就是他指派给我这个案子的，并且他对每一点进展都保持高度关注。”

“我们会这么做的。”麦克唐纳德在他面前的一张便笺上涂写着什么。

“克拉伦斯·德弗罗就在伦敦这儿。我确定这一点。我听到过他的名字，也感受到他的存在。”

说话的人，大致是这屋里最年轻的一个。我注意到在整场冗长的发言中，他一直笔挺地坐在他的椅子里，就像他好不容易才忍着不插话。他有一头剪得很短的金发，长着一张热情的、男孩似的面孔。他可能还不到二十五六岁。“我的名字是斯坦利·霍普金斯，”他向我自我介绍道，“虽然我从未有幸见到夏洛克·福尔摩斯先生，但是我非常希望他仍然还和我们在一起，因为我相信我们正面临这房间里没人遭遇过的一次挑战。我和犯罪团伙有着密切的接触。鉴于我在这行里是新手,更是新任这个职位,我把在伦敦街头保持我的存在感作为我的职责——在修士山、尼克尔斯路、布鲁格特菲尔德……

“在过去的几周里,我察觉到一种安静,一种空虚——一种恐惧感。没有拍卖行的黑帮在活动。抵押人也没有……赌牌的骗子们也没有。海马基特和滑铁卢桥上的年轻妓女们不出来做生意了。”他稍有些脸红。“我有时会和她们交谈,因为她们对我有用,可是现在甚至连她们也不见了。当然这也许是因为巴顿先生和帕特森先生出色的工作,事情已经达到了我们都希望的,只有在梦里才能看到的情形。一座没有犯罪案件的伦敦城。也就是随着莫里亚蒂被消灭,他的追随者们变得沮丧不堪,都爬回了他们来时的下水道。令人遗憾的是,我知道那不是事实。如同哲学家所说,大自然憎恶真空。也许德弗罗来这里是为了和莫里亚蒂结盟。但是他发现莫里亚蒂死了,他就取而代之。”

“我也相信是这样,”有人——我觉得是兰纳在说,“证据就在那里,在街上。”

“暴力事件的突然爆发,”布拉德斯特里特低声说,“怀特斯万的那个案子。”

“还有哈罗路的大火。死了六个人……”

“皮米里科……”

“你们在说什么?”雷斯垂德插话,问霍普金斯,“为什么我们要相信事情起了变化?证据在哪里?”

“我有一个已经准备向我报告的线人,我得说从某方面来说我还有些喜欢他。他从爬出摇篮起就不断地惹麻烦。都是些小事。像是逃票、骗钱的把戏之类——可后来他从‘犯罪学校’毕业了。他和一帮坏家伙一起厮混，而我越来越少见到他。唔，一周前我和他约好在迪安街附近的贫民区见面。我立马看出来他不想待在那地方，而他来也只是看在以往的情分上，因为我过去帮过他一两次。‘我不能见你，霍普金斯先生，’他对我说，‘现在什么都变了，我们不能再见面了。’‘怎么啦，查理？’我问他。我看得出他脸色发白，浑身发抖。‘你不明白……’他开始说。

“小巷里有动静。有个男人站在那里，煤气灯照出他的侧影。我看不出他是谁，而且他已经走开了。我甚至不确定他是不是在观察我们。但是对查理来说这就够了。他不敢说出那个名字，可这是他说的，‘那个美国人，’他说，‘他现在在这里，那就完了。’‘你什么意思？什么美国人？’‘霍普金斯先生，我已经把我能说的一切都告诉你了，我不该来。他们会知道的！’在我拦下他之前，他已经急着离开了，消失在阴影中。这是我最后一次见到他。”霍普金斯停了停。“两天后，查理被从泰晤士河里打捞上来。双手被缚，死于溺水。我不去描述他的其他伤势，我只说这一点。我不怀疑蔡斯先生对我们所说的都是事实。一股邪恶的浪潮正在朝我们袭来。我们必须在它把我们所有人都淹没之前向它开战。”

此后很长一段时间一片寂静。然后麦克唐纳德督察再次转向埃瑟尔尼·琼斯。“你在布雷德斯顿公馆有什么发现？”他问，“有什么线索可供追查吗？”

“有两条，”琼斯回答，“虽然我得坦白地说，有关这些凶杀还有很多东西尚不清楚。证据把我引到一个方向。常识又把我带到另一个很不同的方向。我在拉韦尔的日记里发现了一个名字和一个数字：霍纳 13。用的是大写字母还画了圈。那一页上其他什么都没有。因为它很奇怪，所以那时候一下子就引起了我的注意。”

“我逮捕过一个叫霍纳的人，”布拉德斯特里特说，一边转着手里的烟斗，“约翰·霍纳。他是四海酒店的水管工。当然，我完全抓错了人。福尔摩斯纠正了我。”

“在克劳奇安德有家茶店，”约尔补充道，“我相信它是由霍纳夫人经营的。但是它很久前就关门了。”

“在同一个抽屉里还有一块剃须肥皂，”我回忆道，“我猜也许会有意义？”没人说话，于是我继续说，“也许霍纳是杂货店或药房的名字呢？”

还是没人搭理。

“还有什么吗，琼斯督察？”麦克唐纳德问。

“我们遇上一个名叫埃德加·莫特莱克的人，是个讨厌的家伙。蔡斯先生在纽约就知道他，并且确认他是德弗罗的同伙之一。他似乎是梅费尔一家会所的老板，那会所叫‘波士顿人’。”

这名字引起桌子周围的人一阵兴奋。

“我知道它，”格雷格森督察说，“是个烧钱的垃圾地方。它最近才开张。”

“我去过这地方，”雷斯垂德说，“皮尔格雷姆死的时候就住在那里。我查遍了他的东西，没发现什么让人感兴趣的东西。”

“他在那里给我写的信，”我同意道，“我就是因为他，才知道德弗罗发给莫里亚蒂的信。”

“波士顿人会所是几乎所有在伦敦的有钱美国人的家，”格雷格森继续说，“拥有它的是两兄弟——利兰·莫特莱克和埃德加·莫特莱克。他们有自己的厨师，自己调制鸡尾酒。会所有两层，上面一层用来赌博。”

“还不明显吗？”布拉德斯特里特叫道，“如果克拉伦斯·德弗罗会在伦敦的某处，那这里肯定是能找到他的地方。一个有着美国名字的美国会所，经营者是一个出名的重罪犯。”

“那样的话，我就认为这是他最不可能出现的地方，”霍普金斯平静地说，“当然，他不就是不希望自己为人所知吗？”

“我们应该突袭那幢建筑，”雷斯垂德说，没理睬霍普金斯，“我会亲自安排。就在今天，让十来个警官或者更多人突击查访。”

“我建议黄昏时分去，”格雷格森说，“因为那时最忙。”

“也许我们可以在牌桌边找到克拉伦斯·德弗罗。如果是这样，我们就能很快解决他。我们不能被外国的犯罪分子控制。这种恶棍的暴力行径必须被制止。”

会议很快就结束了。琼斯和我一起离开，我们走下楼梯时他转向我。“唔，这是大家同意的，”他说，“我们想对会所进行一次突袭，它和我们正在寻找的人有着微妙的关联，我们有几位同事还倾向于怀疑他的存在。就算克拉伦斯·德弗罗碰巧在那里，我们也没法认出他来，去那里只会告诉他，我们在跟踪他。你说呢，蔡斯？你不会认为这是彻头彻尾的浪费时间吧？”

“我不会这么冒失。”我回答。

“你的严谨为你加分。可我必须得回自己的办公室了。你下午可以去看看这城市。我会给你的旅馆送一张便条，我俩今晚再会。”

第九章

波士顿人会所

实际上，琼斯错了。事情的结果是，对波士顿人会所的突袭，在一个小小的却很重要的方面被证实的确是有用的。

我离开房间时天已经黑了，当我步入走廊时，我察觉到我隔壁的房门正被关上。我仍然没有看见那位住客，除了一个模糊的身影在门关上时立刻消失不见，可是我想因为地毯已经磨损得很破旧，肯定能听得见他经过的声音，我却没有听见。难道我准备出门时，他就等在门外吗？而听到我走近，他就离开了？我很想去质问他，但还是决定不要了。琼斯要求准时会面。我那神秘邻居的举动也许有个完全合理的解释。不管怎样他可以等等。

于是在一个小时之后，我们就站在特里贝克街角的一盏煤气灯下，等着信号——一声尖利的哨响，以及许多皮靴的踩踏声——宣告冒险行动已经开始。会所就在我们前面，在街角那个颇为普通的、狭窄的白色建筑里。如果不是那拉起来遮住窗户的厚实窗帘，还有时不时在夜色中叮咚响起的钢琴声，它本可以是一家银行。琼斯正处于奇怪的情绪中。自打我与他会合，他一直都在沉默中，看起来正陷入沉思。天气不合季节地又冷又湿——似乎夏天永远不会来到——而我们俩都穿着厚重的外套。我在想这天气是否会加重他的腿痛。可是他突然转向我，问道："你没有发现雷斯垂德的证词有让人特别感兴趣的地方吗？"

这个问题让我吃了一惊。"哪一部分？"

"他怎么会知道你的探员乔纳森·皮尔格雷姆住在波士顿人会所？"

我想了一会儿。"我不知道。可能是皮尔格雷姆随身带着他房间的钥匙。或者我猜想他把地址写下来了。"

"他是个粗枝大叶的人吗？"

"他任性，也会胆大妄为。但是他非常清楚暴露身份的危险。"

"我就是这个意思，这几乎就像是他要我们来这里。我希望我们不是在犯一个大错误。"

他再次陷入沉默，而我掏出了表。还有五分钟突袭才会开始，我希望没有到得这么早。我的同伴似乎正在回避我的眼神。他总是别扭地站着，而我知道他总是感到不舒服，需要他的手杖。可是当我们在那儿等着的时候，他比任何时候都要别扭。"有什么问题吗，琼斯？"我最终开口问。

"没有。完全没有。"他回答。然后又说："事实上有些事我想问你。"

"请说！"

"我希望你不觉得冒昧，但是我妻子想知道，明晚你是否愿意和我们共进晚餐。"我很惊讶这么点小事能对他造成这么多困扰，可是在我回答之前，他快速地继续说："我当然对她说起过你，而她极其希望见到你，并且听你说说你在美国的生活。”

“我很乐意去。”我说。

“埃尔斯佩思的确很担心我，”他继续说，“我们俩私下里说说，她会很高兴我找到另外一份工作，她经常这么说。当然，她对布雷德斯顿公馆的事件一无所知。我告诉过她，我正在进行一桩凶杀案的调查，但我没有向她提供任何细节，请你也别告诉她。幸运的是她不常看报。埃尔斯佩思天性非常脆弱，如果她得知我们是在跟什么样的人对着干，她会极其不安的。”

“我很高兴被邀请，”我说，“不管怎么说，赫克瑟姆旅馆的饭菜糟透了。请不必担心，督察。我会以你为榜样，绝对谨慎地回答琼斯太太的任何问题。”我快速抬头看了看煤气灯。“我最亲爱的母亲从未和我谈论过我的工作。我知道那会让她不安。仅仅为那个理由，我都会极其小心的。”

“那么就说定了。”琼斯看起来松了口气。“我们可以在苏格兰场会面，然后一同前往坎伯威尔。你还会见到我的女儿，比阿特丽丝。她六岁了，热切地想了解我的工作，就像我的妻子想要避免了解一样。”

我已经知道会有一个小孩。比阿特丽丝毫无疑问就是接受琼斯从巴黎带回来的那个法国玩偶的人。“穿什么衣服去？”我问。

“你就这么去。不必讲究。”

我们的讨论被一声刺耳的警笛声打断，安静的街道上立刻遍布穿制服的人，他们都跑向一扇门。琼斯和我在这里是旁观者。雷斯垂德负责这次行动，他第一个爬上台阶并抓住了门把手。门是锁着的。我们看他后退寻找门铃，然后不耐烦地拍打门铃。最终门开了。

他和他的警员一拥而上。我们跟了上去。

尽管格雷格森督察已经告诉过我们,我还是未曾料想波士顿人会所的内部装饰会如此奢华。特里贝克街又窄又没有什么灯光。会所的前门把我们带入一处光辉灿烂的世界,四周都是镜子,地上铺着大理石板,天花板上装饰华丽。墙面的每一寸都被镀金画框的画作所覆盖,它们中许多是出自知名的美国艺术家之手……艾伯特·平克汉·莱德,托马斯·科尔。任何曾经造访过公园大道上的联盟俱乐部,或是第六十街的都市人会所的人,都会觉得宾至如归,就是这样。入口附近的报架上只有美国的出版物。放在擦得亮闪闪的玻璃架上的酒大部分是美国牌子……有占边威士忌和老菲茨杰拉德波旁威士忌,还有弗莱施曼特干金酒。前厅至少有五十人,我听到有来自东岸、得克萨斯、米沃基的口音。一个穿着燕尾服的年轻人正在弹奏钢琴,琴的前盖被拿掉以显示其内部的运作。我们一进去他就停了下来,眼睛盯着琴键。

警察们已经穿过了房间,当这些穿着最精美的晚礼服的男男女女散开来让他们通过时,我能感受到这群人的愤慨。雷斯垂德已经径直走向吧台,就像他要去点杯酒,而酒保张大了嘴瞪着他。琼斯和我躲在后面。我们俩都不确定这次行动有什么高明之处,而且我们也都不知道该从何处着手。两个警察已经开始爬上通往二楼的楼梯。其余的人正守着门,这样没人能够不被盘问就离开会所。我承认我被伦敦警察极大地震撼了。他们组织有序,纪律严明,即便在我看来,他们压根不知道为什么会在这里。

当边上的一扇门打开,走进来两个男人的时候,雷斯垂德还在对酒保没完没了地高谈阔论。我立刻认出了他们俩。埃德加·莫特莱克，我们已经见过。这次，他的哥哥和他在一起。就如同布雷德斯顿公馆的女用人对我们说的，他俩长得很像（他们都打着黑领结），尽管如此，他们还是有着奇特的不同，就像是某位艺术家或雕塑家的作品，从一个作品上刻意创造出另一个更粗野、更热血的版本。利兰·莫特莱克和他弟弟一样有着黑发和小眼睛，但没留八字胡。他要大几岁，在他身上这点体现得很明显：他脸上的肉更多，嘴唇更厚，全部的表情就是轻蔑。他比埃德加矮几英寸，可是他开口之前，我就能看出他是两人中更占支配地位的那个。埃德加站在他身后数步之遥。这是他天生的位置。

他们没有看见雷斯垂德——或者他们已经看见，但选择了忽视他。然而，埃德加认出了琼斯和我两个，他轻轻推了推自己的哥哥，将他引向我们。

“这是怎么回事？”利兰问。他的嗓音嘶哑，呼吸粗重，就好像说话这件事让他筋疲力尽。

“我认识他们，”埃德加说，“这个是平克顿的人。他都懒得告诉我他的名字。另一个是艾伦·琼斯什么的。苏格兰场的。他们当时都在布雷德斯顿公馆。”

“你想要什么？”

问题是冲琼斯问的，所以他回答道：“我们在找一个名叫克拉伦斯·德弗罗的人。”

“我不认识他。他不在这里。”

“我告诉你，我不认识他，”埃德加补充道，“你为什么还来这里？如果你想要会籍，你可以在海格特我们见面时就开口。虽然我想，你会发现我们的年费有点超出你的财力。”

现在雷斯垂德已经注意到了这里的对话，他大步走了过来。“你是利兰·莫特莱克吗？”他问。

“我是埃德加·莫特莱克。如果你想和他谈谈，那是我哥哥。”

“我们正在找——”

“我知道你们在找谁。我已经说过了。他不在这里。”

“今晚这里谁都不准离开，除非向我提供身份证明，”雷斯垂德说，“我想查看你们客人的注册登记——他们的名字和地址。我要搜查整个会所，从顶层到地下室。”

“你不能这么做。”

“我想我肯定能，莫特莱克先生。而且我就要这么做了。”

“有个人从年初起就住在你这里，”我说，“他一直住到 4 月底。他的名字是乔纳森·皮尔格雷姆。”

“他怎么了？”

“你记得他吗？”

利兰·莫特莱克茫然地瞪着眼，他的小眼睛里仍然满是愤怒。他的弟弟回答了我的问题。“是的。我相信我们的确有过一个叫这名字的客人。”

“哪间房？”

“里维尔套间。在三楼。”他很勉强地给出了这点信息。

“那以后房间有人住过吗？”

“没有，空着呢。”

“我要去看看。”

利兰转向他的弟弟，有一会儿我想他们俩要抗议了。但是在两人来得及开口之前，琼斯走上前去。“蔡斯先生是和我一起的，他有苏格兰场的授权。带我们去那房间。”

“随你怎么说。”埃德加·莫特莱克忍住怒火瞪着我们，如果我们不是在伦敦，被英国警察包围着，我不敢说接下来会发生什么。“这可是你第二次对我呼来喝去了，而且我可以告诉你，琼斯先生，我不喜欢这样。我可以向你保证，不会有第三次了。”

“你是在威胁我们吗？”我问，“你忘了我们是谁吗？”

“我就是说我不会再忍了。”埃德加竖起一根手指。“倒是你，也许忘记了在和谁打交道，平克顿先生。你可能会后悔今天选择掺和这事。”

“住口，埃德加！”利兰小声说。

“随便你，利兰。”埃德加回话。

“这是一次严重的触犯，”哥哥继续说，“但你们还是一意孤行。我们没有什么要隐藏的。”

我们把雷斯垂德留下和他们在一起，警察们已经开始了冗长的流程，和每一个客人谈话，煞费苦心地记录下他们的细节。我们一起爬上楼梯，来到一条狭长的通向左右两个方向的走廊。一边是被大烛台照亮的一个大房间，里头有几张铺着绿色台面呢的桌子。显然这是用来赌博的地方。我们没有进去，而是沿着另一个方向经过几间卧房，每一间都是以一位波士顿名人的名字命名的。里维尔房在半道上。房门没有上锁。

“我想不出你希望找什么。”在我们进屋时琼斯低声对我说。

“我不确定我希望能找到什么，”我回答，“雷斯垂德督察说了，他已经来过这里。然而皮尔格雷姆是个聪明人。如果他认为自己有危险了，就有可能会试图留下些什么。”

“有一件事是肯定的。楼下什么也找不到。”

“我非常同意。”

第一眼望去，这房间不会有什么发现的。有一张床，刚整理过，还有一个衣柜，空的。另一扇门通向盥洗间，内设抽水马桶和煤气加热的浴盆。波士顿人肯定知道怎么样照顾好它的客人，想起自己那破旧的旅馆，我无法抑制嫉妒之情。壁纸、窗帘和家具都是最上乘的。我们开始搜查，打开抽屉，拉起床垫，甚至翻开每幅画——但是显然，乔纳森·皮尔格雷姆一离开，这房间就被彻底清理过了。

“这是浪费时间。”我说。

“似乎是这样，然而……这儿有什么？”琼斯一边说，一边翻弄一摞堆在床尾边桌上的杂志。

“什么也没有，”我说，“我已经都看过了。

这是真的。我已经快速翻了一遍那些杂志——有《世纪》《大西洋月刊》《北美评论》。但引起琼斯兴趣的不是杂志。他从其中一本里面抽出一张小卡片广告展示给我看。我看到的是：

绝对最棒

霍纳“茂盛”牌生发水

举世闻名的良药，专治谢顶、白发和胡须稀少

医生及化验员宣布此药绝对安全

不含任何金属或其他有害成分

艾伯特·霍纳独家制作

伦敦 法院巷 13 号 E1

“乔纳森·皮尔格雷姆不谢顶，”我说，“他头发好得很。”

琼斯微笑着说：“你看见却没有观察。看看这名字——霍纳。还有这地址。13号！”

“霍纳13！”我叫道。它们就是我们在斯科奇·拉韦尔桌子里的日记上发现的词语。

“完全正确。而且如果你的探员像你说的那样能干，那就很可能是他故意把这个留在这里，希望它能被人找到。当然，它对任何打扫房间的人都没有意义。”

“对我也没有任何意义！一种生发水怎么可能会和克拉伦斯·德弗罗，又或者布雷德斯顿公馆的凶杀案有什么关系呢？”

“我们得去看看。尽管雷斯垂德似乎竭尽全力也没帮上什么忙，可这一次他真对我们的调查起到了帮助。这下不同了。”琼斯把那张广告卡塞进自己兜里。“我们不会说这事，蔡斯。同意吗？”

“当然。”

我们离开房间，关上了身后的门，回到楼下。

第十章

法院巷的霍纳理发店

幸好霍纳理发店为做广告而竖了一个红白相间的理发店灯柱，否则我们可能找不到它。首先，它事实上不在法院巷内。有一条狭窄泥泞的通道，一直通向枫树旅店花园，那里有一家缝纫用品商店——叫雷利父子缝纫用品店——还有一家法院巷安全保管公司在拐角处，对面有一小排非常破旧的房子。理发店占据了其中一幢房子的前厅，门的上方有一个招牌，窗户上有详细的广告："剃须：1便士；理发：2便士。"理发店一边是一家已经关闭的烟草店，另一边看起来也荒废了。

一个手摇风琴手正在街上演奏，他戴着一顶破旧的大礼帽，穿着一件磨损得没了样的大衣，坐在凳子上。他演奏得不是非常好。真的，如果我在这附近工作的话，他用这乐器弹出的几乎不成曲调的号叫声和叮当声会把我逼疯。他一看见我们就站起身喊了起来："生发水半便士、一便士了。试试霍纳理发店特别出品的生发水！来这儿理发或剃须吧！"这是个奇怪的家伙，很瘦，而且还站不稳。当我们走近，他停止演奏，从他肩头斜挎着的小背包里拿出一张卡片递给我们。这和我们在波士顿人会所里头发现的那张一模一样。

我们走进屋子，发现自己正置身于一处又小又不舒服的空间里，只有一把理发椅，它就在一面镜子前，镜子的裂纹和灰尘多得几乎一点也看不出任何影像。有两排架子，上面排着一瓶一瓶的茂盛牌生发水，其他生发产品，以及斑蝥霜。地还没扫，一束束头发散落得到处都是——一幅可以想象的令人生厌的景象，尽管这样，地面还是比肥皂盆强点，那盆子里的东西冻成一团，里头还有男人尖锐胡须的碎楂。当理发师到来的时候，我已经在想，如果在伦敦我要理发的话，这是最后一个我会来的地方。

他从后厅的楼梯走上来，蹒跚着走向我们，年纪轻轻，有着一张相当可爱的圆脸，胡子刮得干干净净，微笑着。可是他的头发剃得很糟糕。真的，就好像他被一只猫袭击过。他的头发一边长，一边短，还有几块地方干脆没有头发，露出了头皮。头有段时间没洗了，让它呈现出一种至少可以说是讨厌的颜色和模样。

然而，他倒很亲切。“早上好，先生们，”他招呼道，“虽然这可恨的天气拒绝改变。你们见过伦敦这么潮湿，这么难受吗？我们可是在5月份啊！我能为你们做什么？一个人理发？两个人理发？你们走运，我这儿今天非常安静。”

从各方面来看这倒是真的。在外面，手摇风琴手终于停歇下来。

“我们到这里不是来理发的。”琼斯回答。他拿起其中一瓶生发水，并且闻了闻里面的东西。“我可以认为你就是艾伯特·霍纳吗？”

“不是的，先生。保佑你们！霍纳先生过世很久了。但这曾是他的生意，我接管了这生意。”

“看样子就是最近吧。”琼斯说。我看了他一眼，不知道他是怎么得出这样的结论，因为在我眼中，这人和这店在这里该有好些年头了。“理发店的招牌灯柱是旧的，”琼斯为了让我明白，继续说，“可是我注意到把它钉在墙上的螺丝是新的。储物架也许有灰，但瓶子上没有。两者说明了同一件事。”

“你说得完全正确！”理发师叫道，“我们来这里还不到三个月，我们沿用了旧的店名。为什么不呢？老霍纳先生很出名，而且很受人尊敬。我们在这一带工作的律师和法官中已经很受欢迎了——即便他们中许多人坚持戴假发。”

“那么你叫什么名字？”我问。

“塞拉斯·贝克特为您效劳，先生。”

琼斯取出那张广告。“我们在一家叫‘波士顿人’的会所发现了这个。我想这个名字，或是住在那儿的那个人也一样，一位叫乔纳森·皮尔格雷姆的美国绅士，对你没有任何意义。”

“先生，美国人？我不认为我们这里来过美国人。”他指着我。“除了你自己。”

贝克特可不是侦探。是我的口音暴露了自己。

“还有这个名字，斯科奇·拉韦尔……你听到过吗？”

“我和客户交谈，先生。但是他们不常告诉我名字。他是另一个美国人吗？”

“还有克拉伦斯·德弗罗呢？”

“你问的问题，我回答不了，先生。这么多名字！我能请你来一瓶我们的生发水吗？”他的问题几乎是离题了，就好像他急着要结束这次谈话。

“你认识他吗？”

“克拉伦斯·德弗罗？不，先生。也许你该去街对面的缝纫用品商店问问。我很抱歉帮不上忙。总之，看起来我们在浪费彼此的时间。”

“也许是这样的，贝克特先生，可是有一件我会感兴趣的事你可以告诉我。”我看到琼斯正仔细地观察着理发师。“你信教吗？”

这个问题是如此的出人意料，我都不知道谁会更吃惊——我，还是贝克特。“对不起？”他眨了一下眼睛。

“信教。你去教堂吗？”

“你为什么要问这个？”琼斯没说话，贝克特叹了口气，明显急着要摆脱我们。“不，先生，真是罪过，我不是个常去教堂的人。”

“就如我所想，”琼斯轻声说，“你已经清楚地表明了你没法帮我们，贝克特先生。祝你今天过得愉快。”

我们离开了理发店，走回法官巷。在我们的身后，手摇风琴手又开始了演奏。一转过街角，琼斯就停下笑开了。“老弟，我们在这里撞见了某件不寻常的事情。福尔摩斯自己也会被这个逗乐的：一个不会理发的理发师，一个不会演奏的手摇风琴手，还有一种含有大量安息香的生发水。几乎算不上是一个要抽上三斗烟才能解决的难题[①]，不过还是有点意思。”

“但这有什么意义？”我叫道，“而且你为什么要问贝克特先生的宗教信仰？”

“难道对你来说还不明显吗？”

---

① 出自柯南·道尔原著中的故事《红发会》，福尔摩斯说他要抽三斗烟才能解决的一个难题，以示其难度大。

“完全不。”

“嗯，很快它就会清楚了。我们今晚要共进晚餐。你为什么不在三点钟来苏格兰场？我们可以像以前那样在外头碰面，那时所有的一切都会得到解释。”

三点钟。

我准时到达那里，在白厅走下马车时，大本钟正敲响整点的钟声。我们的车停在了路较远的一侧，也就是说苏格兰场的对面。我付钱给车夫。那是一个明朗无云的午后，虽然有点冷。

我必须原原本本记录下所发生的事情。

在我前方的马路对面，我看到了一个一眼就认得出的男孩。那是佩里，就是他在皇家咖啡厅里坐在我旁边，然后用刀抵着我的脖子。我站在那里，对我而言，所有的一切似乎都变得静止不动，就像一位艺术家抓取了这一幕，并把它记录在画布上。甚至一段距离之外，也能感觉到佩里包裹在一种我只能形容为威胁的氛围中。这一次，他穿着海军军校生的衣服。戴着一顶鸭舌帽，穿着深蓝色的双排扣、双前襟外套，一个皮包斜挎在胸前。就和以前一样，他看起来好像是挤进他的制服里头的，他的肚子顶着腰带，脖子对衣领来说则显得太粗。他的头发在午后的阳光下显得更黄了。

他为什么在这里？他做了什么？

埃瑟尔尼·琼斯出现了，他走出苏格兰场正在找我，而我在惊慌中举起一只手。琼斯看到了我，我朝那男孩的方向指过去，他正轻快地沿着人行道走下去，他粗壮的小腿正带着他越走越远。

琼斯认出了男孩，但是他离得太远，没法采取什么行动。

有一辆四轮马车正等着佩里，离我站的地方几乎不到五十码。

当他走近马车时，一扇门打开。有个男人在车里，半藏在阴影中。他是个高个子，瘦削，全身上下穿的都是黑色。不可能看清他的脸，但我想我听到了他的咳嗽声。琼斯看到他了吗？不大可能，因为他离得太远了，而且是在看不到的马路那一边。男孩上了马车。门在他的身后关上。

我没再多想，就朝马车跑去。我看着车夫挥鞭子赶着马，而马车摇晃着开始前进——可即便如此我还是可能赶上它。琼斯就在我视线的边缘。他也开始动起来了，用他的手杖撑着自己向前跑。四轮马车沿着白厅开始加速，朝国会广场方向驶去。我已经尽我所能快跑了，可还是一点也没能接近它。要赶上它，我得横穿白厅街，可是路上的车很多。那辆马车已经渐渐消失在街角了。

我转向另一边。我离开人行道，到了路当中。

埃瑟尔尼·琼斯大叫一声警告我。我没听见，但是我看到他在喊我，他的一只手举了起来。

突然，一辆公共马车冲向我。一开始我没看见它，因为两匹马充斥在我的视线中：巨大、丑陋，瞪着双眼。它们连在一块儿就可以成为一头从希腊神话里来的怪物。然后我才察觉到它们后面拉着的车子，车夫正在拽缰绳，挤在车顶上的五六个人被困在那里，惊恐地目击了一出正要上演的大戏。

有人尖叫起来，车夫还在和缰绳较着劲，而我知道马蹄正在猛地踩下来，车轮碾压着坚硬的路面，在我自己扑向前去时，坚硬的路面则向我冲过来。整个世界都倾斜了，而天空扫过我的视线。

我也许已经被撞死了，可是事实上公共马车与我擦肩而过，它避开了我，在我前头不远处停了下来。我的头和膝盖撞破了，可我没感觉到疼。我扭过身子去寻找那辆四轮马车,可它已经不见了。那男孩以及他同行的伙伴逃脱了。

琼斯走到我跟前。直到今天,我还是不知道他是如何这么迅速地走完了这段距离。“蔡斯!”他叫道,“我亲爱的伙计!你没事吧?你差点被撞到……”

“你看到他们了吗?”我问,“佩里!皇家咖啡厅的那个男孩!他在这儿。还有个人和他在一起……”

“是的。”

“你看到他的脸了吗?”

“没看到。是个男性,四五十岁的样子,又高又瘦。但是他隐藏在车厢里。”

“帮我一把……”

琼斯俯下身子帮我站起来。我觉察到有血正从我的眼睛上方滴下来。“琼斯,这都是怎么回事啊?”我问,“他们为什么会在这里?”

我的问题瞬间就得到了回答。

爆炸发生得近在咫尺,我们不但听到了,还感受到了,爆炸引起的一股风和尘土冲向我们站着的地方。在我们四周,马匹在嘶鸣,马车失去控制而转向,车夫们竭力拉着缰绳。我看到两辆双轮双座马车撞到了一起,一辆侧翻倒地。路过的男男女女停下脚步,惊慌失措地紧紧抓住彼此,在惊恐中转过身来。碎砖和玻璃屑如雨点般朝我们落下,一股烧焦的味道在空气中弥漫。我环顾周围,一股浓烟从苏格兰场内升起。当然了,还会有别的什么目标吗?

“见鬼!”琼斯惊叫道。

我们一起快步穿过马路。现在交通已经停滞。我们甚至都没有想起也许还会有第二颗炸弹，就一头扎进了大楼里，抢道越过那些不顾一切想要找到出口的文员、警察和访客们。下面的楼层看起来没有受到损坏，可是当我们站在那里时，一个穿制服的警察出现了，他正从楼梯上下来，脸上黑乎乎的，而且还有血从头上的伤口流下来。琼斯抓住了他。“发生了什么？”他问，“哪一层？”

“四层，”那人回答，“我就在那里！很近……”

我们没浪费时间。跑向楼梯，开始漫长的爬楼，我俩都清楚就在一天前我们刚走过同一段路。我们经过更多的朝下走去的警官和助理，他们中许多人受伤了，互相搀扶着。其中有一两个劝我们不要再继续走了，但我们没理他们。爬到更高处时，我们闻到了烧焦的味道，空气中的烟雾非常大，呼吸变得困难。最终，我们来到四层，而且几乎立刻撞上了一个人，我认出在会议中见过他。是格雷格森督察。他金色的头发散乱着，人还处于震惊的状态中，不过好像并没有受伤。

“炸弹在电报房，”他喊道，“一名信差送来了一个包裹。它被放在你办公室的墙边，琼斯。如果你在办公室里……”格雷格森停下来，他的眼里全是恐惧。“我恐怕斯蒂文斯是遇害了。”

琼斯的脸上露出沮丧。“还有其他多少人遇害了？”

“我说不准。我们被命令撤离大楼。”

我们不想这么做。我们奋力向前走去，无视一瘸一拐走过的伤员，他们有些人的衣服破了，另外一些则流着血。四楼一片可怕的沉默。没有人尖叫，但我想我能听到火苗的噼啪声。我跟着琼斯，我俩最终到达了他办公室的门前。现在门开着。我朝里头看去，看到的是恐怖的一幕。

这间办公室不大。只有一扇窗户，如同琼斯告诉我的，它朝向里头的四方院子。房间里全都是碎片，因为左边的整面墙都已经被粉碎了。有一张木书桌，上面盖满了尘土和砖块，我立刻明白格雷格森说得对。如果琼斯当时正坐在这里的话，他现在已经死了。事实上，有一个年轻人躺在地上，旁边是一个警察——茫然无助——蹲在他身旁。琼斯快步进去，跪在尸体边上。很显然那年轻人已经死了。在他的脑袋一侧有一个可怕的伤口，手张开着，手指一动不动。

“斯蒂文斯！”他叫道，“他是我的秘书……我的助理。”

烟雾从墙上的洞里涌进来，而我看到电报房的损坏甚至还要厉害。房间着了火，火苗正舔着天花板，蔓延到房顶。在废墟中还躺着两具人形。因为他们的伤势非常严重，所以很难确定他们是大人还是小孩，两人均被炸变了形。到处都是纸片。有些纸张似乎正飘浮在空中。肯定是热浪所致。火势正在迅速蔓延开来。

我走向琼斯。“我们什么也做不了！”我喊道。“我们得照别人说的做，离开大楼！现在就走！”我对那年轻警官说。

他走了，琼斯朝我转过来，眼中有眼泪——虽然我不好说是因为悲伤，还是因为烟雾。“这原本是针对我的吗？”他问。

我点头。“我认为肯定是的。”

我抓住他，然后带他离开了办公室。爆炸到现在才不过几分钟，但是四楼已经只剩下我们了。我知道，如果火势蔓延开来，或者烟雾吞没了我们，我们也许就会死在这里——所以虽然琼斯不情愿，我还是逼着他陪我一起下楼。我听到我们身后电报房的天花板坍塌了。也许我们应该带上那位死去秘书的尸体，或者至少把他盖上以示敬意，但此时此刻，在我看来自身的安全是最重要的。

待我们冲出去来到空旷处时，几辆蒸汽消防车已经到了。消防员们正拽着水龙头穿过人行道向前跑去。其他所有的车辆都已消失。就在片刻之前还正常和繁忙的马路空荡得可怕。我扶着琼斯从大楼走开，并找到一把没人的长椅，帮他坐下。他重重地俯身在自己的手杖上，眼里仍然有眼泪。

“斯蒂文斯，”他咕哝道，“他已经跟了我三年——而且最近才结婚！我半小时前还和他说过话。”

“我很遗憾。”我不知道该说些别的什么。

“以前这也发生过。苏格兰场里的炸弹，那是在六七年前。是芬尼亚人[①]干的，当时我不在伦敦……但是这次……”他似乎茫然不知所措了。“你真的确信我就是目标？”

“我警告过你，”我说，“这些人冷酷无情，而且就在昨天，埃德加·莫特莱克还威胁过你。”

“对我们突然搜查波士顿人会所的报复！”

“你证明不了这一点，但我想不出这次袭击还会有其他什么理由。”我打断他，“如果你不是出来迎接我，就会正好坐在办公室里。你还不明白吗，琼斯？就差几秒，你逃过了一劫。”

他抓住我的肩膀。“你是我的救星。”

“对此我很高兴。”

我们看着马路对面，几个消防员正在操作蒸汽水泵，同时另几个人把云梯升了起来。烟雾还在从楼里冒出来，现在更浓了，遮蔽了天空。

“现在怎么办？”我问。

---

① 芬尼亚人：“芬尼亚兄弟会”，19世纪爱尔兰民族主义者团体。

琼斯疲惫地摇摇头。他的颧骨和前额上有一道道黑色污痕。我猜我看着一定也是一样。“我不知道，”他回答，“但不管你做什么，别告诉埃尔斯佩思！”

第十一章

坎伯威尔的晚餐

我们乘坐了比预期晚得多的火车,离开霍尔本高架桥时天已经黑了,人群好像溅在纸上的墨水一样,融入了突然降临的夜色之中。琼斯心情沉重。爆炸发生后的几个小时里,他已经和雷斯垂德、格雷格森以及其他几位督察碰过头,但是明天之前还不会有决定。结论是,他差之毫厘地躲过了一场针对他,而且似乎不可能逃脱的谋杀。我们有埃德加·莫特莱克说的话作为证据,而且袭击发生的时间肯定也不是巧合。雷斯垂德赞成立即逮捕那兄弟俩,但最后是琼斯本人极力主张要谨慎行事。因为除了一次简短的对话之外他并没有证据,而且莫特莱克兄弟还可以否认说,这段对话压根就没发生过。琼斯说了,他已经制定了一个更好的策略——尽管他还没有准备好说出这策略是什么。我同意他的说法。克拉伦斯·德弗罗和他的团伙轻易胜过平克顿很多年了,他一定会对英国警方做同样的事。如果想要把他卷进我们的圈套里,我们肯定需要非常小心。

“埃尔斯佩思不大可能已经听说爆炸事件了。”琼斯说。列车正进入伦敦的坎伯威尔区，而我们正准备下车，“而我必须告诉她，因为我向她隐瞒这样的消息是不可想象的。但是这炸弹爆炸的位置！我也许是原定目标的可能性……”

“我们将对此守口如瓶。”我说。

“她总归会看出来的，她有办法找出真相。”琼斯叹了口气。“然而我仍旧不能理解我们的这些敌人。他们希望达到什么目的？就算我被杀了，有的是警探可以取代我的位置。你自己就见过他们中的很多人。而且如果他们真的想要我的命，有许多更简单的办法可以达到他们的目的。现在，就在这儿火车站的站台上就行。一个拿着刀或者绞颈索的刺客能在一眨眼的工夫完成这件事。”

“有可能他们的目的从来就不是要你的命。”我说。

“你之前可不是这么说的。”

“我说过你是目标，而我现在仍然相信事实如此。真相是，对克拉伦斯·德弗罗而言，你的死活无关紧要。这只不过是他的力量、他可以逃脱法律制裁的一次示威。他当面嘲笑英国警方，同时警告他们：不要靠近。不要干涉我的事情。”

“那么他就误解我们了。这次之后，我们会加倍布置警力。”我们离开车站之前，他没有再说话。“我告诉你，蔡斯，这不合乎逻辑，”他继续说，“四轮马车里的那个人是谁？我们该如何去理解莫里亚蒂和德弗罗的会面，那个男孩佩里的角色，拉韦尔凶杀案，甚至是法院巷的霍纳理发店？这个另说，我对它们有我的看法。可是当我试图把它们放到一起，它们就不符合常理。就好像是在读一本章节顺序被印错的书，或者就是作者故意设套让人困惑。”

“我们只有找到克拉伦斯·德弗罗才能找出其意义。”我说。

“我开始怀疑我们是否能够找到。雷斯垂德是对的。德弗罗看起来就是一个幻影。他不存在。”

“莫里亚蒂不也是一样吗？”

“这倒是真的。莫里亚蒂在他的最终结局之前，对我而言都只是一个名字，一个鬼魂，一个未知的存在。这就是他的实力。也许德弗罗从他的榜样那里学会了这点。”琼斯开始一瘸一拐了，他沉沉地倚在手杖上。“我累了。原谅我不再和你交谈了。不管家里有什么事等着我，我必须镇定一下。”

“你是不是宁可我不来？”

“不，不是的，我的朋友，推迟只会让埃尔斯佩思害怕事情变得比原本更糟。我们将会照原计划一起用餐。”

从霍尔本到坎伯威尔只有短短一段距离，然而这段路程似乎将我们越发带入夜色之中，我们到达时，一阵浓雾滚动着穿过街道，遮掩了天空，也让最后一批坐车上下班的人成了鬼魂。一辆四轮马车笨重地驶过。我听到了马蹄的踢踏声，还有车轮嘎吱嘎吱的碾压声，可是马车消失在街角，它本身只剩下一片模糊的阴影。

琼斯住在靠近车站的地方。我必须说他的房子和我想象中可能的样子很像，那是一幢漂亮的联体别墅，带飘窗，坚实的黑漆门前有白色的灰泥柱子。典型的英式风格，给人以宁静和安全的感觉。从马路走到屋子前有三级台阶，我走上去时有一种正在把白天所有的危险都抛在脑后的奇妙感觉。这或许是因为我看到了从遮着窗帘的窗户边缘透出来的温暖的光，又或许是因为从下面某处厨房飘上来的肉和蔬菜的香味。可是能到这里来我已经很高兴了。我们走进了一条狭窄的过道，铺着地毯的楼梯在过道的对面，琼斯带着我穿过一个入口进入前厅。事实上，这间房间和整栋房子一样长，一扇折叠屏风拉开后就露出前面为三个人准备的餐桌，以及后面的藏书和钢琴。壁炉中烧着火，可是这几乎没有必要。因为屋里有许多家具，绣花的盒子和篮子，暗红色的壁纸，以及厚重的窗帘，已经让这间房间足够温暖舒适了。

琼斯太太坐在一把舒服的扶手椅上，一个极其漂亮的六岁女孩靠在她身上，警察玩偶挂在女孩的胳膊上摇荡。她妈妈正在给她读书，我们走进去的时候，琼斯太太把书合上，小女孩转过身，很高兴看到我们。她一点都不像她的爸爸。起伏翻动的浅褐色长卷发，明亮的绿色双眸和微笑，看起来更像是她母亲的女儿，埃尔斯佩思·琼斯显然就是她若干年以后的模样。

“比阿特丽丝，还没上床吗？”

“还没呢，爸爸。妈妈说我可以待着。”

“嗯，我想这就是你想要见的那位先生；我的朋友，弗雷德里克·蔡斯。”

“晚上好，先生。”女孩说。她给我看那个玩偶。“这是从巴黎带来的。我爸爸给我的。”

“他看起来是个不错的家伙。”我说。我在孩子身边总感觉不舒服，我尽量不显露出这点。

“之前我还从来没见过美国人。”

“我希望你不会觉得我和你自己非常不同。我的祖先离开了这个国家，那并不是很多年以前的事。我的曾祖父就来自伦敦，一个叫鲍的地方。”

“纽约是不是特别大声？”

“大声？”我微笑着。这个词用得可真奇怪。“嗯，纽约肯定是非常繁忙的。而且建筑也非常高。其中一些实在太高了，以至于我们叫它们摩天楼。”

“是因为它们摩擦到了天空吗？”

“因为它们看起来是这样的。”

“到此为止，比阿特丽丝。保姆在楼上等你呢。”琼斯太太转向我。“她就这样喜欢刨根问底，我肯定总有一天她会像她的爸爸一样，成为一名侦探。”

“恐怕伦敦警察厅准备好接纳女性进入他们的职阶之前，还要有些时候。”琼斯说。

“那时她就能成为一名女侦探，就像是福里斯特先生那些精彩的书中的格拉登太太[①]一样。”她冲自己的女儿微微一笑。“你可以向蔡斯先生说晚安了。”

“晚安，蔡斯先生。”小女孩听话地快步走出房间。

我将注意力转向埃尔斯佩思·琼斯。就像我刚才所见，她和她的女儿长得很像，但是她的头发剪得短到了前额，并且收拢成一个希腊式的发型。不知怎么，她给我的印象是一个非常体贴的女人，她做的每一件事情都给人安静和智慧的感觉。她穿着一件高领有腰带的深粉色衣服，我没看到她戴珠宝。比阿特丽丝已经走了，她就把全部的注意力转到我这里。“蔡斯先生，”她说，“很高兴见到你。”

“我也是，女士。”我回答。

“要来些格洛格酒吗？”她做了个手势，我见火炉边的黄铜桌子

① 格拉登太太：英国作家安德鲁·福里斯特作品中的女侦探，也是英国小说中出现的第一个女性侦探形象。

上摆好了一只罐子和三个酒杯。“这些冷冰冰的夜晚似乎没个头，我喜欢我丈夫回家时有一些暖身子的东西等着他。”

她倒了三杯酒，我们一起坐在人们初次相见，谁也不知该如何开场的、有些尴尬的沉默中。然后那时女佣出现了，说晚餐已经准备好。我们在餐桌前坐定，大家就变得自在起来。

女佣端上来的是相当好的炖肉、胡萝卜煮羊脖肉和萝卜泥，肯定比我在赫克瑟姆旅馆吃的任何饭菜都要强得多，当埃瑟尔尼·琼斯倒酒的时候，他的妻子小心地将谈话内容引到她喜欢的方向上。真的，她的技巧令她看起来自然而不算计，但我意识到接下来的一个小时里，我们没有一次谈及任何与警方有关的话题。她问了我许多关于美国的问题：食物、文化、人们的天性。她想知道我是否已经见过托马斯·爱迪生的活动电影放映机，这装置在英国的报刊上被大张旗鼓地讨论过，但还未被展出过。可惜的是，我没见过。

“你觉得英国怎么样？”她问。

“我很喜欢伦敦，”我回答，“它更让我想到波士顿而不是纽约，当然这是因为它的画廊和博物馆的数量，还有漂亮的建筑和商店。当然，你们这里有这么丰富的历史。我对此感到嫉妒。多么希望我有更多的空闲时间。每次走在街头，我都会发现各种各样的消遣娱乐。”

“也许你会被诱惑在这儿待更久？”

“琼斯太太，这个猜测并不离谱。我一直渴望到欧洲来旅行……我的很多同乡也都如此。毕竟我们大部分人都来自这里。如果我和你丈夫成功地完成了当前的调查，也许我会说服我的上司让我休一个假。”

这是我第一次提及我和埃瑟尔尼·琼斯合作的事，小女佣端上来热气腾腾的面包和黄油布丁，她不知从哪里冒出来，然后又一下子消失。这时候，我们的谈话转向了阴暗的事情。

“亲爱的，我必须告诉你一些会让你担心的事，”琼斯开始说，“但是你很快就会从报纸上知道，虽然你很少看报……”就这样，他描述了下午发生的事件，针对苏格兰场的袭击，以及在所发生的事情中我的角色。如同讲好的，他没有谈及炸弹爆炸的位置，以及他的秘书斯蒂文斯的死。

埃尔斯佩思·琼斯安静地听着，直到他说完。“有很多人遇害吗？”她问。

“三个，但很多人受伤。”琼斯回答。

“这样一场针对伦敦警察厅的袭击，似乎想想就很不得了，更不用说真的实施了，”她说，“而且离海格特说不出口的事件还没多久。”她转向我，明亮而又探究的眼睛紧紧盯着我。“蔡斯先生，如果我说某些非常邪恶的力量跟随你，从美国来到了这里，我请你原谅。”

“琼斯太太，在关键的一点上我不同意你。是我跟着它们来到这里。”

“那你们也是同时到达的。”

“不能怪蔡斯先生。”琼斯责备地咕哝。

“我知道，埃瑟尔尼。如果我说得不对，我道歉。但我开始怀疑，这甚至不是一桩警方的事务。也许是时候让更高层介入了。”

“他们很可能已经介入了。”

“很可能还不够。有警官被害啊！”她停了停。“爆炸离你的办公室很近吗？”

琼斯犹豫着说："它在我办公室的同一楼层。"

"你是袭击的目标吗？"

我看到琼斯回答前想了想。"现在说还太早。几位督察的办公室都靠近放炸弹的地方。它可能要对付的是我们之中的任何一个人。亲爱的，我恳请你，我们不要再说这事了。"幸好女佣选择在那一刻端着咖啡出现。"我们是不是去其他房间呢？"

我们离开餐桌回到后客厅，在那里壁炉的火已经烧得小些了。在离开餐桌之前的最后一刻，女佣拿给琼斯太太一个包着棕色纸的包裹，我们坐下时，她把包裹递给她丈夫。"我抱歉要麻烦你了，埃瑟尔尼，可是我在想，你是否介意走到前面的米尔斯太太家？"

"现在吗？"

"这是帮她洗的衣服，还有一些给她看的书。"她转向我，用同样的口气继续说，"米尔斯太太是我们教堂的成员，最近才丧偶。更不幸的是，她身体一直不太好，我们都在尽力成为好邻居。"

"这是不是太晚了？"琼斯问，手里还拿着那包裹。

"一点也不。她睡得不多，而且我告诉过她，你会去拜访。她听到以后很高兴。你知道，她很喜欢你。不管怎样，睡前散步对你有好处。"

"非常好。也许蔡斯可以陪我去……？"

"蔡斯先生还没喝完咖啡。你出去的时候，他可以陪着我。"

她的策略显而易见。她想和我单独说话，并且已经为此做好了安排。整个晚上我都好笑地看着身处家中的我的朋友埃瑟尔尼·琼斯，他在进行调查时是那么坚强和专心致志，而当他与妻子为伴时，他变得更安静，并且更内敛。他们俩的亲密无可争议。他们会在对方沉默时接上话题,并且预先知道另一人的需要。而且我可以说,到现在为止琼斯太太是两人中更强势的一方。在她身边,琼斯丧失了许多权威,让我不禁想,即便是夏洛克·福尔摩斯,如果选择了结婚,也许就不会成为一个大侦探了吧。

她的丈夫站起身。他拿过包裹,温柔地吻她的前额,然后离开了房间。她一直等到听见前门开关的声音。然后她用颇为不同的眼神打量我,不再像是女主人,我意识到她正在评判我,正在决定是否该把我划归可信赖的内部圈子中去。

"我丈夫告诉我,你在平克顿做探长已经有些时候了。"她开始说。

"久到我已经不会费神去记了,琼斯太太,"我回答,"尽管严格说来,我是一名调查员,并非探员。两者并不完全相同。"

"在什么方面?"

"我们的方法更加直截了当。一项罪行发生,我们就调查它。但是多数情况下,这仅仅只是个程序问题,也就是说,和英国警方不同,我们不搞那么多尔虞我诈。"

"你喜欢这工作吗?"

我想了一会儿。"是的。在这个世界上有很坏的人,他们除了带来不幸,什么也给不了别人,我认为将他们绳之以法是正义的。"

"你还没结婚?"

"没有。"

"你从未受到过诱惑吗?"

"你很直率。"

"我希望没有冒犯你。我只是希望更好地了解你。这对我很重要。”

“那么我来回答你的问题。我当然受到过诱惑。但我从小就天性孤僻，最近几年我又让工作消耗了自己。我喜欢结婚这个想法，但不确定对我而言它是否理想。”我对所转向的谈话感到不自在，于是试着变换话题。“你有一栋漂亮的房子，琼斯太太，还有一个迷人的家。”

“我的丈夫很喜欢你，蔡斯先生。”

“对此我很感激。”

“那么，我在想，你觉得他怎样？”

我放下咖啡杯。“我不太明白你的意思。”

“你喜欢他吗？”

“你真的想要我回答？”

“如果不想，我就不会问了。”

“我非常喜欢他。我在这个国家是个陌生人，他欢迎了我，并且在其他人肯定是故意和我作对时，他对我却特别友善。他还是，我可以这么说，一个才华横溢的人。实际上，我想更进一步补充说，我还从来没有见过一个和他一样的侦探。他的破案方法无与伦比。”

“他让你想起谁了吗？”

我停顿了一下。“他让我想起了夏洛克·福尔摩斯。”

“是的。”她的声音突然变得冰冷。“夏洛克·福尔摩斯。”

“琼斯太太，很明显你是故意安排你丈夫离开的。可我不知道这是为什么，而且他不在场时议论他，让我觉得失礼。所以你为什么不告诉我，你在想什么呢？”

琼斯太太什么都没说，但她仔细地审视我，她坐在那里，火光柔和地照在她脸上，我突然觉得她非常美。最终她开口说话了。“我丈夫在楼上有间办公室，”她说，“在他办案的时候，他有时把那里当作静思的地方。你想要看看吗？”

“非常乐意。”

“而我非常想让你看看那里。顺便一说，你无需顾虑。我被允许想进就进，而且我们在那里只待一两分钟。”

我跟着她走出房间上了楼，经过一些水粉画——多数都是鸟儿和蝴蝶——它们挂在条纹墙纸上的原木画框中。我们走到第一个楼梯平台，走进一间没铺地毯的小房间里，房间朝向后花园。我立刻知道这就是琼斯工作的地方。然而不是他在支配这间房间。

我看到的第一件东西，是桌子上一摞摆得整整齐齐，每一本都保存得有如全新的《斯特兰德杂志》。我不用打开这些书就知道能在里头看到什么。他们全都刊载了约翰·H. 华生医生讲述的夏洛克·福尔摩斯的历险，而这位伟大侦探的存在在房间里到处可见，相片、银版照相和报纸头条被钉在了墙上：**“蓝宝石被追回”**，**“科堡广场银行劫案被挫败”**。仔细查看书架上的书籍和论著，我看到许多都是福尔摩斯写的。其中有一本关于血迹的科学分析的大部头书，另一本是关于密码的（《一百六十种密码考查》），还有第三本是关于不同种类的烟灰，它让我想起了我们从迈林根出发的火车旅程。还有温伍德·里德、温德尔·福尔摩斯、埃米尔·加布里奥和埃德加·艾伦·坡所著的其他一些书，几本百科全书和地名索引，以及一本《人类学期刊》，这本正翻到一篇有关人耳形状的文章处。书房总的外观是朴素的——除去书架，唯一的家具就是一张书桌、一把椅子和两张小桌——房间里乱糟糟地堆满了东西，每一寸地面都放着一样奇怪的物件。我看到一个放大镜，一盏煤气喷灯，装满化学品的玻璃瓶，一条标本蛇——我觉得是一条沼泽蝰蛇——几根骨头，一张上诺伍德的地图，还有也许是曼德拉草根的东西，以及一只土耳其平跟软拖鞋。

我在门口徘徊的时候，埃尔斯佩思已经在我前头走了进去，现在她转过身。“这就是我丈夫工作的地方，”她说，“他在这间房间里待的时间，比在这房子里其他任何一间都要多。我肯定是不需要告诉你，给他灵感的人是谁。”

“非常明显。”

“我们已经说过他的名字。”她挺直身子说，“有时候我希望我从未听到过这个名字。”她在生气，而她的怒气让她和那个读故事给孩子听的母亲，以及和我一起坐在餐桌旁的妻子非常不同。“这就是我想告诉你的，蔡斯先生。如果你要和我的丈夫共事，你理解这事至关重要。我丈夫在巴塞洛缪·肖尔托的谋杀案发生后，第一次遇见夏洛克·福尔摩斯，那次调查得知巨额的阿格拉[①]财宝丢失了。他碰巧从中得到了一些赞扬，虽然他从来不这么看，而华生医生发表的文章把他描述成一个特别不喜恭维的明星。”

琼斯已经婉转地提到过这事。但是我什么都没说。

“这两个人在另一件不怎么骇人听闻的案子上再次相遇了，那是在伦敦北部发生的一起入室盗窃案，三件陶瓷塑像离奇被盗。”

“阿伯内蒂家。”

“他告诉你了？”

“隐约提到过。我对细节一点也不了解。”

“他不常提起那件事——他是有充分理由的。”琼斯太太停了停，让自己镇定下来。“他再一次失败了。华生医生把他变成了一个

① 阿格拉：印度北部的一座古城，泰姬陵和阿格拉古堡所在地。

笑柄，幸亏前者还没有发表这个故事。当事情全都结束后，我丈夫用了几个礼拜来折磨自己。为什么他没有注意到那个死去的人蹲过监狱？他的指甲缝里有麻絮，一想就知道是一个挺明显的线索。为什么他对三个完全相同的陶瓷塑像的意义如此视而不见，而对福尔摩斯先生来说这是如此的显而易见……那些脚印，睡着的邻居，甚至是死者袜子的折痕。他表现得就如同一个笨手笨脚的业余人士，他怎么能称自己是一名督察？”

“你对他太苛刻了。”

“他对自己太苛刻了！蔡斯先生，我必须私下谈谈，我真心实意地希望，你真是一个你自诩那样的朋友。阿伯内蒂一案之后，我丈夫病得很厉害。他抱怨说疲倦、牙疼，从骨子里觉得有一股虚弱感。他的手腕和脚踝肿胀。一开始，我以为他是工作过度，只需要休息，再晒点太阳就行了。然而，医生很快就诊断出严重得多的病情。他得了软骨病，他小时候曾经短暂地染上过这种病症，现在它复发了，病情要严重得多，而且还来势汹汹。

“他被迫停止工作一年，在那期间，我日夜照料他。一开始，我期待他能康复，可几个月过去了，他变得稍微强健些，我开始希望也许他能放弃他的警察职业。他的兄弟彼得是一名督察。他的父亲升到过警司职位。我知道，这里有一种家族传统的感觉。可是即便如此，我带着个孩子，作为一个妻子成天为他担惊受怕，并且知道他永远没办法恢复到以往的健康，我自己就想，也许他会选择在其他行当开始新的生活。

“我想错了。我丈夫把那一年在家的时间，全都花在了完善他的侦探职业上。他见过夏洛克·福尔摩斯两次，被他击败了两次。他坚信，如果他们再次相遇，历史不会第三次重演。简而言之，埃瑟尔尼·琼斯督察会让自己成为和那位世上最有名的咨询侦探比肩的人物，为了这个目的，他以一股与搞垮他的疾病不相称的精力投身工作。你可以在你的四周看到其中的一些证据，但是相信我，这只是其中很小的一部分。他读过福尔摩斯写的所有文章。他研究福尔摩斯的手法，重复他的实验。他向每一位和福尔摩斯共事过的侦探请教。总之，他已经把福尔摩斯变成了自己生活中的榜样。"

对我来说，她的每一句话都讲得通。从我遇见埃瑟尔尼·琼斯的那一刻起，我意识到他对那位伟大侦探的兴趣。但是我没能体会到他竟如此全身心地投入。

"几个月前我丈夫回到了他的工作岗位，"埃尔斯佩思总结道，"他觉得自己已经从最糟糕的病痛中彻底恢复了——可实际支撑他的，是他对福尔摩斯工作的了解，以及他认为自己现在可以和福尔摩斯相媲美的信念。"很长的停顿之后，琼斯夫人颤抖着继续说，"我没有那样的信念。请上帝宽恕我这么说。我爱我的丈夫。我钦佩他。但最重要的是，如果他仍然还是被这种残酷的自信所蒙蔽，我为他感到害怕。"

"你错了——"我开始说。

"不用安慰我。看看你的周围吧。这就是证据。天知道这种痴迷会把他带向何方。"

"你想让我做什么？"

"保护他。我不认识那些他正在对抗的人，但我非常为他害怕。他们看起来冷酷无情。而他自己，又缺乏狡诈。我这么和你说有错吗？我不知道没了他，我怎么活下去，而这些可怕的凶杀案，今天的暗杀企图……”

她停了下来，满屋寂静。

“琼斯太太。”我说，“我向你保证，我会竭尽所能将我俩都引向安全。固然我们对抗的是难以对付的敌人，但我没有你的忧虑。你的丈夫已经一次又一次地向我展示了他的卓越才智。我也许比他大几岁，但即便如此，我得承认这个事实，我在这个行动中是资历尚浅的搭档。此言既出，我全心全意向你保证会照料他，支持他。如果我们陷入险境，我会竭尽全力来保护他。”

“你真好，蔡斯先生。我不能要求更多了。”

“他很快就要回来了，”我说，“我们该下楼了。”

她挽着我的胳膊一同走下楼。没一会儿琼斯就回来了，他看到我们坐在壁炉前谈论纽约的五个区。他没看到一点不合适的事，我什么也没说。

但是当我回到坎伯威尔车站时，我陷入沉思。夜色仍然一片漆黑，雾气翻滚着穿过人行道。远处的某个地方，一条狗在黑暗中号叫，警告我那些我不想知道的事情。

第十二章

涉外领土

第二天我们见面时琼斯的情绪更显高涨,他表现出一种奇怪的欢快情绪,我现在知道这是他从那位最伟大的侦探所树立的榜样身上发现的灵感。“你听到这个会欣慰的,我们取得了进展!”我们俩碰面时,他在酒店外宣布。

“你又去了法院巷吗?”我问。

“塞拉斯·贝克特和他的同伙可以等等。我要说,他们想趁着夜色溜走至少还得一个礼拜。”

“你没有回去又怎么会这么肯定?”

“我离开前就知道了,我亲爱的蔡斯。你没有注意到那个手摇风琴手的位置吗?他站在理发店前门正好八步远的地方。”

“恐怕我完全没有明白你的意思。”

“我开始想你和我也许能共同开创一片未来。你该离开平克顿,而我则该从英格兰场辞职。你会喜欢住在伦敦的。是的!我很认真。这座城市需要新的咨询侦探。我们也许甚至可以在贝克街弄上几个房间！你怎么看？”

“我不知道该说什么好。”

“嗯，我们手头还有更要紧的事。首先是我们的朋友佩里。现在我们知道他是在三点还差二十分的时候进入苏格兰场，并且声称带着一个给我的包裹，一个棕色纸张包装的大盒子。他被指点去我在四层的办公室。”

“为什么他不把盒子放在你的办公室里？”

“他做不到。因为我正坐在书桌后，而且肯定会把他给认出来。他只能把包裹放得尽可能靠近我，也就是在我办公室隔壁的电报室。他们看着送信的、学徒，还有军校生进进出出已经习以为常了，多一个也看不出什么异样。”

“但你离开了。”

“我按之前安排的离开去接你。佩里一定只比我早了一两分钟。时间就是这么接近！你看到他上了马车。你对他同伴的身份有什么进一步的想法吗？”

“毫无头绪。”

“没关系。我们的敌人也许犯下了他们第一个严重的错误，蔡斯。如果他们为自己的冒险行动选择一辆两轮马车，那我们就几乎不可能找到他们。伦敦的街上有执照的、没执照的两轮马车泛滥成灾，而且车夫也许也永远找不到。而四轮马车则完完全全是一种更加稀罕的怪兽，甚至那车夫都已经在我们掌握之中了。”

“你怎么找到他的？”

“我们有三个部门，几乎有一百个人。你真的以为我们会容忍昨天发生的如此暴行吗？没有一个小旅馆，一条巷子，也没有一处马车房或马厩会被遗漏。他们整晚都在外头巡视，终于，我们找到了一个人，他记得一单去白厅的生意，他听到了爆炸声，不一会儿他就接到了第二个乘客。”

“他们去了哪里？”

“我还没和那车夫谈过。可是如果他能告诉我们，他把两个乘客送去了哪儿，又或者这个人是从哪来的，那么我们的任务就得以完成了，德弗罗也许就会落入我们的掌心。”

琼斯来时坐的出租马车还在等我们，我们没有说话，在没完没了的车流中冲出了一条路，终于穿过伦敦。我感谢这沉默，它让我去回想昨天晚上埃尔斯佩思·琼斯对我说的话，而且我怀疑她是否对即将发生的事具有某种直觉。就琼斯本人而言，他并未提及那顿晚餐，虽然他肯定知道他的妻子做了安排，以便能和我私下交谈半个小时。他是否知道我们到过他的书房？回想起来，我发现和琼斯太太的会面奇怪地令人不安。我希望她和我再多说一点……或者，也许是少说一点。

最终我们来到皮卡迪利广场附近的一个马车出租站，位于城西的正中心，如果你想要比较，它就相当于纽约的时代广场。我立刻看见一辆保养得很好并且擦得锃亮的四轮马车停在那里，它边上站着一个穿制服的警察。车夫是一个巨人，穿着鼓得像帐篷似的外套，他正坐在自己的位子上，缰绳横搭在双膝，脸上愁容不展。

我们下了车。“格思里先生吗？”琼斯问，一边大步走上前。

“是，是我，”车夫回答，“我在这儿都一个多钟头了。为啥要像这样不让一个老实人去干他的营生？”

他没动，目光向下盯着我们，他牢牢地坐在座位上，就好像一匹马套上了马具。真是个大个子，满脸的横肉，两鬓的络腮胡子，深红色的皮肤是长期暴露在户外各种天气里的结果，或者更像是得了硬化症。

“我肯定我们可以对你的时间做出补偿。”琼斯说。

“我不要你们的补偿，官老爷，我收钱干活！”

“你会收到所有你应得的钱——但是你必须先告诉我一切我想要知道的事情。昨天你载过一个男人。”

“昨天我载过好几个男人。”

“可其中的一个，你带他去了靠近苏格兰场的白厅。是在下午三点钟左右。”

“我不知道几点钟。几点钟对我有啥用？”琼斯还没来得及打断他，他就摇起他那颗巨大的脑袋，在我看来那匹马也做了同样的动作以表赞同。“好吧，好吧。我知道你说的人是哪个了。一位高个子的绅士。我能告诉你那个，是因为他得把自己折叠起来才能坐进马车。奇怪的客人——我就是这么想的。”

“他多大年纪？”

“三十或者四十。”车夫想了一分钟。“或者也许五十岁。我说不上来。比他年轻时候要老些——就这些。让人讨厌的眼睛。不是那种你想要看到的，和你一样看事情的那种眼睛。”

“那么你是在哪里载他上车的？”

“在斯特兰德。”

琼斯转身向我。“这对我们没有帮助，”他轻声地说，“斯特兰德是伦敦最繁忙的一个马车出租站。它靠近一座主要的火车站，所有的车夫都用它，因为许多公共马车的线路都不到那儿。”

“所以我们的神秘乘客可以从任何地方到此地。”

“绝对如此。告诉我，格思里先生。你直接载他去了白厅吗？”

“我是按路况载他直奔白厅去的。”

“他是一个人吗？”

“绝对是一个人。他一声不吭，帽子遮住了眼睛，眼睛向下看着领子，蜷缩在角落里头。他咳嗽了几次，可没和我说过一个字。”

“他肯定告诉了你目的地。”

“‘白厅。’他上车时说的。还有就是当他要下车时说的‘停！’嗯，对我说了两个词。可没别的了。连‘请’和‘谢谢’也没有。”

“你把他送到白厅了。然后呢？”

“他叫我等着。”车夫抽了抽鼻子，意识到自己的错误。“第三个词，官老爷。‘等着！’这就是全部了。我和马的交谈都比这多。”

“发生了什么？”

“你知道发生了啥！整个伦敦都知道发生了啥。一声巨响，就跟沃克斯乐园的日本炮那么响。我想，老天啊，那是啥玩意儿。可是那家伙，他连动都没动，他就坐在那儿朝外看，我懂了，他在等人。然后那个男孩跑过来爬上了车。一个送信的。我问自己，这里咋回事？我没问他们，因为很明显这两人谁都不会说的。”

“那个人和男孩有没有对话？”

“说了。可我听不见。我坐在前头，车厢的门窗都关着，所以听不见。”

“你把他们带到了哪里？”我问。

“不太远。穿过国会广场，又上了维多利亚大街。”

“是去了一所私人住宅吗？”

“我不知道那是啥。可我能告诉你门牌号。平常我是不会记得的。因为我没脑袋去记号，我脑袋里都是号，干吗还要在一个号上再记另一个？可这个号就和一二三一样简单。它就是一二三。维多利亚大街123号。我还有些号码要给你。等待时间每一刻钟六便士，我在这儿至少两个钟头了。你怎么说？”

琼斯给了那人一些钱，我俩赶紧一起离开，沿着人行道大步走，经过福特纳姆梅森百货公司，直到格林公园。我们拦了另一辆出租马车，琼斯把地址给了车夫。“抓到他们了！”他对我说，“就算他们不是真的住在维多利亚大街，那房子会带我们找到他们。”

“四轮马车里的人，”我低声说，“他不可能是克拉伦斯·德弗罗。他没有先遮好车窗，是不会坐车出门的。”

“车夫说他缩在车里，脸埋在衣领中。”

“我觉得对一个像他一样深受广场恐惧症折磨的人，这还不够。还有呢，琼斯。非常奇怪，但是我觉得那个地址，维多利亚大街123号，我是知道的。”

“那怎么可能呢？”

“我说不上来。我在其他地方见过这个地址，或是读到过它……我不知道。”我停了下来，我们再次在沉默中行进，直至最后到达维多利亚大街，这是一条宽阔、人头攒动的大道，人群在优雅的店铺和商场中进进出出。我们发现了要找的那幢房子，那是一座坚固的、不怎么好看的建筑，最近才建成，作为私家住宅明显太大了。它让我立刻想起了布雷德斯顿公馆，我看到它有着同样坚不可摧的感觉，都有装着栏杆的窗户、一扇大门、一条狭窄的小道通向富丽堂皇的前门。我注意到琼斯正朝上望着，随着他的视线，我看到飘扬在屋顶上的美国国旗，然后往下是大门边的牌匾。

“这里是美利坚合众国的公使馆，”我叫起来，“当然了。我们和公使的随从人员有过许多沟通。罗伯特·平克顿在伦敦的时候就待在这里。这就是我怎么知道这个地址的。”

“公使馆……”琼斯重复这个词，他的声音突然变得紧张起来。他停了一会儿，让自己体会其意义。我明白我们的马车夫也许为了我们所需，都会把我们带到月亮上。“我们被禁止入内。没有执法官员可以进入一座公使馆。”

“可这是他们来的地方，”我叫道，“佩里和他的同伙。这可能吗？”我走上前去抓住了栏杆，就好像能把它拆下来。“克拉伦斯·德弗罗得到了他自己国家使馆的庇护吗？我们一定要进去！”

“我告诉你，这不可能，”琼斯坚持道，“我们必须得去向外交大臣的部门提交申请——”

“那么我们必须做这事！”

“我不认为我们有足够的证据来支持这样一个申请。我们只有格思里先生的证词，他说把客人带到了这里，我们甚至不能确认他们进去了。这和在海格特发生的事一模一样。我跟踪那男孩到了布雷德斯顿公馆，但我们仍然不能说他真的进了那房子。”

“布雷德斯顿公馆！你也许记得——斯科奇·拉韦尔曾吹嘘说他享有公使馆的保护。”

“这是我第一个念头，蔡斯。他的说法当时让我觉得很奇怪。”

“他的书桌里有一份邀请函。他和那个女人被召唤到这个地方。”

“我把它……或者它的剩余部分，放在我的办公室里。”琼斯已经从布雷德斯顿公馆里带走了所有他感兴趣的东西，包括那本日记，以及把我们带去法院巷霍纳理发店的那块肥皂。“一场为工商企业庆祝的聚会。”

“你还记得日期吗？”

琼斯看了我一眼。他能立刻明白我在想什么。“我相信那是明天晚上。”他回答道。

“是啊，有一件事情我们可以确定，”我说，“斯科奇·拉韦尔不会来参加。”

“我们两个中的任何一个顶替他进去，都会是一件极其严重的事。”

“也许对你是的，可对我就不是。我毕竟是一位美国公民。”

“我不会让你一个人进去的。”

“那里不可能会有危险。那是为了招待英国和美国的商人……”我微笑着说，“那不正是斯科奇·拉韦尔自认为的身份吗？我设想犯罪事业也可以算作某种生意。”我转向埃瑟尔尼·琼斯，他肯定能看出我心意已决。“我们不能让这个机会从手上溜走。如果我们向外交大臣提出申请，只会让克拉伦斯·德弗罗警惕我们的目的。”

“你假定他在那里。”

“证据不是这么表明的吗？我们至少可以到里面看上一眼，”我迅速地继续说，“而且肯定风险不大。我们将会是众多客人中的两个而已。”

琼斯站着，让自己倚在手杖上，眼睛紧紧盯着大门和房门，两者均在他面前关着。风停了，旗帜垂了下来，像是羞于展现自己一样。

“很好，”他说，“我们去。”

第十三章
三等秘书

美国公使馆被布置成了公使的招待会场。大门打开，排成两列的火炬照亮了通向公使馆前门的道路。有六个男仆穿着同样耀眼的鲜红色外套，戴着老式的发套，当客人们从聚集在外面的双头轻便马车和四轮马车上下来时，朝着他们鞠躬致意。灯光在窗户后面闪烁，前门的另一边传来钢琴的演奏声，还有火光映出的深橙色影子越过砖房，这一切真的容易让人忘记这是一幢相当单调乏味的建筑，忘记我们在伦敦而不是在纽约。甚至连美国的国旗也在高高飘扬着。

埃瑟尔尼·琼斯和我一起到达，我俩都穿着燕尾服，打着白色领结。我注意到他把自己常用的手杖换成了一根带象牙手柄的，我怀疑他是不是为每个场合都备着一根手杖。他看起来有点紧张，终于有一次对自己不自信——我必须提醒自己，他到这里来承担了多大的风险。因为一个英国的警方官员以虚假的借口进入一个外国使馆，而且还正在进行一起罪案的调查，这会是他事业的终结。我看到他犹豫地注视着敞开的大门。我们的眼神交会。他点了一下头，我们向前走去。

他已经把从布雷德斯顿公馆得到的邀请函拿了回来。幸运的是，这份邀请函躲过了爆炸和火苗，尽管靠近看的话，它还是有一些略微烧焦的痕迹。“特命全权公使，罗伯特·T.林肯先生，很荣幸地邀请……”邀请函上的字是用完美的铜版体写就，接下来是，“……斯科特兰·拉韦尔先生及贵客。”我们很幸运，那个我们只是短暂认识的女人，亨儿的名字没写在上面。我们决定，如果被问到，我会声称自己是斯科特，斯科奇，或者现在似乎是斯科特兰先生。琼斯将是那位无名的客人，而一旦被问到，就说出自己的本名。

可是事实上，我们俩没被以任何方式查验身份。一个男仆瞥了一眼我们的邀请函，就挥手让我们进入一个宽阔的门厅，那里陈列着的书籍明显是假的——它们都没想要假装成是真的——还有两个古典希腊女神像的塑料复制品，门厅的两头各摆一个。宴会在二楼进行。钢琴声也就是从这里传出来的。一截铺着厚地毯的楼梯通到楼上，但要走上楼梯，客人们必须从排成一列的四名男士和一名女士面前经过，他们刻意站在那个位置，以便能在那里欢迎每一位客人。

我几乎没注意到第一个男人，因为他背对门站着。他有着灰色的头发，下垂的眼睑，身上具有某种阴郁和不愿抛头露面的神情，看起来完全不适合作为欢迎团队的一员。而且他还是四人中最矮的——甚至连那个女士也高他一大截。

显然那位女士就是公使的妻子。她鼻子高挺，肤色灰白，头发紧紧地打成卷，虽然说不上漂亮，却是无可置疑的庄严，她朝所有向她走来的人致意，就好像她就是使大家到这里来的唯一原因。她穿着朴素，鼓起的羊脚袖棕色斜纹羊毛衫，脖子上围了一条丝巾。当我握着她的手鞠躬时，我闻到了薰衣草香水味。

“斯科特兰·拉韦尔。”我小声说。

“非常欢迎，拉韦尔先生。”就算是女王本人说这话也不会更缺乏热情。

站在她身边的她的丈夫则更可亲，这是个大个子、宽肩膀的男人，深黑色的头发在他脑袋上从前往后向两个方向分开。他脸上的笑容被他眼睛里的严肃抵消了，而他的每个动作似乎规矩到近乎刻板。他的脸颊甚至嘴巴，都几乎被他的大络腮胡子和八字须所淹没，此两者一路延伸到他的耳朵，我几乎可以描写其为不均匀，甚至是蓬乱。我看到他站在前排和人们打着招呼，我想他和他的妻子或多或少成功地隐瞒着什么，而没多久之前，他们才经历了某种伤痛，它依然在这房间里，萦绕着他们。

我发觉自己站在他的面前，再一次重复我假冒的名字。现在我已经习惯它了。他用力抓住我的手。“我是罗伯特·林肯。”他说。

“林肯先生……”这个名字肯定是我耳熟能详的。

“非常荣幸地欢迎你们来到我在伦敦的家，拉韦尔先生。能允许我向您介绍我的参赞，怀特先生吗？”这个人排在欢迎行列的第三位，也留着胡子，比公使年轻十来岁。那位绅士鞠了一躬。“我希望今晚对你们既愉快又有所收获。”

我等着埃瑟尔尼·琼斯介绍完自己，然后我们俩一同走上楼梯。

“林肯？”他问。

“亚伯拉罕·林肯的儿子。”我回答。我怎么会忘记，这位美国最著名家庭之一的后裔被派到詹姆士国王的宫廷来了呢？他父亲被暗杀的那晚，福特剧院有一个座位其实就是给他预订的。许多人将对他的同情转化成了热情支持，而且据说下次大选时林肯自己也许将参选总统。”

“这次冒名顶替会毁了我。”琼斯半是认真地咕哝。

“我们进来了，”我回答，“而且，到目前为止，毫无困难。”

“我心里真无法相信，一个犯罪组织能把自己托庇在一个国际使节的官邸里。这样的念头简直无法想象。”

“他们邀请了斯科奇，”我提醒他，“让我们来看看能否找到那个胖男孩，还有马车里的那个人。”

我们经过一个拱廊，来到一间有整栋建筑那么长的房间里，如果从地板一直延伸到天花板的落地窗不是被窗帘严实地遮挡住，也许能看到后面花园的景色。大约上百人已经聚集在一起，一个年轻人在钢琴边弹奏着切分音节奏的曲调，我想埃瑟尔尼·琼斯对它不会熟悉，但是我听出来它源自新奥尔良的街头。一张长桌上摆放着玻璃酒杯，还有一碗碗看起来像是水果潘趣酒的东西；招待们已经拿着一盘一盘的食物转悠开了——有生蚝配黄瓜和小红萝卜、油炸鱼丸，还有酥皮馅饼等等。让我觉得好笑的是，许多菜品还带有配料广告的标签。其中有“E. C. 哈泽德的番茄酱”、“巴尔的摩的醋”，以及“科尔伯恩的费城芥末酱”。稍后，其中一张桌子还会摆上“蔡斯和桑伯恩的顶级咖啡”。这本来就是一次商业宴会，所以也许公使馆的人员认为这些标识牌也是这次宴会的一部分。

我们没有太多的事可以做。招待会在这房间里举行，而且也没人来质疑我们蹑手蹑脚地在公使馆里搜查克拉伦斯·德弗罗。如果他在这里，我们也许会有机会撞见他——或者至少能碰上认识他的什么人。如果他不在这里，我们就是浪费了自己的时间。

我们喝了点冰镇薄荷酒（标签上写着“产自肯塔基‘四玫瑰’的波旁威士忌”），就混入其他客人们中去。很快就来了几百人，他们所有的人都穿着最好的晚装，我注意到他们之中就有门口的那个小个子。他正在愤怒地打发托着一盘咖喱香肠走近他的招待。“我不吃肉！”他的尖锐嗓音说出来的话似乎既没礼貌，又与这次活动不相称。最后，公使、他的妻子和参赞终于从门厅走了上来，表示这个团队的人全到了。从那一刻起，无论罗伯特·林肯身处何处，总有一小伙人聚集在他周围，这就是他对房间里所有人的掌控，我和琼斯再不能逃脱被拉进一个这样的圈子。

“该怎么对待猎杀海豹的这个行业呢？”有人问他。问话者的络腮胡子和珠子般亮晶晶的眼睛，让我不禁想，他本人身上就有些像海豹的东西。“我们会在白令海开战吗？”

“我觉得不会，先生。”林肯用他那平静的语调回答，“我相当有信心，我们能谈出一个解决方案。”

“可那些是美国的海豹啊！”

“我不信海豹会把自己想成是美国的、加拿大的，或者任何其他国家的。尤其当它们最终成为某些人的手提袋时。”公使眼光闪烁了一会儿。然后他转过身，突然之间我们俩就面对面了。“又是什么风把你吹到伦敦来的呢，拉韦尔先生？”他问。

这让我印象至深，他居然记得我的名字——或者说，至少是我告诉他的那个名字——所以我结巴了，琼斯不得不替我回答。“我们一起做生意，先生。我们是公司发起人。”

“你是？”

“我的名字是琼斯。”

“很高兴在此见到你。”他朝站在他身边的稍年轻者点了点头。“我的朋友怀特先生认为，我们应该着眼于中南美洲，将他们作为我们自然的贸易伙伴。可我相信欧洲才是我们的未来。如果我和我的属下可以为你的企业提供任何帮助……”

他正准备走开，可就在他这么做之前，我脱口而出：“你确实可以在一件事情上帮助我们，先生。”

他停下脚步。“怎么帮呢？”

“我们想要被引荐给克拉伦斯·德弗罗。”

我故意大声说出这句话，房间骤然沉寂，这是真的，抑或是我的想象？

公使困惑地看着我。“克拉伦斯·德弗罗？我不能说我知道这个名字。他是谁？”

“他是一个纽约来的生意人。”

“做什么样的生意？”

可是在我回答之前，那位参赞插了进来。“如果这位先生在使馆注册过他的地址，我确信会有一位秘书将能够为你提供帮助，”他说，“你任何时候来访都可以。”他温和而又不着痕迹地领着公使离开了。

我和琼斯被弃之不管了。

“琼斯先生！平克顿先生！”

听到自己被这样称呼，我的心沉了下来。我转过身，发现自己正面对着埃德加·莫特莱克和利兰·莫特莱克。虽然依着这场合的需要，他们戴着更加正式的白领结，这两个人完全是他们在波士顿人会所时的模样，就好像从那时到现在其间并没有时间的流逝。

“也许我听错了，”埃德加·莫特莱克开始说话，“但是我肯定听见公使称呼你为斯科特兰·拉韦尔。我听到这名字就知道不对，因为可怜的斯科奇可没办法来。”

“不法行为！”利兰·莫特莱克粗声粗气地说，他的厚嘴唇噘着，面露怒容。

“在我看来你似乎没权利来这里。你没受到邀请。如果你出席，只可能是通过偷窃——你偷了邀请函，对不对？——还有就是对美利坚合众国的公使撒谎。”

“我们来这里，是为了追踪调查一次针对我的办公室，并且导致两名警官死亡的袭击案，”琼斯回答，“当然，你会装成什么都不知道。但是我们可以下次讨论这事。我们要走了。”

“我不这样认为。”埃德加举起一只手，一个年纪稍轻、看起来颇为自负的男子——这个人我们没在楼下见过——急忙赶过来，他好像觉察到有麻烦。“这两位先生是侦探。一个是平克顿的探员。另一个来自苏格兰场。他们用伪造的身份进入公使馆，而且还查问过公使本人。”

那名官员瞪着我们。“这是真的吗？”他问。

“我是一名警官，这是真的，”琼斯回答，“而且我刚才的确和林肯先生谈过话。可是我的意图并非来见他，我肯定也没有查问他。”

“你必须把他们带走。”埃德加插话道。

“逮捕。”利兰补充道。似乎他一直只会说一个词。

这名官员意识到，这场对话正发生在一间挤满人的房间里，公使和他太太就在几英尺开外的地方，他显然感到不自在。琼斯保持着镇定，但是我能看出他甚感麻烦。与此同时，那兄弟俩正幸灾乐祸地享受着我们的窘境。“先生们，你们最好跟我走。”最终这位官员说。

“乐意之至。”琼斯和我跟着他出了房间，把宴会留在身后。我们俩都没有说话，来到了走廊，门都被关上了。发现只剩下我们自己时，琼斯转向我们的护送者。“我不否认我们不应该在这里，最起码这非常严重地违背了外交礼节。对此我只能道歉。可是我能保证，你可以向我的上司找到弥补的方法，现在，你允许的话，我和我的朋友要离开了。”

“我很抱歉，”那名官员回答，“我无权做那样的决定。在允许你们离开之前，我必须告知我的上司。”他做了个手势。“如果你们可以等几分钟，这儿有个房间。你们不会被扣留多久的。”

我们无从争辩。那名官员把我们带到一间办公室，我相信公众访客也许会发现自己身处此地，因为房间里稀稀拉拉地摆放着一张桌子和三把椅子。一面墙上挂着美利坚合众国第二十三届总统本杰明·哈里森的画像，还有一扇大窗正对着维多利亚大街，下面的灯火还亮着。门关上，我们被独自留下。

琼斯重重地坐了下来。“这事糟糕了。”他说。

“这件事全是我的错，”我说，又赶快补充道，“我都没法告诉你，我有多后悔自己心血来潮让我们今晚来这里。”

“总而言之，这或许徒劳无功。可是我不会怪你，蔡斯。这是我自己的决定，而且莫特莱克两兄弟都在这里这件事或许有些意思。”他摇摇头。“也就是说，我不在乎接下来可能发生什么。”

“他们不会解雇你的。”

“他们也许没有选择。”

“好吧，那又怎么样？”我嚷起来，“你具有我见过的最了不起的头脑。从我们在迈林根相遇那一刻起，我看到在雷斯垂德和其他的督察之中，你是多么与众不同。我在平克顿的这些年，从未遇到过一个像你这样的督察。苏格兰场也许会选择舍弃你，但是让我向你保证，我亲爱的琼斯，无论你在哪里，他们都会来找你的。伦敦需要新的咨询侦探。就在昨天，你才说过同样的话。”

“这倒是真的，我是这么想的。”

“那么你就让它成为事实。也许我自己也会在这里再待一段时间，就像你太太建议的。是的——为什么不呢？我可以成为你的华生医生，但是我能向你保证，我会给你更多溢美之词！”他对此报以微笑。我走到窗前，朝外头的仆人和等着的马车望去。“我们为什么非得在这里等着？”我问，“让它见鬼去吧，琼斯，我们走吧。明天我们再来面对这事的后果。”

可是琼斯还没能回答，门就被打开，那名官员回来了。他朝我走来，拉上窗帘，刻意挡住了窗外的景色。“我们被允许离开了？”我问道。

“不，先生。三等秘书希望能和你们单独见面。”

“他在哪里？”

“他一会儿就到。”

他说完没多久门口就传来了动静，那位秘书走了进来。我立刻认出了我在门厅见过的那个矮小的灰发男人。现在我们距离近了，他看起来比我一开始以为的还要矮小，让我想起琼斯给他女儿买的那个玩偶。他有一张很圆的脸，眼睛、鼻子和嘴巴紧紧地——几乎是过紧地——挤在一起。他的头发又薄又稀，透过头发可以看到布满老人斑的头皮。最奇特的是他的手指，虽然形状完整，但对他的手掌来说却太短了，也许只有应有长度的一半。

“谢谢你，艾沙姆先生。”他说，用之前我注意到的那种奇怪的尖锐嗓音打发了那位官员。“先生们，我们能坐下吗？这是一件不幸的事。我们需要简短。”

我们坐了下来。

“让我介绍一下自己。我的名字是科尔曼·德·弗里斯，我在这公使馆里的职位是三等秘书。你是苏格兰场的埃瑟尔尼·琼斯督察？”琼斯点头，他转向我。“那你是……？”

“我的名字是弗雷德里克·蔡斯，美国公民，纽约平克顿事务所的探员。”

“你们为什么来这里？”

琼斯回答了他的话。“你应该知道两天前发生在苏格兰场的暴行。我相信我是这起导致两人死亡、多人受伤的袭击的目标。”

“是你的调查将你带到这里来的？”

“是的，我们相信涉案的那个人躲藏在公使馆的保护后面。”

“那个人是谁呢？”

“他的名字叫克拉伦斯·德弗罗。”

德·弗里斯摇了摇头。“除了公使和他太太，这座使馆里只有十二名长期职员，”他说，“我可以向你保证，我从未见过你说的这个人。我们当然知道苏格兰场发生的事。你怎么会认为我们没听说呢？林肯先生亲自向你们的警察总监发去了一封唁电，而且我能理解你们不惜以任何可用的手段捉拿罪犯的想法。然而同时，我怎么强调你今晚来这里的行为是不恰当的都不为过。先生，你知道治外法权的主旨，就是公使馆的住所是不受英国法律管辖的，而一位警官以这样的方式来这里，这是对国际协议的公然违犯。”

“等一下！”我叫道，“我们今晚在这幢房子里看见过两个人，埃德加·莫特莱克和利兰·莫特莱克，我们知道他们是最凶残的那类歹徒。我在平克顿见过他俩的档案。我知道他们是干什么的。是的，琼斯探长和我也许越过了法律上的细微处，但是你就准备坐在这里保护他们而阻碍我们吗，尤其是考虑到所发生的事情？”

“保护美国公民是本使馆的责任。”德·弗里斯回应道。他的声音没变，但他的眼神里是愤怒。“据我所知，你说的这两位先生都是生意人……除此之外没别的。你有他们在这个国家任何的犯罪证据吗？有没有任何好的理由申请引渡他们？没有，我想没有。而且我是否可以这么说，除了在对你们的指控清单上加上诽谤罪，你们什么也得不到。”

“你打算做什么呢？”琼斯问。

“我同情你，琼斯探长。”而从三等秘书脸上的表情来看，他完全不是这样想的。他将手放在怀里，他的手指交叉在一起，指尖还够不着他自己的指关节。“我明天第一件事就是向你的上司提出正式投诉，而且我将接受至少把你开除出警察局的处理。至于你的朋友，我们对于约束平克顿先生的探员们实在无能为力。他们的放肆和不负责任的行为广为人知。我将会把你遣送出这个国家，蔡斯先生，而你也许会发现自己被美国的法庭起诉。而这些，先生们，就是全部了。我还要回宴会上去。你们会被带出门。”

琼斯站起来。“我有一个问题。”他说。

“什么问题？”

“当你走进这间房间的时候，你准确地称呼我为埃瑟尔尼·琼斯。我在想你是怎么知道这一点的，因为莫特莱克兄弟俩都没有完全搞明白我的名字。”

“我看不出这有什么关联——”

“可是我看得出！”令我惊讶的是，琼斯大步穿过房间，用他的手杖钩钩起窗帘的边缘，把它拉开后露出窗外的景象。一瞬间，我想那里有些他要我们看的东西，但是接着我意识到他脑袋里想的完全是另一个目的。这对于这位三等秘书的效果是不同平常的，就好像他被人打了耳光一样。有一会儿工夫，他坐在椅子里，狂野地瞪着眼睛，喘着粗气。然后他扭过身子，无法再朝外面多看一分钟。

“我告诫你不要向任何人去投诉我，克拉伦斯·德弗罗。”他叫道。

“德弗罗？”我站了起来，盯着那个畏畏缩缩的人物。

“现在一切都说得通了，”琼斯继续道，“拉韦尔、莫特莱克兄弟和公使馆之间的关联；为什么马车来到这个地方的原因，还有你为什么总是无法被找到。我纳闷，林肯先生是否知道他雇佣的三等秘书是什么样的人？”

“那些窗帘！”那个自称科尔曼·德·弗里斯的人用他的尖嗓音咕哝，“把它们拉上，你该死！”

“我不会做这样的事。承认你是谁！”

“你没权利来这里。滚出去！”

“我们正依照自己的意愿离开。可是让我告诉你，德弗罗，我们知道了你是谁。我们知道你在哪里。虽然你也许未来能在公使馆躲藏一阵子，你再也不能指望它的庇护。我们找到了你，就不会让你逃脱了！”

"你来之前就会毙命。"

"我不这样想！"

"你不能动我。而且我对你发誓——你会后悔今天的！"

琼斯准备离开，但是我却不打算走。"你就是德弗罗？"我叫起来，一边逼近这个颤抖着的矮小男人。"你就是那个我们这么久以来畏惧的幕后黑手？就是你来到伦敦，相信能以你的意志统治整个地下世界？要不是我亲眼所见的证据，我本来是不相信的，而我的所见让人极为不屑。"

德弗罗发出一声野兽的号叫扑向我，如果琼斯没有把我拉开，也许他就抓住我了。

"我们不能逮捕他吗？"我叫道，"我穿越半个世界来找这个人。我们不能就这样离开他。"

"我们没有什么可以做的。我们在这里没有执法权。"

"琼斯……"

"原谅我，蔡斯。我了解你的感受。但是我们没有选择。现在我们必须走了。我们可不能在这里被发现。"

我还想对德弗罗——德·弗里斯——随便他自称叫什么的这个人采取行动。此刻他双眼半闭，正在颤抖着。我想到了把我们带到这里的一条血路、乔纳森·皮尔格雷姆的命运，后者被这个家伙或他的同伙无情地杀害了。我还记得他引起的所有痛苦。我相信，如果我不是换衣服时把自己的折刀落在了旅馆里，一定会毫不犹豫地把它插进他的身体，但是琼斯抓住了我。"走吧！"

"我们不能！"

"我们必须走！我们没有针对他的证据，除了把他消解成此等模样的奇怪的精神病症状之外，什么也没有。”

“你们会为此丧命的。”德弗罗嘶嘶地说。他半遮着眼睛，整个人的身体都扭曲了。“而且你们会慢慢地死去。我会让你们付出代价。”

我想回击他，但是琼斯拖着我离开了房间。走廊里空荡荡的，当我们沿着楼梯回到街上的时候，也没人试图拘捕我们。只有当我们离开使馆的大门，回到空旷的地方时，我才将自己从我朋友的紧握中挣脱出来并转过身去，深深地吸着夜晚的空气，说：“那就是德弗罗！克拉伦斯·德弗罗！”

“绝非别人。还不明显吗？当我们刚进入门厅时，他背对着门。因为他的广场恐惧症他不敢往外看！而在他进房间前，因为同样的理由他派自己的手下拉上了窗帘。”琼斯笑道，“而他的名字！瞧他自负的。科尔曼·德·弗里斯。科·德！他选择藏在同样的名字缩写之后。”

“可是我们真的必须离开他？老天啊，琼斯，我们刚刚发现了他这拨人中最大的罪犯，而我们既不抓捕他，也不说一个字，就这样走了！”

“如果我们尝试抓捕他，我们将失去所有的一切。我们自己的处境不利，因为我们是用假身份去那里的。我不怀疑林肯先生和他的朋友并不知道他们保护的是什么样的人，但是即便如此，他们会本能地保卫他，维护他们的一个自己人。”琼斯冷笑了一下。“嗯，游戏变了。我们现在自由了，我们可以重新部署，计划下一步。”

“逮捕他！”

“当然。”

我回望公使馆——还有那些马车、仆人、闪烁的灯火。这是真的。我们找到了克拉伦斯·德弗罗。只剩下一个问题。我们究竟怎么样才能把他引出来？

第十四章
设下圈套

那晚我睡得不安稳。我的休息再一次被我那麻烦的邻居所打搅,他从未离开过房间,可是他又似乎在旅馆里无处不在。他好像既不吃早餐也不吃晚餐。他和我同时抵达——或者女佣是这么告诉我的——但他从不外出。我想到过和他去对质,但决定还是不这么做。就我所知,他也许是个完全无辜的旅人,只是因我的想象才变成了一个威胁。真的,如果不是他咳嗽的噪音以及在窗口的短暂一瞥,我甚至都不会觉察到他的存在。

然而更让人不安的,是我所做的有关克拉伦斯·德弗罗的奇怪、扭曲的梦。梦里我见到了他的脸,凶恶的眼神,还有他那些可笑的、任何人都嫌太短的手指。“我不吃肉!”我听到他在大叫,但接着我发现自己正躺在一个超大的盘子上,一边是刀,另一边是叉,而且我很确定他正准备吃了我。我回到公使馆,和罗伯特·林肯及其太太在一起。我还到了布雷德斯顿公馆,双脚浸在血泊之中。最后,我来到了莱辛巴赫瀑布,一跃而下进入永恒,水流在我四周撞得粉碎。可当我睁开双眼,发现自己正躺在床上,床单皱巴巴的,暴雨正抽打着窗户。

我没什么胃口,只吃了很少一点早餐,因为我正焦急地等待着琼斯的消息,如果有的话,就是我们昨晚的冒险之后接下来发生了什么。当我们碰面时,琼斯带来了不好的消息。和我的期望正相反,美国公使馆已经向警察总监提交了一份对琼斯指名道姓的正式投诉。

“我们的朋友,科尔曼·德·弗里斯,居然有胆量亲自签署了投诉函。”琼斯说,我们正一同坐在一辆出租马车中,车轮碾过昨天那场短暂暴风雨留下的水坑引起水花飞溅。“信函是今早九点钟送到的。手脚够快的,你说是不是?”

“会发生什么?”我问。

“几乎肯定我会丢掉我的职位。”

“这是我做的事……”

“嘿,伙计,这不重要。我亲爱的埃尔斯佩思会为此感到高兴的,不管怎样,在他们采取任何行动之前,我们还有几天时间呢。首先会有一场质询,然后成立一个委员会,再是一个报告,一场审查,最后才会得出建议措施。这就是英国警方的工作方式。在这段时间里可以发生许多事。”

“可是我们能做什么?”

“我们现在进退两难,这倒是真的。我们不能逮捕克拉伦斯·德弗罗。未经公使许可甚至都难以和他面谈,特别是发生了昨晚的事情之后,我怀疑就更不可能了。我们有什么证据证明他参与了任何罪恶勾当?”

“你见过我从纽约带来的档案。而且你也听到了你同事斯坦利·霍普金斯所说的话。德弗罗的名字在伦敦人尽皆知。”

“可是科尔曼·德·弗里斯这个名字就没有。我得说，一名罪犯躲藏在外交豁免权的幕布后，可真是个天才的主意。”琼斯咯咯地笑起来。他看起来没有一丝不安。“是的。我们只有一个方法能抓住德弗罗先生，那就是抓他个现行。我们必须设置一个圈套。他一出现在公使馆外面，我们就抓住他。”

“我们从哪里开始着手？”

“答案非常明显。真的……慢点，车夫！我想我们已经到了。”

我们只走了短短的一段路，环顾四周，我看见我们已经回到法院巷巷口了。我几乎已经忘记了塞拉斯·贝克特和他那令人不快的理发店了，事件的进展就是如此。但是当我走下马车，我看到一群警察正在等着我们，他们在理发店和手摇风琴手的视线之外，后者哀怨的琴声在街角还能听到。“跟紧我。”琼斯命令道。然后，他对最近处的警官说：“你知道该怎么做吗？”

“是的，先生。”

“我们没进店里之前，任何情况下都不要暴露自己。”

这是琼斯从夏洛克·福尔摩斯那里继承来的，另一个让人抓狂的习惯：不到最后一刻不为自己做解释……似乎即便是到了那时他也不解释，因为我们转过街角，开始沿着通向枫树旅店花园满是车辙的小路走去时，他还是一言不发。我们一出现，那个手摇风琴手就停止演奏，我记得他和上次我们来这里时的表现一模一样。对琼斯而言，我们理应直接去理发店——难道不是为这个我们才来的吗？——可是他却走向那位沉默的音乐家。

“要生发水吗，先生？”那人问，“理发还是剃须？”

“今天不要，谢谢，”琼斯回答，“可是既然你提到了这个，我倒是有兴趣看看你本人的发型。”那人还来不及制止他，他已经走上前去，从那人脑袋上扯下大礼帽，露出了一头让人惊讶的鲜红色头发。“它和我想的一样。”

“你是什么意思？”我问。

“红头发！”

“他头发的颜色和这事会有什么关系？”

“可有关系了。”他转向那位愤怒的音乐家。“我相信我正在和邓肯·罗斯先生说话——最起码，这是你在两年前用的名字。不过你的真名是阿奇·库克，而这也不是你第一次参与这样的好事了！”那人吃了一惊，要不是乐器的分量拖累了他，也许他就逃走了。琼斯抓着他的胳膊。“你和我一起进理发店。我劝你不要制造麻烦。这样最后也许对你好一些。”

“我是个老实人！”库克抗议道，“我演奏音乐。人家付钱给我来为理发做广告。其他的我什么都不知道。”

“够了，阿奇。我什么都知道。如果你一定要否认你的同伙也行，可别来浪费我的时间。”

我们三个人穿过马路，再次进入我们第一次见到塞拉斯·贝克特那肮脏的门厅。我注意到阿奇的腿瘸得厉害。当门在我们身后关上时，理发师出现了，他再一次从地下室走上来。他看到手摇风琴手时大吃一惊，然后只看了琼斯一眼，他就明白他的把戏——无论那是什么——完蛋了。我以为他会转身逃跑。也许还有另一个逃离这栋建筑的出口。但琼斯已经预料到了。“待在原地，约翰·克莱！”他一边命令道，一边放开阿奇，把他推到那把磨损得厉害的皮椅里。“是的！我知道你的真名。我对你在这里干的事情一清二楚。别想逃跑。我在街道的两头都布置了警官。可要是你相信我，按我的规矩来，你的下场可能还不会太糟。”

理发师考虑了一下。然后我看到他颓然倒下，就像他让外套从肩头滑落下来。眼见他一下变成了一个年纪更大也更聪明的人，他开口说话时声音也变了。“我更喜欢被称为克莱先生。”他说。

“我惊讶于见到你这么快就出狱了。”

“那位法官是一位非常文明的绅士，他确认过长的刑期对像我这样体质虚弱的人会造成伤害。”很难相信这是同一个人在讲话。“我们碰巧上过同一所学校，这或许也帮上了忙。”

“让我向你介绍约翰·克莱先生，臭名昭著的谋杀犯、盗贼、销赃犯以及造假犯——夏洛克·福尔摩斯是这么描绘他的。他是一个最足智多谋的罪犯，蔡斯，也是所谓的‘红发会’的发明者。”

“科堡广场劫案！”我叫道。我不是在琼斯书房墙上钉着的报纸上，看到过同样内容的文章吗？

“一次失败的抢劫。当我第一次来这里时，我很难相信会遭遇这同一个约翰·克莱，而他又再一次重操旧业了。我马上察觉了事情正是这样。允许我解释一下吗，克莱先生？”

“你请便，先生。对我而言无关紧要。”

“很好。这里展示给我们看到的，是一间特意为了拒顾客于门外而设计的理发店。不但房间肮脏，理发师自己的头发也理得相当丑陋。只有一个蠢货才会在这样一个地方让剃刀靠近自己脑袋的任何部位，又或者就此而言，去购买一种主要成分看起来是胶水的生发水。嘿！我在恶魔理发师陶德[①]的店里都会更舒服些。可是当然，这才是他的本意。因为克莱先生有更要紧的事情要做。马路对面就是法院巷安全保管公司。五年多来，他们给伦敦最富有的家庭提供牢固的保险库。”

“六千个保险箱。”克莱悲伤地咕哝。

“克莱先生一直在路的下面挖地道，目的是为了入侵保险库。他的同伙，阿奇·库克，是这次行动的必要角色，他提供两项服务。首先，他弹奏的难听噪音能够掩盖他脚下挖掘的声音。我能够从他在街上所站的位置推算地道挖到多远了。我相信，你已经快要得手了。”

“再过几天，我们就完工了。”

“如果有人走近理发店，他还发出警告。”

“他的演奏停了！”我说。

“正是这样。声音安静下来就使克莱先生警觉，让他有时间爬回地面。然而，他没法换掉裤子。我马上看到他裤子的膝盖部位皱得厉害——顺带一提，就是福尔摩斯上次所注意到的完全一样的线索。”

“你问他是否信教。”

“他显然一直跪着。如果他在祈祷，结果也许是一样的。所以他一说不去教堂，我就知道自己的结论是对的。上一回，克莱先生用一个巧妙的借口，说服了一位伦敦的当铺老板从自己的店铺离开。当前的这个诡计表明，他的创造力一点也没丢。”

约翰·克莱鞠了一躬。在他那张奇怪、像男孩一样的脸上，有一

① 恶魔理发师陶德：英国作家乔治·皮特创作的音乐剧中的主人公，是一个专门谋杀顾客的理发师。

抹近乎微笑的表情。“先生，我必须说，被最棒的侦探抓到还是给了我某些安慰。上次是夏洛克·福尔摩斯，这次是你！请允许我这么说，虽然我实际上从未杀害过任何人。有人死了，这是真的，但是我俩都喝醉了，那家伙摔了下去，他不是被推下去的。”

“我对你的过去不感兴趣，克莱先生。也许你可以不被逮捕——或者通过协助我至少能改善自己的处境。我能相信你诚实可信吗？”

“你正在，先生，对女王陛下的一位远亲说话——虽然他长久以来一直被视而不见。如果有可能做出某种安排，来帮助我摆脱目前的困境，我会说话算话的。”

“这正如我所希望的。那就让我先来告诉你，我是怎么找到法院巷的吧。我和我的朋友造访了一处发生了几起凶残的谋杀案的现场——海格特的布雷德斯顿公馆。那房东，一位名叫斯科特，或者斯科奇·拉韦尔的人，把这店名和部分地址写在他的日记上。”

“我认识拉韦尔。我没杀他。但是我可不会说，听到他离世我会过分遗憾。”

“乔纳森·皮尔格雷姆这个名字你听着耳熟吗？”

“不。”

“他是美国一家执法事务所——平克顿事务所的探员，而且他也知道你的阴谋。他本人已经被谋杀了，可他留下了一张你的广告卡片，这也把我们带到了这里。”

一阵短暂的沉默后，克莱站直了身子。“阿奇，老伙计，准备些茶。先生们，我可以请你们来后厅吗？我从不认为我会乐意接待两位执法官员，也不喜欢手腕上戴一副手铐，可是我很高兴见到你们。我们一起喝点茶，我会告诉你们我的故事。我用我的王室血统向你们保证，我极其渴望提供帮助。”

我们一起来到后面的房间，在一把摇摇晃晃的椅子上坐了下来，旁边是一张光秃秃的木头桌子，阿奇则在煤堆里拨弄着。被琼斯揭穿之后，克莱似乎已经重拾镇定，以至于我们仨就像三个老朋友，正在讨论从一开始就在计划的某件事情一样。

“我是从霍洛韦监狱出来的，”克莱开始说，“不是个让人愉快的地方。对一个有教养的绅士来说，那里有点像猪圈，而我甚至付钱也弄不到一个自己的房间。没关系。那位法官，那个我也许说起过的可爱人儿，至少还是宽厚的——而我思索，自问接下来该干什么。红发会那个计划的失败让我颇受震动。你说呢，阿奇？那可是需要大量的准备工作。真可惜，福尔摩斯介入了。再过几天我们就能得手，溜之大吉了。

“这是2月的事情了，我一出监狱，就知道有些事不对劲。我所有的老伙计都在韬光养晦，而肖迪奇的酒吧里曾经如此欢乐，现在却像是殡仪馆。就好像是开膛手本人已经回来，出没于伦敦的大街小巷那样……或者更糟。

“我很快发现情况其实还要糟糕。一个新的犯罪团伙来了。据说是美国人。我本人从来不偏向美国人，目前的这伙人除外。我的观点是，我的祖先乔治三世国王让殖民地从他的手指缝里溜走，实在是个巨大的耻辱。我说岔了……这些人从纽约来，他们在城里安下身之后，就像梅毒一样传播开来。我失去了许多朋友、许多同事。他们不按我们的规则游戏，六周时间里大街小巷里鲜血流淌，我可以向你保证，在这件特殊的事情上我不使用比喻。我是说真的。这些人真是穷凶极恶。”

壶里的水烧开了。阿奇灌满了茶壶，把它拿到桌上。他行动时还是有些困难，而且我看得出他在痛苦之中。

“莫里亚蒂在哪里？”我问。

“莫里亚蒂？我从未亲眼见过他本人，当然了，我知道有这么个人。我们所有人都是如此。如果真有什么让人畏惧的人，他就是这么一个。而且他也要分成！在伦敦还没有一样罪行他不来分一杯羹的，我们都曾经抱怨过这点——小声嘀咕——虽然公平而论，你需要他的时候他总在那里。我可以为他这么讲。可是他走了，消失了。这个家伙，克拉伦斯·德弗罗，取代了他的位置。虽然德弗罗也从来不亲自出面，只派他的打手们去替他干脏活，可是他让莫里亚蒂看起来就像是一位仙女般的教母。

“他们来访的时候，阿奇和我正坐在衬裙巷一家犹太人的小出租房里。斯科奇·拉韦尔，一个长着猪眼的讨厌家伙，被一帮小混混护卫着。他们都是英国人，这是他们永远的耻辱啊，该被永世诅咒。这就是那些新来者的做法。他们直接从贫民窟招兵买马。这给了他们打手——因为一帮从贫民窟和鸦片馆拉出来的家伙为了半个克朗什么都肯干。没有忠诚。没有爱国心。而且他们还消息灵通。他们了解这城里的一切，以及管理这一切的专业人士们——搞破坏的、撬保险柜的、赌九柱戏的，以及其他所有人。他们知道我。

“我们吃早餐的时候他们破门而入，并把阿奇绑在椅子上。斯科奇自己什么都没有做。他的小混混们替他干脏活的时候，他就趾高气昂地站在那里。然后，他终于提出了自己的建议。我为什么会说是建议？那其实是命令，而且毫无疑问，一旦拒绝我就会没命。

“在法院巷有一家空置的店铺，就在安全保管公司对面。他们判断我得花上几周时间才能在路下面挖出一条地道进入保险库。那地方满是金银珠宝和现金。他们会给这地方付房租，可是阿奇和我要在地下蹲着干所有的脏活。我们要承担所有的风险。而他们为自己的善举所要求的回报呢？他们告诉我，德弗罗先生会拿走所有收获的一半。一半啊！即便是莫里亚蒂也从来没有要求超过百分之二十。”

“而你同意了？”琼斯问。

“当你被五个割喉的杀手围着，培根也凉了的时候，最好不要争辩。即便如此，我还是有尊严的，我明确地表示了抗议。而这时候那个恶魔转向可怜的阿奇。‘让他吃点苦头！’他说。话已出口，我也无能为力。”

“你本可以制止他们的。”阿奇咕哝道。

“一切都发生得太快了。太可怕了。他们就在我面前拽下了阿奇的鞋……”克莱停了下来。“阿奇，给他们看看。”

红发男孩弯下腰，脱下自己的鞋子。现在我明白了为什么我们把他带进理发店时，他会一瘸一拐。他大脚趾的指甲已经没了，肿胀的脚趾还在流血。“他们对我干的！”他低声说，眼睛里含着眼泪。

“他们用了一把老虎钳，”克莱继续说，“当时一片尖叫声，我可以告诉你，我都吃不下早餐了。而且我明白还会更糟。如果我拒绝，他们就会冲着我来！我从来没见过这么不讲理的野蛮行为，当然那一刻我明白，我别无选择。

“我们搬进了这里。理发店重新开张是我的主意，而且——还一举两得——这样我就可以做一切事情防止顾客进来。所有在这儿的时间里，我只理了五六次发……而且理得还不错，虽然这是我自己说的。我在地下，阿奇给我望风，而且我可以告诉你，这真是个魔鬼的活儿。都是泥岩，石灰石，还有灰尘！以往那些伦敦的好土去哪儿了？”

“斯科特·拉韦尔被杀之后，你有没有从克拉伦斯·德弗罗那里得到消息？”琼斯问。

克莱摇了摇头。“从德弗罗那里没有。我在报纸上看到了拉韦尔的死讯，我和阿奇还出去买了一瓶杜松子酒庆祝。我以为没这么好的事情。第二天，一个更恶心的家伙来访了。我从来不告密，可这次我要为这些好伙计们破一次例。他的名字是埃德加·莫特莱克。高个子，穿着讲究，有着油光光的黑头发。”

“我们认识他。”

“你们不会想认识他的！他又给了我们两周时间来进入保险库。他说如果晚了，我们会再掉一个脚指甲。”

“你没有掉脚指甲！”

“你知道我的意思，阿奇。这是他说的，从那时起，我们日夜不停地干着。”

“一旦你闯入地下保险库，之后的安排又是什么呢？”

“莫特莱克先生说他会亲自和我们联系。”

“你会把以后的事都交给他去接手？”

“噢，是的。他想要全都是自己亲眼所见。这些美国人，他们谁也不信。你可以忘记‘盗亦有道’了。阿奇和我甚至在猜，他们是否会满足于一半。他们也许会把我们引入圈套，然后割断我俩的喉咙。”

“圈套会有的，”琼斯低声说，“可不会是你掉进圈套。而现在，我非常想看看你的地道。这一定是一项非常精湛的工程。而且我很有兴趣了解你打算如何打穿保险库的墙？”

“只是伦敦砖而已。在一楼地板上装有钢板，可是下面的保险箱保护得就没那么好了。德弗罗先生做过必要的调查。至少这点上我会为他那么说。”

我们茶都没沏就站起身离开桌子，走下一段又陡又窄的楼梯，来到了店铺下的地窖。里面的空间几乎不够站下我们四个人，因为大部分的地面上堆着泥土和碎砖。其中一面墙被敲穿了，我蹲下身子，看到一条圆形地道消失在远处，有油灯照亮，还有粗糙的木板支撑着。让我惊讶的是，约翰·克莱在这里居然还能呼吸。即便在地窖里，空气也是又热又潮。他只能靠身体前弓，双膝跪地前进，边前进边将松土抛到身后。

“你对我的态度已经超过一般的坦白，克莱先生。”琼斯说，油灯在他的脸上投下暗影。“不管你过去犯下过何种罪行，目前都可不予考虑。我被警告过，一股异常邪恶的势力已经来到这个国家，这里就是一个机会把它一劳永逸地清除掉。来吧，蔡斯。让我们回到地面上去。我们在黑暗中已经待得太久，余下的时间不多了。”

我们走上楼梯，离开了理发店。我从未看到琼斯比现在更坚定，或比现在更自信，让我毫不怀疑，不管怎么样，哪怕德弗罗似乎已经把整个伦敦置于掌控中，他的日子就快到头了。

第十五章

布莱克沃尔湾

伦敦大劫案

整个伦敦都为今天凌晨发生的一起劫案而义愤填膺，窃贼闯入了法院巷安全保管公司，这家公司在过去的六年里一直是企业和家庭的安全保障。这个备受好评的机构宣称拥有六千个保险箱，配备武装守夜警卫来回巡逻，它似乎坚不可摧。然而，窃贼们以非凡的坚韧在街道的地下挖掘地道，从下层的一个门厅破墙而入。接着他们洗劫了众多保险箱，掠走了价值几百镑的物品。如果没有夜班主管菲茨罗伊·史密斯先生的机智，不是他发觉走廊中有一股奇怪的穿堂风并下楼查看的话，窃贼们的胆大妄为也许能得到更多的收获。然而自发现入室盗窃案之后，法院巷安全保管公司的客户包围了此处，叫喊着要求知道自己的贵重物品是否已经丢失。此案由苏格兰场的 A. 麦克唐纳德督察负责调查，但是迄今为止还未有嫌犯被逮捕。

摘自伦敦《泰晤士报》

1891 年 5 月 20 日

我对琼斯是如何说服《泰晤士报》同意他的计划的一无所知,但以上就是在我们和约翰·克莱会面二十四小时之后出现的报道。它不可避免地引起了恐慌,一大帮有钱人围住了法院巷,而我也不确定他是怎么对付他们的。我能想象安全保管公司的高管们正在做适当的缓和:“没有,先生,你的保险箱没有被侵犯。令人遗憾的是,我们今天不能让你进去。警方仍在继续他们的调查。”

让一个大公司为一场压根儿没有发生过的抢劫关张四十八小时肯定是一个大成就,可是随后要付出的代价就大了,事实上琼斯已经没有时间了。警察总监已经看到了来自科尔曼·德·弗里斯的投诉函,并将尽快召开质询。琼斯很明确地告诉我,苏格兰场的质询近似于正式免职。

报纸新闻披露的时间是在周三。那天我没有看见琼斯,但是他给我的旅馆送来一张便条,要我第二天去切尔特恩街的一处见面,就在贝克街车站的南边。他说的那栋建筑非常小,又狭窄,不过采光挺好,二楼有个起居室,上面是一间卧室。房子已经空置了一段时间,不过被打扫过,并维护得挺干净。琼斯就像我一向见到的那样,一脸自信,他正站在壁炉前,手杖摆在自己面前。

一开始我有点困惑。这个地方在我们的调查中可能起到什么作用呢?它是不是和约翰·克莱有某种联系呢?很快琼斯就给我点明了。“克莱先生正安全地待在衬裙巷他的出租屋里。我派了两个人看守他和他的伙计阿奇·库克。可我不认为他们会尝试溜走。事实上他们都和我们一样喜欢德弗罗先生，而且会很高兴看到他被绳之以法，特别是，如果帮助我们，他们就能逃脱牢狱之灾。”

“德弗罗联系上他了？”

“德弗罗认为他们手里有价值几百镑从法院巷安全保管公司偷来的物件，他认定自己有权得到其中的一半。我想，《泰晤士报》上的那篇报道是特别字斟句酌的——可这些足够把德弗罗诱出公使馆吗？谁知道呢？也许他会决定派他的代理人出面，可即便是这样，也许就能提供给我们实施抓捕所需的足够证据。我们必须期望他迅速行动。克莱先生已经向他们交代清楚，他需要赶紧离开伦敦。这当然是我干的事。让我们来看看事情如何进展。”

“那这个地方呢？我们为什么来这里？”

“还不够明显吗，我亲爱的蔡斯？”琼斯微笑道，让我想到我正看着的也许就是他曾经的样子，那时他还没有被病痛击倒。“不管接下来几天里会发生什么，我很清楚我在苏格兰场的职业生涯是到头了。这个话题我们已经开了头。可是我们已经谈过你和我一起干。为什么我们不能让它成为现实呢？难道你不认为这行得通吗？”

“那这些房间……？”

“……以一个合理的价格正在招租。有一间卧室——给你的。我当然会继续和我亲爱的埃尔斯佩思和比阿特丽丝住在一起。可这不正是一间理想的咨询室吗？离大街只有十二步，而且就在……街角。嗯，这没什么关系。我亲爱的伙计，你会考虑吗？因为你曾告诉过我你还未婚，没有家累。美国对你意义如此之重，以至于你非要回去不可吗？”

“那我将如何谋生呢？”

“这将会是一个平等的合作伙伴关系。我肯定，我们俩做咨询侦探挣的钱将会绰绰有余。”

我一时不知该如何回答。“琼斯督察，”最后我开口道，“你从未停止过给我惊喜，遇见你绝对是我一生中最了不起的经历。如果我要求多一点儿时间来考虑你的提议，你能谅解我吗？”

“当然。”如果他对我的保留态度感到失望，他也努力不显露出来。

“你说得对。”我继续道，“我在纽约过着有点儿孤独的生活，还让工作消耗了我所有的时间。我知道我在平克顿事务所的日子已经快到头了，而且对我来说考虑新的前景也许有好处。即便如此，我必须对此再多想想。我们把做决定的事，留到我们完成工作，并把克拉伦斯·德弗罗绳之以法之后，你说呢？从事情的进展来看，不会太久了。”

“完全同意。可是我是否该告诉房东，我们对这房子感兴趣？我肯定能说服他把这些房间再留一两个礼拜。在这之后，如果你同意，我们就该开始寻找一位哈德森太太什么的来照顾我们了。这将是我们的重中之重。至于未来以及我们养活自己的能力，我在苏格兰场有许多朋友。我向你保证，生意将会送上门来。”

“你是福尔摩斯，而我则是华生？也许这个主意真的不赖。他们毕竟留下了必须要有人来填补的空白。”

他走上前来，伸出一只手。我握住了它。这一刻，我觉得我俩将会永远这样亲密。我对这个建议还是有些茫然，但是我可以说，我的朋友琼斯，热情正在他的胸中燃烧，就好像他将要成就寻找了一生的梦想。

当天晚上，约翰·克莱收到了克拉伦斯·德弗罗发来的消息，信是一个街头小孩送来的，为此他还得到了六个便士的辛苦费。克莱被要求亲自出面——带上劫自法院巷安全保管公司的所有收获——到布莱克沃尔湾第十七号仓库去。这次会面被定在第二天下午五点钟。信上没有签名。句子简短，用大写字母写就。琼斯用他那刑侦的眼光，仔细检查了墨水和纸张，但没有任何同美国或是美国公使馆相关的证据。即便如此，我们俩对发信人的身份都没有任何怀疑。

圈套已经布下。

就这样到了周五。当旅馆的杂役告诉我有访客的时候，我还没有吃完早餐。“带他进来。”我说。茶壶里还有够两个人喝的茶。

“他在外头，”杂役皱着眉回答，“他不是那种可以带进体面场所的人。他在大厅里。”

我好奇地扯下餐巾走出房间，发现一个相貌极度令人憎恶的家伙正在前门外等着我。我立刻看到，他穿得像个水手，虽然他会让任何选他当船员的轮船蒙羞。他的红色法兰绒衬衫荡在帆布裤子外面，还穿着一件不合身的领航员外套，袖子还没有他手臂的一半长。他没刮胡子，脸上有靛蓝染料的污渍，脚踝上缠着一条脏兮兮的绷带。胳膊底下还夹着一根拐杖。如果再加上一只鹦鹉，这幅海盗和死亡的画面就更加完整了。

“你是谁？”我查问道，“你想要什么？”

“对不起，先生。”那人用一根肮脏的手指碰了碰前额的头发。“我从布莱克沃尔湾来。”

“你找我有什么事？”

“带你去克莱先生那儿。”

“我要是跟你去任何地方，就真该死了。你是说克莱派你来这里的？他是怎么知道这个地址的？”

“是一个警察给他的。他叫什么来着？琼斯！他现在正等着你。”

“在哪里等我？”

“我就在你面前，蔡斯。我俩该上路了！”

“琼斯！”我这样盯着他时，这位督察走上前来，把那个喀迈拉[①]水手留在了身后。“真的是你？”我叫了起来，“好吧，我真该死！你彻底骗过了我。但是你为什么要穿成这样？你为什么在这里？”

“我们必须立刻出发，”琼斯回答，他的声音非常严肃，“我们的朋友克莱先生稍后就会去仓库，可是我们必须在他之前到那里。德弗罗就不会怀疑有什么不对劲的。他应该已经看过报纸，而且他知道克莱生活在对他的恐惧中。即便如此，我们不能冒险。必须准备好一切。”

“那这副伪装呢？”

“一点必要的补充——而且不仅只有我的。”他弯下腰，拿起一个布袋扔给我。“一件水手外套和一条裤子——从廉价成衣商店买的，但是没有看起来那么脏。你多快能换好衣服？我让马车在外面等着呢。”

琼斯对我说过，也许有一天我会来细述我们的冒险——也许会登载在新的《斯特兰德杂志》上——他把我带到伦敦码头，就像是给我布置了第一个不可能完成的任务。我该如何开始形容那非比寻常

① 喀迈拉：希腊神话中狮头、羊身、蛇尾的怪物。

的景象呢，现在展现在我眼前的，是在城市的边缘，杂乱无序地延伸开来的大都市吗？我最初的印象是一片昏暗的天空，可那其实只是从烟囱里冒出来的烟雾，阴沉沉地倒映在下方的水面上。以此为背景显出轮廓的是，成百的吊车和上千的桅杆，一支由大型帆船、汽轮船、游艇、商船和驳船组成的船队，它们中很少在移动，大多数在一幅灰色的画卷中一动不动。我从未见到过这么多不同的旗帜。整个世界似乎都聚集到了这里——我靠近时，看到了黑人、印度人、波兰人和德国人，他们都在用不同的语言大声嚷嚷着，就好像巴别塔刚刚倒下，而他们正挣扎着从废墟中脱身。

泰晤士河自顾自阴郁地奔流着，对于它传播的混乱不为所动。内陆开挖出一片人工水道网络，停泊着俄国的横帆双桅船、满载着稻草的独桅小船、小帆船和单桅纵帆船，此时，起重吊臂吊着大袋的粮食，以及仍旧散发着松脂味的超长原木，来回转动；这幅场景里的香料、茶叶、雪茄，以及最重要的朗姆酒，对于鼻子和眼睛的侵犯一样多，使它们被看见之前就已经令人知晓了自己的存在。过了一会儿，前进的速度就变得不可能比步行快了。我们的路被混在一起的水手、码头工人、马匹、货车和四轮马车所堵塞，甚至最宽的道路也被证明无法胜任应对如此巨大人流的任务。

我们最终下了车。周围都是店铺——木匠铺、修车铺、铁匠铺，以及管道铺——脏兮兮的窗帘后面，模糊的人影正做着他们的生意。一个穿着蓝色围裙的屠夫大步走过，他扛着一头装在小笼子里尖叫着的肥猪，整个笼子稳稳地扛在他的肩头。还有一大群衣衫褴褛的孩子——正互相追逐或是被追逐着——三三两两地散布在路的两边。一声警告的大叫过后，一些又脏又臭的东西从上面一扇打开的门里泼了出来。琼斯抓住了我，我们继续走过一家蜡烛铺子，还有一家照例总会有的当铺，当铺门前坐着一个老犹太人，他正在用一个大得离谱的放大镜检查一块怀表。我看到了我们前头的第一个仓库，这是一栋用木材、钢铁和砖建成的建筑，在潮湿中慢慢腐烂着，一半陷入地里，就好像地面无法承受它的重量。起重吊杆从每个方向伸出来，一桶桶酒、一盒盒五金器材，还有各种各样的麻袋和大桶，被绳索和滑轮吊起来，卸到平台上，然后被吞进仓库里。

我们继续前行，把拥挤的人群留在身后。这些仓库的号码看起来排列得毫无道理，也不押韵——我们很快来到第十七号仓库，它方正坚实，有四层楼高，位于人工水道和泰晤士河交汇的拐角，巨大的门开在仓库前后。琼斯把我带到铺在纤道的一堆旧渔网边上，自己就躺了下去，他还邀请我也这么做。几只板条箱和一门生锈了的加农炮的出现，就此完成了我们的这次“游园会”。琼斯拿出了一瓶杜松子酒，我打开后小心地抿了一小口。里头只有水。我明白了他的目的。我们的会面还要等几个小时。穿成我们这样——我现在的装束是一个流动的码头工人——轻易地融入这背景里，我们将没理由被怀疑了。我们可能是两个放纵的体力劳动者，正等着工头来可怜，然后给我们一天的活计。

幸运的是，今天的天气暖和，我必须坦白地说，我很享受有个同伴安静地躺在那儿，周遭还有各种活动不停地进行着。我不敢把表取出来——我们总是可能被人注视——但我可以从云的移动上看出这个下午是如何过去的，我相信，埃瑟尔尼·琼斯会知道任何可能暗示克拉伦斯·德弗罗到来的动静。

事实上，约翰·克莱和阿奇·库克先到了，这两个人并排坐在一辆照明灯车上，身后有一大堆油布盖着的货物。克莱的虚荣心让他把头发剃短了，摆脱了他自己在假装理发师时的奇怪形象。我期望这两个人停下车，但是他们没有注意到我们，就直接驶进了仓库。“现在开始了。”琼斯低声说，几乎没看我一眼。

又过了一个小时。码头上还有一群群的人，因为活儿一直要持续干到夜幕降临，而且甚至可能还要更久。我们身后，一艘满载玉米和油渣饼的驳船正在缓慢驶出，螺旋桨旋转着穿过滞缓的水流，不知要驶向何方。克莱已经进入建筑物里看不见了。我仅仅辨认出送他来这里的那辆车的背面，但其余的部分都消失在阴影中。太阳肯定已经落山，但天空还依然保持着惨淡的灰色。

又一辆车来了，这是一辆四轮马车，车窗拉着窗帘，马的后面是两个面色严肃的随从。他们可能是正在前往墓地的殡葬人员，看到被厚厚的黑窗帘遮挡的车窗，让我不禁想到，我们是否已经达到目的，把克拉伦斯·德弗罗引出了公使馆。他会亲自来评估盗窃的财产吗？琼斯轻轻地推了我一把，我们蹑手蹑脚地走上前去，看着马车正好在入口的阴影处停了下来。我们所有的期望都寄托在正打开的车门上。我身旁的琼斯一动不动、专心致志，我记起来，对他而言，他毕生的事业危在旦夕。

我俩都要失望了。走下马车的是两兄弟之中的弟弟，埃德加·莫特莱克，他厌恶地打量着四周。和他一起来的还有两个小混混——这些人从来不独自出门——站在他的两旁，显而易见，他们是在给他提供与我们在布雷德斯顿公馆第一次遇见他时同样的保护。琼斯和我悄悄地靠近了些，继续待在阴影底下，并且保持在他们的视线之外。莫特莱克很可能在建筑物之外还布置了人手，但我们俩不构成明显的威胁——或者我希望如此。至少我们现在可以更好地看清里头正在发生什么。

仓库里的布置，让我想起了莎士比亚时代的一个剧场，它有四层座位环绕着中央的舞台，可以让观众不出现，也能有一个极佳的观看位置。这建筑的高度和宽度一样，上面有一扇巨大的圆形彩色玻璃镶嵌窗，那也许是从某座教堂里偷来的。还有相互交错的木梁，晃动的绳子——其中有的连着钩子和配重，用来把货物吊到高层——倾斜的平台，还有这里那里藏着的小办公室。底层，也就是好戏要在此开场的地方，空荡荡的，除了一点儿四散的木屑，几乎什么都没有。我就好像已经看过全部演员到场一样。

灯车停在一边，马一边打着响鼻，一边不耐烦地晃着脑袋。两张隔板桌被架了起来，约翰·克莱和阿奇·库克站在桌前，样子就像两位商店老板在对付一个难缠的顾客。大概有一半的物件被展示出来：银质餐刀和烛台，珠宝，几幅油画，玻璃器皿和瓷器，还有钞票和硬币。我完全不知道这些是从哪里来的——法院巷安全保管公司当然并未失窃——但我猜琼斯一定给他们提供了这些也许是从苏格兰场的物证室借来的东西。

从我们站的地方能够听到接下来的对话。莫特莱克大步走过了两张桌子，双手背在身后。他还是穿着那件他似乎特别喜欢的黑色双排扣礼服，但是没带手杖。他停在约翰·克莱的对面，眼神闪着敌意。“可怜的赃物，克莱先生，”他低声说道，“真是蹩脚。完全不是我们预想的。”

“我们不走运，莫特莱克先生，”克莱回答，“地道还挺管用，虽然这活儿真是鬼才会干的，你真是不知道！但是我们在可以打开更多盒子之前，就被人打断了。”

“这些就是全部了？”莫特莱克走近了些，这样他更加高过那个小个子男人了。“你们没有藏起什么吧？”

“这些就是全部了，先生。我作为一名绅士向你保证。”

“用我们的性命担保！”阿奇嘶哑地说。

“如果我发现你们对我撒谎，丢掉的确实会是你们的性命。”

“这里有一千英镑。”克莱坚持道。

“我在报纸上看到的可不是这样。”

“报纸撒谎了。安全保管公司不想让他们的客户惊慌失措。一千镑呢，莫特莱克先生！我们各拿五百。对几个礼拜的辛苦而言不算太糟了，这是我和阿奇的辛苦付出啊。你和你的朋友轻松就到手了。”

“我的朋友有不同意见。事实上，我必须通知你，德弗罗先生很不满意。他期待能有更多，而且觉得你让他失望了，你们实际上已经违反了合约。所以他指示我把所有的东西都拿走。”

“所有的？”

“你或许可以留着这个。”莫特莱克弯下腰拽出一只银质蛋杯。“作为你们干活的纪念品。”

“一只蛋杯？”

“一只蛋杯加上你们的性命。下次德弗罗先生需要你们服务的时候，你们也许该有个得到体面回报的策略。我们注意到在拉塞尔广场有家银行，我劝告你不要——或者试图——离开伦敦。我们会在合适的时机来找你的。”

莫特莱克向小混混们点了点头，他们拿出麻袋开始扫荡桌上的货色。埃瑟尔尼·琼斯已经看够了。我看到他大步地走出来，彻底亮了相，同时从口袋里拿出一只哨子。他吹出一声长长的哨音，突然之间，十来个身着制服的警察就出现在仓库两头，堵住了出口。直到今天我还不确定他们当时藏在哪里。他们是否从停泊在附近的一艘船上下来的呢？还是他们藏身在其中的一间办公室？不论他们从哪里来，他们都训练有素，我和琼斯坚定地走向那一小拨人时，他们就把我们围在中间。

“站在原地，莫特莱克先生，”琼斯宣布，“我已经见证了这里发生的一切，而且我也听到你说出了同谋的名字。现在我以密谋盗窃和收受被盗赃物的罪名逮捕你。作为一个给伦敦街头带来流血和恐怖的犯罪网络的一员，你已经暴露了，可这就是恐怖的终结。你、你的哥哥和克拉伦斯·德弗罗必须上法庭。”

在这冗长的演讲当中，埃德加·莫特莱克一直站在那里，一点表情也没有。琼斯说完后，他不是向督察，而是向那个窃贼约翰·克莱转过身，后者不安地眨着眼睛。“你知道这事。”莫特莱克简单地说。

“他们没给我选择。可是我会这么告诉你，事实上，我一点也不在乎。我受够了你们的威胁、你们的暴力、你们的贪婪，而且我不能原谅你对我的朋友阿奇所做的事情。你给了犯罪一个坏名声。一旦看到你离开的背影，伦敦将会变得更好。”

“你背叛了我们。”

“等等……”克莱开始说话。

我看到莫特莱克的手在空中划过，并认为他在另外那个人的脸上扇了一记耳光，虽然奇怪的是，没有任何碰撞的声音。克莱看起来也困惑。然后我意识到事情远远比这更糟。莫特莱克在他的袖子里藏着什么东西，那是一把邪恶的利刃，被装在某种机关上，它像蛇信一样突然弹出来。他已经用它割断了克莱的喉咙。有一会儿我还抱希望于他会失手，克莱没被伤到，但是接着一道细细的红线出现在那盗贼的衣领之上。克莱站在那里，喘着吸气，他看着我们想得到解释。然后伤口绽开，鲜血喷涌而出。克莱跪倒在地，而阿奇尖叫着遮住了自己的眼睛。我只能眼睁睁地看着噩梦在眼前继续。

那些小混混们丢掉了一直背着的麻袋而掏出了枪。他们几乎是呆板地移动着四散开来，并开始向警察猛烈开火，第一波扫射中就杀死了他们两三个人。即便身体倒地，他们中的一个还捡起一把大砍刀——它正好横在一个板条箱上——挥舞着把它掷向空中，切断了几英尺开外的一条绳子。莫特莱克伸出手抓住了另一条绳子：这两条绳索连在一起，而且一定还有一个配重，因为他突然被拉高到空中，就像正在表演戏法的魔术师，或者也许是马戏团的杂技演员。几秒钟时间里，甚至就在枪声回荡，左轮枪里冒出硝烟的时候，他变成了四层楼上一个微小的身影，把自己荡到一个平台上，从我们的视线中消失。

“去追他！”琼斯叫道。

大多数警察都带着武器，开始还击。莫特莱克的保护者在人数上被远远地超过，他们继续射空自己的手枪，很快被击毙，其中一个转着圈摔倒在隔板桌上，桌子在他的身下塌掉。我只是奇怪到底是忠诚还是恐惧感，让他们为主人牺牲自己的性命，而后者完全抛弃了他们，让他们听天由命去了。

我没有留下来观看更多的枪击场面。我低下脑袋，因为担心自身的安全，我听从了琼斯的指挥，来到一截在楼层间蜿蜒而上的木楼梯。远处的尽头还有另一截相似的楼梯，当我看过去时，有三个警察离队来把守楼梯。莫特莱克也许已经从战斗地带戏剧性地逃脱，但是他一定还被困在这栋建筑里。

我爬上楼梯，它被我的体重压弯，并发出吱吱嘎嘎的声音。灰尘和火药味充斥我的鼻孔。我最终来到了房顶——气喘吁吁，心跳加速——我发现自己正站在一条狭窄的过道里，一边是一面木墙，另一边则是一个没有防护的陡坡。我向下回望，看到埃瑟尔尼·琼斯已经控制住了局面。他在体力上无法跟上我。克莱四仰八叉地躺在渐渐变大的血泊中，从这个高度望去甚至更让人震惊，它就像一摊巨大的红墨水迹。酒桶、板条箱、大木桶和鼓胀的麻袋，全都散布在我的四周；我缓慢前行，突然想起来，虽然我没有武器，莫特莱克可是带着一件可怕的武器，而且他可以从百十来个藏身处中的任何一处一跃而出。三名警官也上到了房顶，可离我还有一段距离，他们慢慢地朝我靠拢，在圆窗上呈现出侧影。

我来到了一个出口。它就好像墙体的一部分被折叠了起来——既不完全是门，也不是窗，而是介于两者之间的什么。我看到了夜晚的灰色天空和奔腾而去的云彩。泰晤士河就在我前方，有几艘拖船正朝东面驶去，四周寂静无声。我前面有一个长长的平台，被两根生锈的链条用造在旁边的一个复杂的绞盘系统连到仓库。或许莫特莱克本来希望用它把自己降回到下面，但是，要么是这玩意儿不管用了，要么是我来得太快了，所以突然之间，他就出现在我的面前，他的外套在风中拍打着，他死呆呆的眼睛紧紧地盯着我。

我待在原地，不敢再往前去。那把沾着血迹的刀仍然伸出他的衣袖。他在平台那里站着,油亮的黑发和小胡子,比任何时候都更让我想起一位舞台上的演员。我肯定纽约的克拉尔法兄弟[①]从未扮演过比他报复心更重、更危险的角色。

"好吧,好吧,好吧,"他叫道,"平克顿的小子,你让我惊讶。我以前遇到过你这样的,鲍勃·平克顿手下的小子们,他们通常没有这么机灵。你似乎打败了我。"

"你无处可逃了,莫特莱克!"我回答。我不敢再向前靠近。我仍在害怕他会冲向我,对我用上那个可怕的武器。他站在原地。他的下方是缓慢流淌着的河水,但如果他试图跳下去,就算跌落没有让他丧命,他也肯定会被淹死。"放下武器。投降吧。"

他的答复是最亵渎神灵的那种。我感到附近有警官,并且从眼角看到了他们正犹豫不决地在我身后的门口集结。警察们不完全是英勇的骑兵,但我还是松了一口气,因为我不再独自一人了。

"交出德弗罗!"我说,"他才是我们想要的。把他交出来,我们会放过你。"

"我什么都不会交给你,除了这个诺言:我保证你到死都会后悔今天的。但是相信我,平克顿小子,你时日无多了。你我有账要算。"

就在一瞬间,莫特莱克毫不犹豫地转身跳下。我看到他在空中坠落,他的外套在身后飘舞,我看到他的脚直插河中,消失在水面下。我跑向前,脚下的木板倾斜,我突然觉得头晕,如果不是一位警察抓住我,我自己也许就掉下去了。

"太迟了,先生!"我听到一个声音在大叫,"他完了。"

我很感激我被人抓住了。我盯着下面的河水,但是看不到更多

---

① 克拉尔法兄弟:19世纪初纽约的著名舞台剧演员。

的了，甚至连一点涟漪也没有。

埃德加·莫特莱克已经不见了。

第十六章
实施抓捕

那天晚上，我们又一次突袭了波士顿人会所。

琼斯督察通知我八点钟和他碰头，在一群穿制服的警察颇为震撼的陪同下，我们准时开进会所，再一次让钢琴师安静下来，一路经过镀金镜框的镜子和大理石镶板，来到装饰着闪亮的水晶和玻璃的酒吧前面。我们不理睬人群中的抱怨和抗议，他们大多是美国人，其中许多人是再次在晚会上被打扰了。这一次，我们清楚地知道该去哪儿。我们曾见过莫特莱克从酒吧另一边的一扇门里出现。那里必定是他私人办公室的所在。

我们进去时没敲门。利兰·莫特莱克正坐在一张书桌后面，两扇带天鹅绒窗帘的窗户像是他背后的画框。他面前有一杯威士忌，还有一支雪茄在烟灰缸里慢慢地燃烧着。一开始我们以为他是独自一人，可是后来，一个头发油亮、面孔清癯瘦削的年轻人站了起来，他大概有十八岁吧，之前一直跪在莫特莱克的旁边。我以前多次见过他这样的年轻人，感到非常厌恶。有一会儿，我们谁都没有开口。那个男孩站在那里一筹莫展，不知该如何是好。

“从这里滚出去，罗比。”莫特莱克说。

“你说了算，先生。”那个男孩快步从我们边上走过，急着离开。

利兰·莫特莱克一直等到门关上了才转向我们，面带寒霜，无比愤怒。“这算什么？”他咆哮道，“你们从不敲门吗？”他穿着晚装。他灰暗的、湿漉漉的舌头，在圆滚滚的嘴唇中间忽隐忽现，而他的双手握成拳，撑在桌上。

“你的兄弟在哪里？”琼斯问。

“埃德加？我没看见他。”

“你知道今天下午他在哪里吗？”

“不知道。”

“你在撒谎。你兄弟在布莱克沃尔湾的一座仓库里。他正要收受一批从法院巷安全保管公司偷来的赃物。我们突然袭击了他，如果不是他当着我们的面杀了人，我们已经捉住他了。他如今是一个通缉犯。我们知道你俩与另一个人，克拉伦斯·德弗罗相勾结，策划了这次盗窃案。不要否认！那天晚上在美国公使馆时你还和他在一起。”

“我当然否认。你上次来的时候我就告诉你了。我不认识克拉伦斯·德弗罗。”

“他还自称科尔曼·德·弗里斯。”

“我也不知道这个名字。”

“你的兄弟也许从我们的手指缝里溜走了，可你还没有。你现在要和我一起到苏格兰场回答讯问，而且在你告诉我们他在哪里之前，你不得离开。”

"我不会这样做的。"

"如果你不自愿来的话,我将别无选择,只能把你逮捕。"

"以什么罪名呢?"

"妨碍司法调查以及协同谋杀。"

"荒谬。"

"我不这么认为。"

长时间的沉默。莫特莱克坐在那里,竭力喘气,他的肩膀上下起伏,而身体的其他部分则一动不动。我从未想到一个人的脸上有可能露出如此强烈的憎恨,他的脸颊大量地充血,我担心,如果他有什么武器——比如说一把枪——在手边,也许就在他写字台的一个抽屉里,他会毫不犹豫地使用它,完全不计后果。

最终他开口了。"我是一名美国公民,你们国家的一位访客。你的指控是错误的,并且带有诽谤性质。我要打电话给我国公使馆。"

"你可以从我的办公室给他们打电话。"琼斯回答。

"你无权——"

"我当然有权。够了!你是跟我们来呢,还是一定要我把我的人叫进来?"

莫特莱克满面怒容地从椅子上站起来。他的上衣正悬在裤子外面,他故意慢吞吞地把它塞回裤子里头。"你在浪费自己的时间,"他咕哝道,"我没什么可告诉你的。我没有见过我的兄弟。我不知道他的事情。"

"我们走着瞧。"

我们三个站在那里,每个人都等着别人先动。最后,利兰·莫特莱克掐灭了雪茄,然后朝门走了过去,他的大块头身体从我们两人之间穿过。我很庆幸有两个警察正等在门外,因为我们站在波士顿人会所里的每一刻,我都觉得自己是在敌人的领地上。当我们经过酒吧走回去时,莫特莱克转向酒保喊道:“通知公使馆的怀特先生。”

“是,先生。”

亨利·怀特就是罗伯特·林肯亲自介绍给我们的那位参赞。我怀疑莫特莱克在虚张声势,试图恐吓我们。不管怎样,琼斯没理会他。

我们继续从沉默而愤怒的人群中穿过,他们中有些人推搡着我们,好像不想让我们离开。一个招待伸出手,就像要去抓住莫特莱克,我将自己强行插进他们中间,把他们推开了。当我们穿过大门,回到特里贝克街的时候,我大大松了一口气。有两辆四轮马车在等着我们。我已经注意到琼斯决定不使用“黑玛丽亚”——有名的苏格兰场囚车来押送他的犯人,从而免除羞辱。门口的一个跟班递给莫特莱克一件斗篷和一根手杖,但琼斯拿走了后者。“如果你不介意的话,我留着这个。你永远不知道在这样的装置里会找到什么。”

“这是一根手杖,没别的。但是你应该做你该做的事情。”莫特莱克的眼睛冒火。“你会为此付出代价的。我保证。”

我们走上人行道。在我看来街道比任何时候都要黑暗,煤气灯的灯光无法照亮夜的天空和持续不断落下的细雨。油亮的鹅卵石的反光提供了更多的光亮。其中一匹马打了个响鼻,而莫特莱克绊了一下。他看起来像是跌了一跤,我就在旁边,于是伸出手去扶稳他。但是朝他的方向看了一眼,我就发现大事不妙。他面无血色,两眼圆睁,喘着粗气,磨着自己的下巴似乎要说些什么,但是他不再能说话了。他似乎吓坏了……我脑子里想到的是,他似乎被吓死了。

“琼斯……”我开始说。

琼斯督察已经看到了发生的事情，并且把胳膊伸过犯人的背后，抓住了他。莫特莱克正发出最可怕的声音，而且我看到他的下嘴唇上出现了某种白沫。他的身体开始抽搐。“来个医生！”琼斯大喊。

哪里都找不到医生；在空荡荡的街上肯定不会有，而且在会所里头似乎也不会有。莫特莱克跪倒在地，肩膀起伏不定，面孔扭曲。

“出了什么事？”我喊起来，“是不是他的心脏出问题了？”

“我不知道。把他放平。老天在上，我们肯定能找到一个医生吧？”

已经太迟了。莫特莱克向前摔倒在人行道上，躺着一动不动。就在那时我们才借着街灯的亮光看到了它：一支细箭从他的脖子一边突了出来。“别碰它！”琼斯命令道。

“这是什么？看起来像根荆棘刺。”

“就是一根荆棘刺！带毒的。我以前见过这个，可我不敢相信……我不会相信的……这是第二次发生了。”

“你在说什么？”

“本地治里别墅！”琼斯跪在利兰·莫特莱克倒地的身体边上。莫特莱克已经停止了呼吸，他的脸色极度苍白。“他死了。”

“怎么会？我不明白！发生了什么？”

“他死在一支吹箭之下。就在我们要把他带出会所的时候，有人朝他的脖子射了一支箭，而我们则眼睁睁地看着这事发生在自己手上。这是马钱子碱或者类似的毒药。见血封喉。”

“但是为什么呢？”

“杀他灭口。”琼斯抬头看着我，眼中带着痛苦。“但是这不可能。蔡斯，我再一次告诉你，没有一件事情是它看起来的样子。谁会知道今晚我们要来？”

“没人会知道。我发誓，我谁都没有告诉！”

“那么不管我们来或者不来，这次袭击一定是早有计划的。吹箭、箭头，他们已经准备好了。早在我们到达之前，就已经决定好利兰·莫特莱克必须死。”

“谁要杀他呢？”我站在那里，脑海中涌过万千思绪。“一定是克拉伦斯·德弗罗！他正在玩什么可怕的把戏。他杀了拉韦尔。还试图杀了你……那天停在附近的马车里的还可能是其他人吗？现在他又杀了莫特莱克。”

“苏格兰场那次不会是德弗罗。”

“为什么不是？”

“因为车夫让他在大街上下了车——如果那是德弗罗，他肯定不能够走到外面的空旷地带。”

“如果那不是他，会是谁呢？”我无助地盯着他。“是莫里亚蒂吗？”

“不！那不可能。”

我们两个都疲惫不堪，被细雨淋得浑身湿透，筋疲力尽。从我们一起乘车去伦敦码头到现在，逝去的时间长得好像没有尽头，而且这次冒险行动也并未达到计划的效果。我们面对彼此，无助地站着；周围的警察蹑手蹑脚地走近，他们沮丧地盯着那具尸体。会所的门突然砰地关上，灯光被熄灭。就好像在里头干活的那些人不再想要和我们有任何关系了。

“警长，你来处理这个！”琼斯朝其中一个警察叫道，虽然我不知道他指的是哪一个。所有的生命迹象都已经离开了莫特莱克的身体。他的脸扭曲着，眼睛里什么也没有。“把尸体移走，然后记录下会所里每个人的详细情况。我知道我们以前做过一次了，但我们必须再做一次！得到他们的口供之前，一个人也不许放走。”他转向我，说话稍微平静了点。“他们什么也找不到。杀手必定已经离开。跟我来，蔡斯。让我们离开这个该死的地方。”

我们走到街上，一直来到谢菲尔德市场。我们在那里的一个角落找到一家酒吧——名字叫“葡萄”。我们走进温暖的屋子，琼斯给我俩点了半品脱的红酒。他还拿出一支香烟点上。这才是我第二次看到他抽烟。最终他开始说话，小心翼翼地选择着措辞。

“莫里亚蒂不可能还活着。我不相信！你一定还记得那封信……然后那封密码信引起了这一切。信是写给莫里亚蒂的，而且是在那个死者的口袋里找到的。因此那个死者十之八九就是莫里亚蒂。这逻辑像以往那样不可能错。正因为他死了，德弗罗和他的同伙才得以取代他的位置，在伦敦立足。也正因为那封信，我们才能进展到这个地步。”

“那么如果不是莫里亚蒂在报复，那肯定是他以前的同伙。莫里亚蒂可以留下指令给他们，甚至要早于他出发去迈林根之前……”

“也许你是对的。帕特森督察说，他把他们所有人都逮捕了，可他也许错了。可以肯定，我们一跤跌进了两个互相敌对的帮派斗争之中。一边是拉韦尔、莫特莱克兄弟、克拉伦斯·德弗罗。而另一边则是……”

“……那个金发男孩和坐在马车里的人。”

“也许吧。”

“我这是在浪费自己的时间！”我说。我可以感觉到湿漉漉的衣服贴着我的皮肤。我喝了一口酒，但什么味道也品不出，也几乎没有让我感到一点儿暖意。“我大老远从美国跑来追踪克拉伦斯·德弗罗，我找到他了，但是你说，我不能动他。埃德加·莫特莱克就在我眼前，但是他逃脱了。斯科奇·拉韦尔、约翰·克莱、埃德加·莫特莱克和利兰·莫特莱克……他们全都死了。还有我那年轻的探员，乔纳森·皮尔格雷姆……我派他到这儿，却让他丧了命。我觉得莫里亚蒂的阴影笼罩着我们的每一步，老实说，琼斯，我受够了。没有你的话，我将一事无成，可即便是有了你的帮助，我还是失败了。我该回家了，交上我的辞呈，找些别的门路过日子。”

“我不要听这些，”琼斯回应道，“你说我们没有进展，可事实远非如此。我们找到了德弗罗，并且知道了他的真实身份。同时他的力量被大大削弱了，他最新的阴谋——法院巷的劫案——失败了。他逃不了。我会让人守在这个国家的每一个港口……”

“再过三天，你也许就不再有这个权威了。”

“三天里可以发生很多事。”琼斯把一只手搭在我的肩膀上。“不要气馁。我承认，这幅景象并不明朗。可它已然开始成形。德弗罗是洞里的一只老鼠，可即便现在他也一定是可怕的。他会反击的。也许他最终将犯下错误，可以让我们抓住他。相信我，他很快就会行动。”

“你这么认为？”

“我对此很肯定。”

埃瑟尔尼·琼斯是对的。我们的敌人真的行动了——但是采取的方式我俩谁都没有预见到。

第十七章
死者之路

第二天，在赫克瑟姆旅馆我一看到埃瑟尔尼·琼斯，就知道有什么未曾预料到的糟糕事情发生了。他的脸上一直暴露出他长久以来的病痛，而现在他是从未有过的形容枯槁，脸色苍白，我觉得必须带他到椅子上坐下，因为我肯定他快要晕倒了。我没让他说话，而是先给他点了一杯热柠檬茶，我和他一起坐下来，一直到上了茶。我一开始以为他已经和警察总监会过面了，他也已经丢掉了在伦敦警察厅的职位。但是以我现在对他的了解，并且回想起在切尔特恩街房间里的对话，我就知道这种事对他无关紧要，不管发生的是什么，都糟糕得多。

他才开口就证实了我是对的。“他们抓走了比阿特丽丝。”

“什么？”

“我女儿，他们抓了她当人质。”

“你怎么知道的？这怎么可能？”

“我太太给我发了一封电报。我们自己的电报房修好，得等几个礼拜，所以是一个信差把它送来的。我今天早上在办公室里收到这封电报，紧急召我马上回家。当然，我照做了。我到家时，埃尔斯佩思正悲痛至极，几乎无法说得明白，我不得不给她用几滴嗅盐水，让她安静下来。可怜的女人！她在等我回来的时候——独自一人，没人安慰她——都在想些什么啊？

“比阿特丽丝是今天早上失踪的。她和保姆一起出门，杰克逊小姐是一位可靠的女士，已经为我们工作五年了。她们的习惯一直是，一起去离我们家很近的米亚茨菲尔德公园散步。今天早上，杰克逊小姐的注意力被一位问路的老妇人岔开了一小会儿。我问过她，那个把脸藏在面纱下面的老妇人肯定是这个阴谋的一环，她是来转移视线的。当杰克逊小姐再转过身时，比阿特丽丝已经不见了。”

“她会不会只是走丢了？”

“她的性格不是这样，可即便如此，保姆还是说服自己，事情正是这样。不管多么牵强，人的天性总是死抱住自己的希望。她在叫人帮忙之前，彻底地搜索了公园和周边的区域。没人见过我们的女儿。她就像是从地球上消失了一样。杰克逊小姐带着巨大的悲痛赶回家，她不愿意再延误了。埃尔斯佩思正等着她，都不用告诉她发生了什么，因为已经有一张纸条塞进门里来。我把纸条拿到这里来了。”

琼斯打开一张纸片交给我。上面只有几个字，用印刷体的大写字母写着，字迹简单，毫无修饰，这让它更加充满了威胁的意味。

你女儿在我们手上。待在家里。

不许告诉任何人。我们会在今天结束前联系你。

“这什么也告诉不了我们。”我说。

“这告诉了我们很多，”琼斯烦躁地回答，“它出自一个受过教育却假装是没文化的人之手。他是左撇子。他在一家图书馆工作，或者可以进入那里，虽然那是很少有人去的一家图书馆。他心思坚定、残忍无情，然而同时，他行事时情绪紧张，这样就使得他急躁冲动。几乎可以肯定，我正在描绘克拉伦斯·德弗罗，因为我相信是他写的这封信。”

“你怎么能知道这么多？”

“难道还不明显吗？他假装拼错了‘女儿’[1]这个词，可是他的标点符号和其他所有的拼写都是正确的，甚至在‘今天结束前’中还用上了单引号。为了找一张纸，他从书架上拿了一本书，并且把书的空白衬页撕了下来。你可以看到这张纸的两头是机器切的，而外沿是毛边[2]。这书没人读过。注意观察灰尘和褪色——被太阳晒的——就在沿着页面上端的地方。他用左手把纸从书上撕下来的。他的拇指朝外斜着，留下了清晰的印迹。这是破坏公物，显示出这人行事匆忙，如果这书经常有人看的话，这么做就会被发现。”琼斯把头埋在手心里。“为什么我的技艺可以让我看出所有这些，却不能让我预知我自己的孩子也许会有危险呢？”

“别折磨自己了，”我说，“没人能预见这事。我做了这么多年的探员，也从来没碰到过像这样的事。德弗罗用这样的方式针对你……真是无法无天！通知过苏格兰场里你的同事了吗？”

---

① 便条中“女儿”(daughter)一词故意写成“dauhter”。

② 从前西文图书装订时书页并不裁开，只将上下两边切齐，外沿为毛边，待读者阅读时以专用的裁纸刀裁开。

“我不敢。”

“我觉得你应该通知他们。”

“不,我不能将她置于险境之中。”

我想了一下。“你不该在这里。这张便条要求你待在家里。”

“埃尔斯佩思正在那里。可是我必须来。如果他们用这种方式来攻击我,那几乎肯定他们会对你做出类似的事。埃尔斯佩思同意我的想法。我们必须来警告你。”

“我没看到任何人。”

“你出过旅馆吗?”

“还没有。没有。上午我都在房间里,给罗伯特·平克顿写报告。”

“那么我找到你还算及时。你得和我回坎伯威尔。我这么要求你,是否过分了?不管发生什么,我们必须共同面对。”

“最重要的是让你女儿回来。”

“谢谢。”

我伸出手,在他手臂上放了一小会儿。“他们不会伤害她的,琼斯。你我才是他们想要的人。”

“但是为什么呢?”

“我说不出来,可是我们必须准备好最糟糕的情况。”我站起身来。“我要回房间去取我的衣服。真希望我把枪从纽约带来了。喝完这茶,再稍稍休息会儿。也许需要用到你的体力。”

我们一起坐火车回到坎伯威尔,我俩在穿越伦敦远郊的路上,谁都没有说话。琼斯半闭眼睛坐着,陷入了沉思。至于我,不由得想起那趟始于迈林根的,我们两个人一起经历的长之又长的旅程。是不是就要到头了呢?现在似乎克拉伦斯·德弗罗占了上风,但是,我感到安慰的是，他也许最终做过了头，袭击一位督察的家人，是他走错的第一步。这是一个绝望之人的举动，也许我们可以用这点来对付他。

火车好像故意开得很慢，但最终我们到达了目的地，并且匆匆赶回琼斯家，仅仅在一周前，我是一位来这里参加晚宴的客人。埃尔斯佩思在她与我第一次见面的房间里等着。她一只手扶在椅子上站着。那是我见她坐着给女儿读书的同一把椅子。她瞧见了我，一点都不掩饰眼中的愤怒。也许我是活该。她请求过我的保护，而且我还向她保证过一切都会好的。现在看起来这些话是如此无用啊。

"你没有听到其他消息吗？"

"没有。这里也什么消息都没有？"

"一个字也没有。玛丽亚在楼上。虽然我和她说，这不怪她，她还是伤心欲绝。"我猜玛丽亚就是杰克逊小姐，那位保姆。"你见过雷斯垂德了吗？"

"没有。"琼斯低下了头。"如果我正在做一个错误的决定，上帝饶恕我吧，但我不能违背他们的命令。"

"我不会让你一个人去面对他们的。"

"我不是一个人。蔡斯先生会和我在一起。"

"我不相信蔡斯先生。"

"埃尔斯佩思！"琼斯生气了。

"你很不客气，琼斯太太，"我开口道，"整件事情里，我竭尽我的所能——"

"如果我坦率地说出来，你要原谅我。"女人转向她丈夫说，"在这种情况下，我不可能不这么做。从一开始，当你出发去瑞士的时候，我就害怕这样的事情。我有种邪恶正在到来的感觉，埃瑟尔尼。不——别这么朝我摇头。我们不是在教堂里知道了邪恶是有形的存在吗，我们可以感觉到它就像寒冷的冬天，或是一场即将来临的暴风雨？‘让我们远离邪恶！’我们每天晚上都这么说。而现在它就在这里。也许是你招来的。也许无论如何它都会来。我不管冒犯了谁。我不想因为它而失去你。”

“我别无选择，只有照他们说的做。”

“那么如果他们杀了你呢？”

“我不相信他们想杀死我们，”我说，“这对他们没好处。首先，其他警官很快会取代我们。而且就算杀了一个平克顿的人也许没什么人在乎，杀一位苏格兰场督察就完全是另一回事了。我们的敌人绝不想给自己招惹这样的麻烦。”

“那他的目的是什么呢？”

“我完全没头绪。警告我们，恐吓我们，也许是向我们展示他实力的分量。”

“他会杀了比阿特丽丝。”

“我再说一遍，我不这么认为。他在利用比阿特丽丝来找到我们。你的那封信就可以证明这点。我了解这些人。我知道他们行事的方法。这些都是纽约的路数。敲诈勒索，威胁恐吓。但是我向上帝起誓，他们不会伤害你的孩子，仅仅是因为他们从中得不到任何东西。”

埃尔斯佩思稍稍点了一下头，但是没有再看我。我们三个人坐在桌旁，就这样开始了老实说是我有生以来最长的下午，壁炉上的钟滴答滴答大声地走着每一秒钟。我们除了等待，什么也做不了。我们之间对话是不可能了，虽然小女佣端来了茶和三明治，我们谁都没吃。我能感知到外头车子的行驶，天空已经暗了下来，但是我一定走神了，因为我突然觉得有一记响亮的敲门声把我惊醒。

“那是她！”埃尔斯佩思喊道。

“让我们祈祷吧……”琼斯已经站起来，然而长时间坐着让他的肌肉僵硬了，他的行动有些别扭。

我们都跟着他来到前门口，但是开了门却没见到他女儿。一个戴鸭舌帽的男人站在那里，手里拿着第二封信。琼斯从他手里抢过信。“你在哪里收到这封信的？”他问。

那个信使看起来怒气冲冲的。“我在酒吧呢。就是‘坎伯威尔之臂’。一个男人给了我一个鲍勃[①]来送这个。”

“给我说一下他的长相！我是一位警官，如果你有所隐瞒，我会让你吃不了兜着走。”

“我没做错啥。我是个木匠。我几乎没看清他。是个神秘的家伙，戴着帽子，还有一条围巾遮住了下巴。他问我是否想挣一个先令，就给了我这个。他说在屋里有两个男人，而我只要把这给他们任意一人。这就是我知道的全部了。”

琼斯拿着信，我们回到起居室，在那里他把信打开。和第一封信一样，出自同一个人之手，这次话更少了。

死者之路。你们俩。不许叫警察。

“死者之路！”埃尔斯佩思说，颤抖了一下。“多么可怕的名字。这是什么？”琼斯没有回答她的问题。“告诉我！”

① 鲍勃：旧时先令的一种叫法。

“我不知道。可是我可以去查查我的索引。给我一分钟就行……”

琼斯迈着沉重的脚步上楼时，埃尔斯佩思·琼斯和我一起站在那里。我们等着，此时他查询那些他在这么多年收集起来的不同文章片段——福尔摩斯当然也做过同样的事情。我肯定我俩都在数着他走下来时的每一级楼梯。

“在萨瑟克区。”他走进房间时解释道。

“你知道那是什么吗？”

“我知道，亲爱的，你不用担心。那是一个墓园——一个已经废弃了的墓园。几年前就关闭了。”

“为什么是个墓园？他们是在说我们的女儿已经……”

“不是的。不管想要干什么，他们找了个安静和偏僻的地方。这地方再合适不过了。”

“你不许走！”埃尔斯佩思抓过那张便条，就好像她能在那短短两行字里找到更多的线索。“如果他们把比阿特丽丝带到那里，你现在可以去找警察。你必须去找警察。我不会允许你让自己身陷险境的。”

“如果我们不遵从他们的指令，亲爱的，我觉得我们在那里极不可能找到我们的孩子。这些人狡猾多端，所有的迹象都说明他们知道自己在干什么。甚至就在我们说话这会儿，他们也许就在监视着我们。”

“这怎么可能？你为什么会这么想？”

“第一封信是给我一个人的。这封则是给我们两个的。他们还知道蔡斯在这里。”

“我不会让你这么做的！”埃尔斯佩思·琼斯安静地说，但她的声音里满是愤怒。“请听我的吧，我最亲爱的。让我代你去。这些人肯定不会邪恶到连一个母亲的恳求都不听吧。我会用我自己去交换她——”

“那不是他们想要的。我和蔡斯才是必须去的。我们才是他们想要对话的人。可你不必担心。蔡斯说的是对的。伤害我们，他们什么也得不到。我相信克拉伦斯·德弗罗想要和我们达成某种交易。仅此而已。不管怎样，当比阿特丽丝危在旦夕之际，这样的推测没有意义。如果我们不遵从他们的指示，他们会干出最糟糕的事。这是毫无疑问的。”

“他们没说什么时候要你去。”

“那样的话，我们必须立即离开了。”

埃尔斯佩思没有争辩。而是把她的丈夫拥入怀中，就像最后一次拥抱他。我得承认，我对琼斯刚才说的话心存疑虑。如果克拉伦斯·德弗罗只是想和我们对话，他就不会绑架一个六岁的女孩，利用她把我们大半夜引去一个废弃的墓园。伤害我们也许他得不到任何好处，但这不会让他手下留情。我了解他，知道他如何行事。与他争辩，也许就像与猩红热病争辩一样无用；一旦我们落在他的手上，他就会干掉我们，仅仅因为这就是他的天性。

我们离开了屋子。虽然没有一丝风，这个夜晚对我来说却似乎不合季节的寒冷。琼斯在门口抱住了他妻子，两个人互相看着对方的眼睛。然后，突然之间，在看上去空无一人的街道上就只剩我俩了。然而我知道我们正被监视着。

“我们走了，该死的！”我喊道，“就我们俩。我们会去‘死者之路’，然后你可以随心所欲地对付我们！”

“他们听不见我们。”琼斯说。

“他们就在附近，”我回答，“你自己也说了。他们知道我们上路了。”

我们离萨瑟克并不太远，所以我们坐了出租马车过去。琼斯穿了一件厚大衣，我注意到他带着一根新的手杖，这根手杖的把手雕刻成乌鸦脑袋的形状。对墓园而言这是一件合适的配件。他不同寻常的紧张和沉默，让我觉得他一点都不信自己刚才和妻子说的话。我们的前路有致命的危险，而他知道这点。他在邀请我一起前往时就知道这一点。

“死者之路”早已经消失不见。这是本世纪初建造的一个墓园，那时候没人明白有多少人将来居住在伦敦，并且不可避免地死在这儿。很快，这地方的预订就爆满了，那么多的尸体全都塞进来，一个挨一个地埋着，以至于那些墓碑和纪念碑，非但没有提供本该希望的安慰和追忆，反而变成了一幅可怕的景象，它们东倒西歪、互相靠着，被困在永无止境的地盘争夺之中。多年以来，腐烂的恶臭萦绕着这个地方。后来挖的墓穴则浅得可怕，无法完成掩埋的任务，如果你发现有腐朽的棺木，或者甚至是人骨碎片从泥里戳出来，就会不足为怪。这个墓园不可避免地被废弃了。其他墓园则被出售，而有一些则变成了公园。但是“死者之路”被留了下来，这是处于一条铁道线和一座济贫院中间的一片长长的不规则地块，它的两头是生了锈的大门，还长着几株难看的树，给人以一种既不属于现世，又不属于另一个世界的感觉，而是存在于它自己那黑暗凄凉的领域之中。

我们从马车上下来时，教堂的钟声正敲响八点钟，空洞的钟声在黑暗中回响。我立刻看到有人在等我们，我的心沉了下来。有十几个暴徒正等着我们，他们是那么肮脏和衣衫褴褛，就像是从包围他们的墓穴中召魂回来的。他们大多数人穿着紧身短上衣，油腻的灯芯绒裤子和靴子。其中有一些人光着脑袋，另一些人则戴着毡帽，带着的短棒，或扛在肩头，或架在臂弯上。火把点上了，散发出红光扫过墓碑，就像决然要让这个场所更似地狱。我说不准他们到这儿有多久了，但是似乎让我不敢相信的是，我们竟然就这样把自己送交给他们。我必须提醒自己，当时没有别的选择，再就是我们已经做出了选择。

我们仍然在大门口徘徊。

"我女儿在哪儿?"琼斯喊话道。

"来的就只有你们?"说话的是一个头发又长又乱、胡子拉碴的男人，他的断鼻在他的脸上留下了明暗不均的影子。

"是的。她在哪儿?"

沉默了一会儿。突然一阵微风吹过墓园，火苗为之低垂。然后出现了一个身影，他从一座顶上有个石头天使雕像的纪念碑后面走出来。有一瞬间，我以为他可能是克拉伦斯·德弗罗，但是我记起来，他的状况将不允许他亲自现身于露天场所。那是埃德加·莫特莱克。我上一次见到他时，他直直地跳进了泰晤士河里，现在在我看来，他与其说是活人，不如说更像个死人，他行动缓慢，好像撞击水面让他断了几根骨头。他不是一个人。比阿特丽丝·琼斯，脸色苍白、满眼泪水，正被他抓在手里。她头发蓬乱，脸上还有污渍。她的衣服又脏又破。但是她看起来并没受到伤害。

"我们才不在乎你亲爱的小女儿!"埃德加嚷道，"我们要的是你。你和你可恶的朋友。"

"我们就在这里。"

"走近点。来我们这里!留着她，我们什么也得不到。我们有一辆马车等着送她回家。但是如果你不照我说的做，你会看到一些你非常不想看到的事情。”他抬起另一只手，露出一把悬在女孩头上的长刃刀，刀在火光下闪闪发光。谢天谢地，比阿特丽丝看不到它。我毫不怀疑，如果我们不服从他的指令，莫特莱克就会用上那刀。他会在原地就割开女孩的喉咙。我和琼斯交换了一个眼神。我俩一起走上前去。

我们立刻就被包围了，那些小混混们来到我们的后方，截断了所有的退路。莫特莱克迈步走向我们，手里仍旧抓着比阿特丽丝。她已经认出了自己的父亲，可是太害怕了以至于不敢开口。“把女孩带回家。”莫特莱克把她交给其中一个头发拳曲的年轻人，他眼里长着麦粒肿，脸上笑眯眯的。两个人一起走开了。“瞧见了吗，琼斯探长？我说话算数。”

琼斯一直等到他的女儿离开墓园。“你是个懦夫——一个大男人偷走一个小孩，竟然利用她来达到自己的邪恶目的。你让人不齿。”

“而你则是一个杀了我哥哥的瘸子。”莫特莱克现在和琼斯靠得很近，他的脸在几英寸外，陷入疯狂边缘的双眼紧盯着琼斯。“你会为此而吃苦头的，我保证。但是首先你得回答几个问题。你一定会回答那些问题的！”

莫特莱克点了点头，我看到其中一个暴徒站上前来，手里拿着一根橡木棒，恶毒地在空中挥了一下，狠狠地打在琼斯的后脑勺上。琼斯一声未吭就倒了下去，我意识到现在我只身一人处于敌人当中，他们全都围住了我，莫特莱克也已经转向我。我知道接下来会发生什么。我等着。但我还是没有准备好接受那突然爆发的疼痛，那把我一下子扔进一个通向黑暗和必然死亡的隧道。

第十八章

人为刀俎，我为鱼肉

我几乎不敢睁开眼睛，因为我颇为确信自己正在死去。要不然为什么我会这么冷？

当我恢复意识时，发现自己正躺在地板上，就近某处有灯光在闪烁。我完全不知道在这里多久了，也不知道自己伤得多重，尽管我脑袋挨打的地方仍然在剧痛中。我在想自己是否已经被带离了伦敦。寒冷一直渗入我的骨头，我的身体不由自主地颤抖着。我的手一点感觉也没有，并且我的牙齿也在疼痛。就像是我被送到了冰冷的北方，被丢在一块浮冰上自生自灭。但是不对。我正在室内。我的脚下是混凝土而不是冰。我把自己撑起来换成坐姿，用双手环抱自己，一部分原因是为了保存自己所剩无几的体温，另一部分原因是为了让自己坚持下去。我看到了埃瑟尔尼·琼斯。他已经恢复了意识，但是看起来离死相差无几。他正靠着一堵砖墙瘫坐着，他的手杖就在身旁。他的肩头、领口，以及嘴唇上都有闪亮的冰屑。

“琼斯……？”

“蔡斯。感谢上帝，你醒了。”

“我们在哪儿？”我说话时嘴里冒出一片白雾。

“我想，是史密斯菲尔德。或者类似的什么地方。”

“史密斯菲尔德？那是什么？”

我的问题已经有了答案。我们在一家肉类市场里。这房间里有一百来具动物躯体。我已经看到了它们，但是我的意识还在慢慢地恢复中，所以我无法立即明白是什么。现在我仔细地看着它们：整只整只的羊，剥得精光，没有了脑袋、羊毛或是任何可以辨认它们为上帝造物的东西，它们四肢摊开躺在那里，一堆堆地堆放着，几乎碰到了天花板。一小摊一小摊的血滴下来，然后凝固，颜色与其说是红的，不如说是紫红的。我环顾四周。这间屋子四四方方，有两部连在滑轨上的梯子，这样它们可以从一头滑到另一头。这让我想起了轮船的货舱。唯一可能的出口是一扇铁门，但是我肯定它被锁住了，如果去摸它，我手指尖上的皮肤会被冻住撕下来。两支牛油蜡烛放在地上。如果不是它们，我们就会被留在一片漆黑里。

“我们在这里有多久了？”我问。这已经是我尽全力说出的话了。我的牙关都冻僵了。

“不太久。不会很久的。”

“你受伤了？”

“没有。不会比你伤得更厉害。”

“你女儿……？”

“安全了吧……我相信是这样的。我们最起码可以对此表示感谢。”琼斯伸出手抓住他的手杖拽向自己。“蔡斯，对不起。”

“为什么？”

“是我把你带到这里来的。这是我的错。为了让比阿特丽丝回来，我会去做任何事——任何事。但是把你卷进这事不公平。”因为喘不上气，他的话断断续续的，身体热量的丧失，使他就像我们周围被屠宰的羊一样。也只能这样了。每一个字，就算说出来了，都得与刺骨的寒冷抗争一番。

然而我回答：“不要责备你自己了。我们一起开场，我们就要一起收场。理当如此。”

我们重归沉默，以保存自己的体力，我俩都意识到生命正悄悄离我们而去。我们的命运难道就是，被丢在这里一直到我们血管里的血液都冻结吗？几乎可以肯定琼斯是对的。这里一定是一个大肉类市场——而且四周都是冷库。封闭我们的墙壁里一定装满了木炭，在附近什么地方一台冷冻压缩机正在运转，把冰冷——并且致命——的空气打进这个房间。这种机器还是新式的，我们也许将是第一批被它冻死的人——从这个念头中我并不能找到多少安慰。

我仍旧不相信他们想杀了我们——好歹不会是马上杀我们——这个想法让我下定决心不能再次昏迷过去。埃德加·莫特莱克说了，克拉伦斯·德弗罗想和我们谈谈。我们现在所受的痛苦肯定不过是那场见面的前奏。很快就会结束。我用几乎不能动弹的手指在自己的口袋里摸索，才发现我足以信赖的大折刀，那把我总是随身携带的武器，已经不见了。这几乎没有关系。我的状况已经没法使用它了。

说不准过了多少分钟。我知道自己正在陷入沉睡，睡意好像在我的身下打开了一道裂缝。我知道如果我闭上眼睛，也许就再也不会睁开了，但是我无法阻止自己。我已经停止了发抖。我进入一种超出寒冷和体温过低的奇怪状态。但是就在我感到自己正在失去意识的时候，门开了，出现了一个人，在闪烁的灯光中几乎连个影子也看不清。那是莫特莱克。他轻蔑地向下朝我们看过来。“还活着吗？”他问，“我想你们已经冷静一点了。哼，来这边，先生们。一切都为你们准备好了。我说，站起来！有一个人，我相信，你们想见见。”

我们站不起来。三个人走进房间，拉着我们站直，他们极其小心地摆弄我们，就像我们已经成了尸体一样。奇怪的是，他们的手放在我身上，我却什么也感觉不到。然而，甚至开门都让温度上升了少许，而且活动了一下，似乎恢复了我几乎冻结的血液流动。我发现自己能够动弹了。我看着琼斯把全身的重量都压在手杖上站了起来，他正试着在被推向门口之前至少重新恢复一些尊严。我们俩都没有和埃德加·莫特莱克说话。为什么要浪费自己的口舌？他已经清楚地表明，他的意图是从我们的痛苦和屈辱中取乐。他已经完全将我们置于他的掌控之下，我们说的任何话，都只会给他借口来更多地折磨我们。我们由几个肯定从墓园开始就陪着我们的流氓扶着，走出了储藏室，来到一条有拱顶的走廊，其粗糙的石头建筑像是一个坟墓。我的双脚毫无知觉，走路困难，我们跌跌撞撞地向前来到一截向下的楼梯，通道现在由煤气灯照亮。我们被人半扶着，要不然就会摔下去。但空气更暖和了。我的呼吸不再起雾。我可以感觉我的四肢重新活动起来。

又一条走廊在楼梯底部延伸。我的印象是，我们处于地下有些深度的地方。我是从空气的沉重感以及压迫我耳朵的奇怪寂静中感觉出来的。我已经不需要帮助就可以走了，但是琼斯还靠着他的手杖艰难地前进。莫特莱克在我们后面什么地方，毫无疑问，他正津津有味地享受接下来要发生的事。我们转过一个拐角，跌跌撞撞地停了下来。我们正身处一个奇妙的地方，这是一个长长的地下密室，上面走过的人也许永远不会怀疑到它的存在。

房间四周是砖墙，上面有半圆形的拱顶，十来个排成相对的两排。钢梁固定在我们头顶上，还有生锈的铁钩悬挂在铁链的末端。地板上有历经几百年、磨损得很厉害的鹅卵石，矿车的线路弯弯曲曲、互相交叉着，一路通向地心。所有的地方都点着煤气灯，这些灯散出带着清冷光线的雾，悬荡在半空中，就像是冬天里的雾气。空气潮湿，还有腐臭的味道。一对隔板桌架在我们面前，上面放着不少工具，我无法查看是什么，还有两把摇晃的木头椅子，一把是给琼斯的，一把是给我的。那里还有三个人，总共六个人，在等着我们。因为我们是他们的囚犯，完全在他们手掌心里，他们展示了一幅比"死者之路"还要严酷的场景。现在我们就是"死者"了。

他们没人说话，然而我听到了回声，遥远的、视线之外的说话声。钢铁互相敲击的叮叮当当声。这座复合建筑必定非常庞大，我们只不过是在它的一个偏僻角落。我想过大叫呼救，但是知道这毫无意义。因为任何施救者都不可能明白声音从何而来，而在我能完整地说出两个字之前，一定会被打倒在地。

"坐下！"莫特莱克发出命令，我们别无选择。我们坐到椅子上。就在我们这么做的时候，我听到一阵不同寻常的声音，挥舞皮鞭的噼啪声，车轮滚过鹅卵石的咔嗒声、马蹄的嘚嘚声。我转过头，看到一幅难忘的景象：一辆两匹黑马拉着的闪闪发光的黑色马车，由一个全身黑衣的马夫牵着缰绳，朝我们猛冲过来。它似乎本身就是形成于黑暗之中，好像是格林童话中跑出来的东西。最后它停了下来。门打开，克拉伦斯·德弗罗走下马车。

这么精巧的入场式就为如此矮小的一个人物！而且所有这些就为了给两名观众看！他故意慢吞吞地朝我们走过来，他戴着一顶大礼帽，披着斗篷，斗篷下可以看见颜色鲜艳的丝绸背心，他的小手上戴着手套，应该是儿童手套吧。他在几英尺外停下来，脸色苍白，他从那沉重的眼皮后面审视着我们。当然了，也只有在这里他才会觉得自在。对于一个有着他那种奇怪病症的人来说，被埋在地下也许会是一种解脱。

“你们冷吗？”他问，纤细的声音里充满嘲讽的关心。他眨了两下眼睛。“给他们暖和暖和！”

我感觉到我的手臂和肩膀被人抓住，并且看到同样的事也发生在琼斯身上。那六个人上来围住我们，在德弗罗和莫特莱克的注视下，他们开始殴打我们，轮流用拳头重击我们。我什么也做不了，只有坐在那里承受着，每次我的脸挨打时，就会眼冒金星。他们结束时，我能感觉到血从鼻子里流了出来。我嘴里尝到了它的味道。琼斯弓着身子，一只眼闭着，他的脸颊肿了。在他受到惩罚时，他一声也没吭；就这点来说，我也没吭一声。

当那些人结束殴打并站了回去，德弗罗低声说：“这样好些了。”我们坐在椅子上喘着气。“我得向你们说清楚，我不喜欢这样。我还会加上一条，我讨厌把你们带到这里来的方式。绑架一个小女孩可不是我通常提议的方式，如果对你有任何安慰的话，琼斯探长，我可以向你保证，她已经回到她妈妈那里了。我本可以多利用她一点。我可以在你面前折磨她。但不管你是怎么想我的，我不是那样的人。我很抱歉，你女儿再也看不见她的爸爸了，她对于你最后的记忆将不会是愉快的。但是我敢说，一段时间过后，她终归会把你忘了。孩子们都会很快恢复愉快心情的。我想，我们可以不再去想她了。

“我通常也不会去做杀害警官和执法者这样的事。这会激怒许多人。平克顿的人是一回事，而苏格兰场就不一样了，也许有一天我会为此而后悔。但是你们两个现在一直在给我惹麻烦，这种情况已经太久了。真正让我烦心的是，我不太明白你们是如何做成这么多事的。这就是你们在这里的原因，而你们刚刚承受的痛苦，只是先品尝一下接下来要发生的事情。顺带说一句，我看见你们两个都在发抖。我会帮你们找个理由，把这假设成是因为疲惫和寒冷，而非恐惧。给他们来点酒！”

他下了命令，口气和他刚才下令殴打我们时一模一样。一杯红酒立刻就被塞到我的手里。琼斯也一样。他没有喝，但我喝了，深红色的液体冲走了我自己的血的味道。

“就在仅仅几周的时间里，你们就插入了我组织的核心，而且你们一路上造成了一系列破坏。我的朋友斯科奇·拉韦尔受到折磨并被杀害，莫名其妙的是，他全家都随他一起被杀害了。嘿，斯科奇是个非常谨慎的人。他在纽约有许多敌人，而他知道怎样低调做人。他在一个僻静的地方租了一幢安静的房子，我忍不住纳闷你们是怎么找到他的？谁告诉你们他的住所？我承认，平克顿的人知道他，我不怀疑你会认出他，蔡斯先生。但是你到英国还不满四十八小时，而你居然直奔海格特而去，我无论怎么也想不出来，你是如何做到的？”

我以为琼斯会解释，我们从皇家咖啡厅跟踪了那个送信的男孩佩里，但是他保持着沉默。然而，德弗罗想要一个回答，我想到了我们的处境，如果他得不到回答，我们已经糟糕的处境也许会变得更糟。

“是皮尔格雷姆。”我说。

“皮尔格雷姆？”

“他是个探员，为我工作。”

“乔纳森·皮尔格雷姆，”莫特莱克咆哮道，“我哥哥的秘书。”

德弗罗看起来迷惑了。“他是平克顿的人吗？我们知道他是个告密者，我们发现他说谎，就让他为此付出代价。但我以为他是为莫里亚蒂教授工作的。”

“那么你就错了，”我说，“他为我工作。”

“他是英国人。”

“他是美国人。”

“是他给了你斯科奇的地址吗？这不可能，我这么想，虽然很可惜我们从未想过亲口去问他。我的确告诉利兰说，我们干掉他过于匆忙了。我仍旧还在想，你这是在试图欺骗我，蔡斯先生，我要很认真地警告你不要这么做。你也许会低估我，因为你曾见过我最虚弱的样子。但是如果你对我撒谎，我会知道的，而你就要付出代价。你没有什么要补充的吗？好吧，让我们继续。皮尔格雷姆告诉了你地址。你到了布雷德斯顿公馆。就在那同一天晚上，斯科奇和他一家子都在睡梦中被杀了。那是怎么发生的？为什么会发生？”

“那可不是该我们回答的。”

“我们走着瞧。斯科奇什么都没对你们说。这点我确定。他什么都不会对警察说的，而且我还同样肯定他不会留下显示罪证的纸片，不会有信件，也不会有线索。就像我说的，他是一个谨慎的人。然而就在第二天，你们出现在我的会所里。”

“乔纳森·皮尔格雷姆从那个地址给我写过信。而且警方也知道他住在那里。”

“他们怎么会知道？甚至于他们怎么会发现皮尔格雷姆的身份？你以为我们是业余的吗，蔡斯先生？你真的以为，我们会没有先清空他的口袋就丢弃他的尸体吗？警方没有办法把皮尔格雷姆和我们联系起来，但是他们做到了——这件事本身就告诉我什么事情上出错了。”

“也许你应该邀请雷斯垂德督察来参加你这个小小的聚会。我很肯定他会乐意提供他对这个故事的说法。”

“我们不需要雷斯垂德。我们有你俩。”德弗罗想了一会，然后继续道，“而接着，就在二十四小时之后，我们发现你们在法院巷，那个准备了几个礼拜的抢劫的现场，而且我期待从中会获取好几千镑的收益——不光是伦敦最富有阶级的财产，还有他们的秘密。再一次，我尽量将自己放在你们的位子上。你们是怎么知道的？谁告诉你们的？是约翰·克莱吗？我不这么认为。他没这个胆子。是斯科奇吗？不可想象！你们是怎么找到去那里的路的呢？”

“你的朋友，拉韦尔，在他的日记里留下了一条记录。”这次是琼斯回答了，他从打断了牙齿和染血的嘴唇中说着话。他仍旧没有碰他的酒。

“不！我不接受这一点，琼斯探长。斯科奇从来没有这么愚蠢。”

“而我向你保证事情就是这样。”

“半小时后你还会向我保证吗？我们走着瞧。你们要对我们那次行动的失败负责，那时候我已经准备接受失败了。它毕竟只是许多行动中的一个而已。但我所不能接受的，是你对公使馆的入侵，你今晚必须对此做出解答。你们怎么会到那里去？谁带你们去的？为了我将来在这个国家的安全考虑，我必须要知道。你听到我对你说的话了吗，琼斯督察？这就是为什么我花了这么多功夫把你们带到这里的原因。你跑到我家和我对峙。利用我的痛苦，你羞辱了我。我不是说我想要为此惩罚你，但是我必须采取措施，以保证这永远不会再发生。”

“你太相信自己的能力了，”琼斯说，“找到你不难。很明显，从迈林根到海格特，再到梅费尔，然后再是公使馆。任何人都能跟着这条线索。”

“你要是觉得我们会告诉你我们的调查方法，你可以见鬼去了！”我补充道，“我们为什么要和你说话，德弗罗？不管怎样，你都计划要杀了我们。为什么不赶快动手，把这事了结了？”

一阵长时间的沉寂。埃德加·莫特莱克自始至终一直沉默着，满腔仇恨地盯着我们，与此同时其他人则站在四周，对所讨论的事压根儿不感兴趣。

“好吧。算了。”德弗罗拧着他手套的中指。现在他的手垂在身体两侧。他好像为他不得不说的话感到些许悲伤。

“你们知道自己在哪里吗？你们正在史密斯菲尔德的地下，这是世界上最大的肉类市场之一。这座城市是一头饕餮巨兽，需要用很多的肉来喂养，比你们想象的都多。每天，它们从世界各地抵达这里——牛、猪、羊、兔子、公鸡、母鸡、鸽子、火鸡、鹅。它们从西班牙、荷兰，和更远的地方，美国、澳大利亚和新西兰，不远万里而来。我们这里就在市场的边缘。我们不会被人听到，也不会被人打扰。但是就在你们正坐着的地方不远处，穿着半袖上衣和围裙的屠夫们已经来了。他们的推车和柳条框正等着被装满。斯诺希尔车站就在下个街角。是的。这市场有自己的地下车站，第一辆货车直接来自德特福德码头，很快就会进站。就在这里卸货……每天五百吨。所有活生生的生命被切割成口条、尾巴、腰子、心脏、后臀尖、肋条、肚子，还有数不清的一桶桶下水。

“为什么我要告诉你们这些？在我把你们丢给你们注定的命运之前，我会和你们分享一个我的个人爱好。我的双亲来自欧洲，但是，我少年时期是在芝加哥的‘屠宰加工区’长大的，而且我至今仍记得很清楚。我们家在麦迪逊大街上，靠近‘牛头’市场和待宰牲畜的围场。即便现在我还看得见所有那些……蒸汽吊车、冷藏车厢、正被赶进来的大群牲畜，它们恐惧地圆睁着眼睛。我怎么能忘记？肉类市场弥漫在我的生命之中。到处都是烟雾和臭味。在夏天的炎热天气里成千上万的苍蝇飞来，而本地的河水因为血而变成红色——屠夫们在处理下水时不怎么小心。肉多得足够供养一支军队！我说的是真的，因为生产出的肉制品许多都被送去供给联邦军队，他们还在南北战争中鏖战。

“我是怀着对肉食最强烈的厌恶长大成人的，你知道了这个会不会惊讶呢？从我可以自己做决定那刻开始，我成为了一个现在被称为素食者的人——你也许想知道，这个词源自英国这里。我终生为之痛苦的那种病症，我也将其归罪于我的少年时代。我以前一直做有关困在围栏里的动物的噩梦，梦里它们等着被赶进可怕的屠宰场。我看到它们的眼睛越过栏杆盯着我。不知道怎么的，它们的恐惧传染给了我。在我年轻的脑袋里，我觉得那些动物只有在被关在那里时才是安全的，一旦它们被从笼子里带走，就会被宰杀掉。转而我也变得害怕空旷地带、外面的世界。孩提时，我在睡前用被单盖住自己的脑袋。某种程度上，那被单从此以后一直都在那里。

“我请你们俩花一点儿时间来考虑一下，仅仅为了满足你们的胃口而加诸动物们的痛苦和残酷。我很认真，因为这会影响到你们即刻到来的未来。我让你们瞧瞧……”他走到桌子边，指了指展示的物件。我忍不住看了过去。我第一次看到了为我们而摆放的锯子、刀、钩子，还有钢棒和烙印用的烙铁。“动物们被殴打，被鞭挞，被烙印，被阉割。它们被剥了皮扔进滚烫的水里，不要相信这样做时它们总是都死透了。它们被蒙着眼睛，被残忍地对待，最终它们被割断喉咙倒挂起来。如果你们不说出我想要知道的事，所有这一切都会发生在你们身上。你们是怎么找到我的？你们怎么知道我这么多的事情？你们到底是在为谁工作？”他举起一只手。“你，琼斯督察，是苏格兰场的。而你，蔡斯先生，是平克顿的。我过去和这两个组织都打过交道，我知道他们的行事方式。你们两个不一样。你们破坏了国际惯例，进入了不可侵犯的公使馆，我开始纳闷你们实际上是在法律的哪一边。你们见了斯科奇·拉韦尔，第二天他被谋杀了。你们逮捕了利兰·莫特莱克，几秒钟之后，他就死于他脖子上的一支毒箭。

“我冒着巨大的风险用这样的方式来对付你们，相信我，我希望能用其他方法。我首先是一个实用主义者，我知道法律的力量——在英国和美国的——在你们死后其力度都会加倍。但是我没有选择。我必须知道。如果你们配合并告诉我真相，我有一件事情可以为你们做到——那就是迅速而没有痛苦地死去。用最小的刀刃插进一头公牛的脊椎里，可以立刻杀掉它。我们可以为你们做同样的事情。不需要暴力。说出我想要知道的，对你们容易得多。”

长久的沉默。我听到远处金属互相敲击的声音，那可能是在几英里外马路的上面或是下面。我们是彻底孤立无援，被六个人围着，正准备对我们做出无法言说的勾当。尖叫对我们毫无好处。即便有人碰巧听见我们，也只会错把我们当成正被屠宰的牲口。

“我们不会说出你想要知道的事，”琼斯回答，“因为你的判断是基于错误的前提。我是一个英国的警官。蔡斯在过去的二十年里都在为平克顿工作。我们跟踪一条线索，尽管是一条奇怪的线索，它把我们带到了公使馆和法院巷。可能你有一些你不知道的敌人。那些敌人把我们领到你那里。然而你自己并不小心。如果不是你首先联络莫里亚蒂教授，我们的调查就永远不会开始。”

“我没有联系他。”

“我亲眼见到了那封信。”

“你在说谎。”

“我为什么要说谎？你已经很清楚地说明了我自己的处境。我靠欺骗能得到什么？”

“那封信也许是埃德加，或者利兰·莫特莱克写的，”我插话道，“也许来自斯科奇·拉韦尔。但它只是你犯下的许多错误中的一个。你现在占着上风，但是随便你对我们做什么，会有其他人来找我们。你的日子到头了。你为什么还要假装并非如此？”

德弗罗好奇地看着我，然后转回琼斯。“你正在保护某些人，琼斯督察。我不知道他们是谁，也不知道你为什么准备替他们受这么多的苦，但是我告诉你，我知道事情正是如此。你认为我为什么能活这么久呢，为什么我没有被法律所制裁，也没有被那些乐于见到我垮台的竞争对手们所阻碍呢？我有一种直觉。你在愚弄我。”

“你错了！”我大叫道，与此同时，我从座椅上一跃而起。我抓住了莫特莱克和其他人不注意的时机。他们已经被德弗罗的长篇大论搞得麻痹大意了，而我们自己看起来也是无精打采的。现在，在任何人可以阻止我之前，我冲向德弗罗，一只手拽住了他的丝绸背心，另一只手掐住了他的喉咙。我多希望够得着摊在桌子上的那些刀中的一把啊！然而我把他撞倒在地上，并且几乎扼住了他，直到几只手抓住我，把我拽开。我感觉到一根短棒打在我脑袋的一边，只是未有力到把我敲晕，片刻之后，有人的拳头就落到了我的脸上。我晕晕乎乎的，鲜血从鼻子里流了出来。我被扔回椅子。

克拉伦斯·德弗罗站了起来，他脸色苍白，面带愤怒。我知道他从来没有被人这样袭击过——肯定不会是在自己的手下面前。“我们完事了，”他用刺耳的声音说道，“我本来希望我们的行为可以像绅士一样，但是我们之间的事情结束了，我不会留下来看你们被撕成碎片。莫特莱克！你知道该做什么。在你听到真相之前不要让他们死掉——然后再回来向我汇报。”

“等等……！”琼斯喊道。

但是德弗罗不理睬他。他爬回马车里。车夫用力地拉着缰绳，把马掉过头去。然后用力地鞭策着它们往前，那一伙奇特的人马便整个消失在隧道里，沿着他们的来路而去。

莫特莱克走到桌边。他悠然地用手在那些器具上抚摸着。最终他选择了一样看起来像是理发师的剃刀的玩意儿。他把刀弹开，露出一把古怪的带槽口的刀刃，他把刀刃举起来朝向灯光。六个从墓园来的家伙围住了我们。

“好吧，”莫特莱克说，“让我们开始吧。”

第十九章

重见天日

我挨过打之后已经虚弱得无法动弹了。只能坐在那里看着莫特莱克在指尖上摆弄那把剃刀，他把剃刀拿在眼前的样子，就好像要赞赏它的美丽。我从未感到如此无助。那一刻，我承认我太高估了自己的能力，而我所有的计划和抱负都将归于这个血腥的结局。克拉伦斯·德弗罗打败了我。小小的安慰是，我还短暂地用手掐了他的脖子。那被掐后留下的印痕在他安全抵达公使馆之前就已褪去，而到那时我已经在痛苦不堪中昏迷了。我感觉到有手掌重重地落在我的肩膀上。两个莫特莱克的手下走近我，站在我的两侧，其中一人拿着一段绳子。另一人抓住了我的手腕，准备把我绑起来。

就在那时琼斯督察开口了。“停下！”他说，而我吃惊地听到他的声音是如此镇定。“你在浪费时间，莫特莱克。”

“你相信是这样吗？”

“我们会告诉你，所有你主人想要知道的事情。没必要干这样卑劣和不人道的事。你们已经说清楚要我们在这个地方死，那我们保持沉默能得到什么呢？我会把我们来这里的这段路程，一步一步地给你讲清楚，我的朋友，蔡斯先生能证实我所说的每一句话。可是你会发现这没有什么价值。我现在就可以向你肯定这一点。”琼斯已经把他的手杖拽过来放在自己的腿上，就好像它会变成一道他本人和折磨他的人之间的屏障。“我们没有秘密，不管你要在上帝面前做出如何糟蹋自己的事情来，你也发现不了任何有用的东西。”

莫特莱克只考虑了一小会儿。“你似乎还不明白，琼斯督察，”他回答，“你有情报，而我肯定你会提供给我们的。但这已经不再重要了。我的兄弟，利兰，在被你监禁时死了，就算你完全不知道杀手是谁，我还是要你负责，让你付出代价。我也许会从割掉你的舌头开始。我对你想说的话，就是这么不在乎。”

“那样的话，恐怕你让我别无选择。”琼斯旋转手杖，把杖尖对准了莫特莱克，并且就在同一时刻，我看到他拧开了乌鸦的脑袋，露出内部的空心。他一只手拿着手杖，另一只手的食指插了进去并且扭动了一下。猛然响起一声爆炸声，在这封闭的空间里震耳欲聋，一个巨大的红色窟窿出现在莫特莱克的肚子上，甚至还有大团的血和骨头从他的背上冲出来。爆炸几乎把他撕裂成了两半。他站在那里，刀掉下了，他的胳膊伸向前方，肩膀弓了起来。一丝烟雾从手杖的底端缭绕升起，我现在明白了，手杖里藏着一把精巧的枪。莫特莱克呻吟着。鲜血从他的嘴里涌出，流到他的嘴唇上。他倒在地上一动不动。

那支枪只有一颗子弹。

“就是现在！”琼斯大喊。就在剩下的六个恶棍还在对刚发生的事情惊愕不已时，我们俩一同从椅子上站起来。以惊人的速度——我从来没料到他会有这样的活力——琼斯猛烈挥舞自己的手杖，虽然手杖作为一把手枪已经没用了，但是琼斯击中了最靠近他的那个人的脸，使他摇摇晃晃地向后倒去，鲜血从他的鼻子里喷了出来。至于我这边，我一把抓住了那根原本准备用来捆我的绳子，把它拽向自己，然后挥肘直击袭击者的喉咙，他失去平衡，无法防御，于是摔了下去，喉咙里发出咯咯的声音，跪倒在地。

短短的一瞬间，我以为我们已经成功地逆转了所有的不利局面，我们将要成功逃脱。但我只是让我的想象和运气的突然反转占了上风。还有四个暴徒没被伤到，其中的两个已经拿出了左轮手枪。被琼斯打在脸上的那个家伙也有枪，我看得出他可没有心思来一场辩论讲讲道理。他们在我们四周围成一个半圆，正准备开火。我们够不到他们。没什么能阻止他们把我们射杀了。

然而就在那时，灯灭了。

那些四散在各个方向的几长排煤气灯，只闪了一闪就灭了，就好像是被一阵突然的疾风吹灭的。上一刻我们还被困着，马上就要死了。下一刻我们就被投入了包裹一切的绝对黑暗之中。我想也许我心里的某个部分，在怀疑自己是否真的被杀死了，因为死亡肯定不会和这有太多的不同。但是我还活着，还在呼吸，而我的心脏肯定还在跳动。与此同时，我和周边的一切完全脱离了联系，甚至都看不见自己的双手。

“蔡斯！”

我听到琼斯在叫我的名字，并感觉到他的手在我的袖子上，正把我往下拽。事实是，他这么做救了我的命。就在我刚倒在地上时，莫特莱克的同伙开枪了。我看到了枪口的火光，并且感觉到子弹从我的头顶和肩膀上散开，射进我身后的墙壁。如果我还站着，会被撕成碎片的。事实上，我还幸运地避开了所有的跳弹。

“这边！”琼斯低声说。他正蹲在我边上，仍然抓着我的胳膊，拽着我离开那些家伙，以及那些四散在桌上的折磨工具，我们更深地进入了变得虚无一物的世界。第二轮开火时，我感觉飞来的子弹离我们不那么近了，我明白，我们多离开一步，被击中的机会就少一分。我的手碰到了什么。是刚才德弗罗发表演讲时，我们身后通道的墙壁，他最初就是从这里进来的。我跟着琼斯站了起来，手抵着砖墙。我还是看不见。但是如果我紧贴着墙，它肯定会把我带出去。

我是这么想的。在我们能跨出另一步前，一点黄色的微光闪了起来，撒满地面，照亮了我们周围的整个区域。我提心吊胆地转过身，看见莫特莱克摊开在地上的尸体，他的边上，是那个在墓园里头朝我们喊话，长着胡子和断鼻的男人。他正举着一盏油灯，不知怎么他点亮了灯。尽管我们拼尽全力，也只不过从那伙人身边挪动了一小段距离。还不够远。我们再一次暴露无遗。

“他们在那儿！”他喊起来，“杀了他们！”

看到枪口再一次指向我。我心若死灰，等着完蛋了。但是，死的并不是我们。

有什么看不到的东西，重重地打在那个人的脑袋上。他的头颅一边炸了开来，一股红色的液体猛地冲到他的肩膀上。当他滚向一侧时，他仍然紧紧抓着那盏油灯，扭曲的影子落在其他五个人身上。他们还没有机会开枪，而当他们的伙伴摔倒在地时，已经太迟了。灯再次熄灭。他是被枪打死的——但是被谁呢？而且为什么呢？我们现在无法回答这些问题。无论在黑暗中，还是在灯光下，我们的生命仍然处于危险之中，而且在到了地面上安全的街道之前，还将如此。

趁着我们身后的混乱——袭击我们的人仍旧不确定发生了什么——我们开始跌跌撞撞地狂奔。我心中有两种相反的冲动在斗争。我想尽可能快地离开，但是又害怕在两眼一抹黑中撞到什么障碍物。我能听到琼斯在我旁边的某处，却不再能确定他到底是远还是近。是我的想象呢，还是我脚下的地面拔高了一点儿？这是个关键问题。我们爬得越高，越有可能到达街道的高度，在那儿我们就可以安全了。

接着我看到了一点光亮，在五十码开外闪烁着，那是火柴点亮了一支蜡烛。这怎么可能？谁点的蜡烛？我摇摇晃晃地停了下来，开始呼叫琼斯，只说了一个词，“那儿！”蜡烛就在我们正前方，它是一个微弱的信号，用来将我们带出险境。我对距离毫无感觉，甚至不知道自己正站在哪里。我肯定那支蜡烛是故意放在那里来帮助我们的，但即便它是恶魔亲自点亮的，我们又有什么选择呢？我们在听到身后追击者逼近的脚步声之后，就跑得更快了，朝前方冲去。又是一声枪响。子弹又一次从墙上反弹，我感觉到砖屑刺痛了我的眼睛。喊叫的脏话，接着是别的什么东西，仍旧离得很远，但是正快速地逼近，巨响、重重的喘气声、刺耳的金属摩擦声，而且我闻到了燃烧的味道。四周的空气变得温暖和湿润。

一列地下蒸汽火车正朝我们驶来，它开往斯诺希尔，那个德弗罗曾经提到过的车站。我看不见它，但是它发出的声音每过一秒钟，就越发声震如雷。黑暗成为我眼前的一道帘子，我绝望地想要把它撕开。我突然害怕自己也许会走偏到铁轨上，这样只有当火车头轧倒我时才会看到它。但是接着它转了一个弯，虽然我还是看不见它——我只能感觉到它巨大的体形——一束光突然吞没了我，照亮了拱门和拱形的天花板，让它们看起来奇异非凡，它不再是伦敦一座肉类市场的一部分，而是某个住着妖魔鬼怪的超自然王国。

琼斯站在我旁边，我俩都知道火车会把我们暴露给追踪者。它正行驶在与我们所站的过道相平行的、由一系列拱廊隔开的铁轨上，当火车前进时，灯光会忽显忽隐，由此产生了一种奇怪的效果，其中的任何活动都成了一系列静止的影像，就好像在科尼岛[①]的娱乐机上看到的那种。同时，烟从火车头的烟囱中喷出，蒸汽则从它的汽缸里滚滚而出，两者一起旋转，彼此拥抱着像是两个幽灵情侣。火车本身就是一个庞然大物：它越接近，似乎越让人恐惧，而如果这是一个王国，它肯定就是那条恶龙了。

我环顾四周。四个人站在我的身后并且已经很靠近了，他们前进的速度比我和琼斯能达到的快得多。他们正在利用突然的光亮给予他们的机会。火车半分钟之内就会开过去，而只有在灯光照住我们的时候，他们才能结果我们。我看到他们向前跑来，在这可怕的黑与白的世界中，光线断断续续地从砖墙的缝隙里透出，水蒸气则威胁着要把我们所有人都闷死，这些人上一秒还看得见在那里，下一秒就看不见了。

琼斯朝我喊了声什么，但我已经听不到一句话了。四个人突然变成了三个。另一个向前扑倒，不可想象，一股鲜血从他的肩头喷出来。火车几乎冲到我们身上。接着一个身影从一根腐朽的砖头柱子后面走了出来。是那个男孩佩里，他的脸上绽放着恶魔的微笑，两眼像着了火。他朝我奔来，一边举起他右手中一把巨大的屠刀。我向后退。但我不是他的目标。莫特莱克手下人中的一个正在悄悄接近

---

① 科尼岛：纽约市布鲁克林区南端的一个小岛，系著名的娱乐区。

我，离我近在咫尺。男孩把刀刃插进他的喉咙，猛地拔出来后又捅了进去。血如雨下，飞溅到他的胳膊上。他离我近到足够让我听到他那尖锐的笑声。他的嘴大张着，露出雪白发亮的牙齿。火车头的轰鸣灌满我的耳朵，我呼吸的不再是空气，而只是碳和蒸汽。我的嗓子如同着了火。

黑暗。火车已经冲了过去，只剩下车厢咣当咣当响着，一节跟着一节经过。

“蔡斯！”是琼斯在叫我的名字。“你在哪儿？”

“这里！”

“我们得从这停尸房出去。”

那支蜡烛还在闪烁。我们朝它走去，不确定我们留在后面的是什么。我想，我听见了轻轻的一记“砰”声，是子弹击中了目标，不是左轮手枪而是某种气枪。那个男孩也在那里。我听到一声尖叫，接着，当他的刀刃割开血肉时，又是一阵可怕的咯咯声。不知道怎么着，琼斯和我手拉起了手，窒息着，眼泪从我们眼中流下，我们朝前跑去，意识到地面真的在朝上延升，每跑一步地面就更加陡峭。我们来到蜡烛前，看到它被故意摆在一个转弯处。我们在它的周围四顾，看到了月光照亮的天空。一段金属楼梯通向一个出口。我们用尽最后的力气，跌跌撞撞地向前，爬上去，来到了黎明的晨曦中。

没人跟着我们。我们已经把地底世界的恐怖留在了身后。德弗罗的手下很可能已经全部完蛋了，但是即便他们中还有一些人出现，他们也做不了什么了，因为现在我们的四周全都是各式人等：屠夫、送货男孩、市场的办事员和巡查员，买家和卖家，在沉默中慢吞吞地来到自己的工作岗位。我们看到一名警察，快步向他跑了过去。

"我是苏格兰场的埃瑟尔尼·琼斯督察。"琼斯喘息着说,"我成了一次谋杀袭击的受害者。呼叫支援。我必须得到你的保护。"

上帝才知道我们现在的样子,必然是又累又绝望,浑身伤痕,血迹斑斑,衣衫凌乱,皮肤上布满了尘土和煤灰的条纹。那位警察平静地看着我们。"好的,好的,先生,"他说,"这都是怎么啦?"

当我们回坎伯威尔去的时候,天空已经变成了淡红色。我原本是和琼斯一起外出的——在我们看到昨晚一起工作的结果之前,我还不能回旅馆。我们没说几句话,但是当我们坐在那位警察最终被说服提供给我们的马车里,一起到达丹麦山站的时候,琼斯转向我。

"你看到他了。"

"你是说佩里,那个把我们引到布雷德斯顿公馆的孩子?"

"是的,他在那里。"

"他在。"

"我还是不明白,蔡斯……"

"我也不明白,琼斯。一开始他试图在苏格兰场杀害你。现在他好像想救你。"

"他和那个与他在一起的人。可他们是谁呢,他们是怎么找到我们的呢?"琼斯闭上双眼,陷入沉思。他几乎精疲力竭,如果不是前面的事情尚不确定,他一定已经睡着了。我们只是听德弗罗说,比阿特丽丝已经被送回去了,而我们没有理由相信任何他说的话。"你没告诉他们佩里的事,"他继续道,"当德弗罗问你是如何找到去海格特的路,你没有说我们是从皇家咖啡厅跟踪一个孩子。"

"我为什么要告诉他真相?"我说,"让他不确定似乎更好。而且对我而言，听到他爽快地承认杀害乔纳森·皮尔格雷姆会更重要。他这么做了。当然，我们一直知道他该为此负责，但是现在我们亲耳听到了，这样就可以在法庭上作证了。”

“如果我们能够把他带上法庭。”

“我们会的，琼斯。今晚之后，他在哪里都不会安全了。”

我们来到琼斯家前门，但我们无须开门。埃尔斯佩思看见我们的马车停下来，飞一般地跑了过来，她披着一条披肩，头发散乱。她冲进丈夫的怀里。

“比阿特丽丝在哪里？”琼斯问。

“她在楼上，睡着了。我为你担心得要命。”

“我就在这里。我们都安全。”

“但你被伤着了。你可怜的脸！发生了什么事？”

“没事。我们活着。这才是最重要的。”

我们三个人走进屋子。炉火闪着光，早餐已经做好，但是早餐端上来之前，我早就在扶手椅里睡着了。

第二十章
外交豁免权

最终,这整个事件好像挺奇怪——我对于那个来自美国的、最厉害的罪犯,漫长而痛苦的追踪——居然落实到一个房间里一场走走形式的三人会议。我们回到维多利亚大街上的公使馆,这次,用的是各自的名字,警察总监也完全知情。事实上,申请会谈的许可,一直提交到外交大臣索尔兹伯里爵士本人的办公室。就这样,我们发现自己正坐在罗伯特·T.林肯公使和他的亨利·怀特参赞面前,两位都曾经在那晚的聚会上迎候过我们。第三个人是林肯的秘书,查尔斯·艾沙姆,他是个颇为固执的年轻人,现在穿着一件紫红色的外套,围着一条松软的围巾。正是他按照埃德加·莫特莱克和利兰·莫特莱克的指示拘留了我们。

我们在一间肯定是被用作图书馆的房间里,整整两面墙上都排列着书册,还有大部头法律书籍,这些书肯定没人读过。对面的墙壁被漆成了缺乏活力的灰色,上面挂满了前任公使们的肖像,他们之中最早的还穿着带高领和宽大的硬领圈的衣服。窗户上拉上了金属丝网，阻挡了朝向维多利亚大街的景色，我纳闷这是否预示德弗罗本人的到访，当我们到达时，他并没在那里。他的名字也未被提及。我们至少肯定，他必定是在这幢建筑里的某处，就是说，假设他在史密斯菲尔德现身之后回到了这里。琼斯督察已经在这幢建筑周围布置了警力，所有人都没穿制服。他们谨慎地观察着所有白天进出的人。

我已经描绘过罗伯特·林肯其人了。虽然他长得高大且其貌不扬，但是我发现当他作为招待会的主人时，是一个令人印象深刻的人，他会优雅地应对许多想要和他谈话的客人，同时确保所有的对话都照着他的方式进行。他现在就是这样，正坐在高背椅子里，旁边有一张古色古香的桌子。即便在这样更为安静和私密的环境里，他无须说话便掌控着这房间。发表任何言论之前，他都会长时间认真地思考，而且他的话语简明扼要。怀特似乎是三人中更忧虑的那个人，他坐在一边，用那种永远都那么警惕的眼神审视着我们。他是发起谈话的人。

"我必须请问你，琼斯督察，几天前你用一个假名作伪装，并且带着一份偷来的请柬来这里时，你脑子里到底在想什么。你意识不到自己行为的严重性吗？"

"已经有人很清楚地告诉过我了，我只能向你和公使表示歉意。但是，让我这么说吧，当时的情况极其危急。我在追踪一伙危险的罪犯。已经发生了许多流血事件。他们试图杀害我……那是一场夺走了不止一条生命的爆炸。"

"你怎么能肯定他们要对此负责？"林肯问。

"我不能，先生。我可以说的全部，就是我和蔡斯追踪他们到了这个地方。紧接着那起暴行，驾驶一辆四轮马车的车夫把他们直接从苏格兰场送到了这里。”

“他可能错了。”

“有可能，但是我不相信。格思里先生本人似乎相当肯定。要不然，我们也不会用那种方式进入公使馆。”

“那是我建议的。”我说。当时我感觉身体不适，并且明白自己那时的样子让人不快。我在莫特莱克的暴徒们手中受到的虐待，比我想到的更加严重：我一边的脸完全肿了，眼圈黑了，嘴唇裂了，导致说话都困难。琼斯看起来稍好些。尽管我们俩表现洒脱，我知道我们看起来一定像火车失事的受害者。“我对此负责，”我继续道，“是我说服琼斯督察来此的。”

“我们都很清楚平克顿事务所的行事方式。”艾沙姆轻声说。他从一开始就不表示同情。“煽动暴乱。试图让努力工作的人显得有罪，就因为他们相当合法地，选择了罢工——”

“就我自己而言，我没有卷进那些事情里的任何一件。当然我也没有参与过芝加哥铁路罢工或者任何其他的事。”

“那不是现在的问题，查理。”林肯平静地说。

“我们的行为不合法，”琼斯继续道，“我承认这点。但是正如事情所证明的，我们……我不说是合理的，但至少我们被证明是对的。那个名为克拉伦斯·德弗罗的罪犯，的确正在使用科尔曼·德·弗里斯的假名，在这些高墙之内寻求庇护。或许这才是他的真名，而德弗罗是他的化名。不管哪种情况，我们在这里找到了他。结果是，他对我们回击所使用的手段，以我作为一个执法官这么多年的经验来看，也是空前绝后的。”

“他绑架了你的女儿。”

“是的，公使。”琼斯郑重地对公使说，“他手下的人带走了我六岁的女儿，利用她为诱饵来抓捕蔡斯和我。”

“我有两个女儿，”林肯低声说，“就在最近，我的一个儿子因为生病让我失去了他。我理解你的痛苦。”

“昨晚，在史密斯菲尔德肉类市场的地下室里，克拉伦斯·德弗罗用死亡和折磨威胁我们。我们此时能在这里，只是由于一场难以解释的、奇迹般的脱逃。好吧，这个另说。但是现在，先生，我可以发誓，那个袭击我们，并且在你和我的国家都犯下了罄竹难书的罪行的人，与你称之为你们的三等秘书的是同一个人，我在此请求——甚至是要求——让我们调查讯问他，并在适当的时候，把他带上法庭面对司法制裁。”

在这之后有一段长时间的沉默。每个人都在等着林肯发话，可是他朝他的参赞点了点头，参赞正焦虑地摸着自己的胡子，接着他这么对我们说：“我很抱歉，这和你们想的很不一样，不是那么简单直接的，琼斯督察。让我们先把你个人的证词放在一边，不管它是否可信。”

“等等……”我说，我已经对他选择的立场愤怒了。但琼斯举起一只手，告诫我保持沉默。

“我不是说我怀疑你们的话，尽管我承认你们的手段，你们对这里的侵犯，让人很不满意。我自己也可以看到你和你的伙伴，蔡斯先生，所遭受的伤害。是的。在这里重要的是治外法权涉及的关键人。一位公使就是派遣他的那些人的代表，并且——

“几乎一个世纪前，宾夕法尼亚州首席大法官托马斯·麦基恩规定，在国外服务的公务人员是神圣而不可侵犯的，如若不然，则是对其国家尊严的公然亵渎。我必须补充，这种保护被扩展到所有公使以下的人员。怎么可能有什么不同呢？否定他的随员拥有同样的外交豁免特权，会带来各种各样的困难，最终还会侵犯公使本人所具有的独立性。”

“请原谅我，先生。但是如果公使认为合适的话，他肯定有权放弃豁免权吧？”

“合众国从来没有这么做过。我们的看法是，公使馆处于所在国的民法管辖之外。在此类情况下，你也许可以说，它像是一座法律孤岛。我恐怕这个场所被保护在刑事程序之外。德·弗里斯先生，就像艾沙姆先生和我本人一样，在民事和刑事诉讼中，均可拒绝作证。事实上，甚至即便他做不同的选择，仍然需要公使本人的授权。”

“那么你是说，我们就不能起诉他？”

“这正是我说的意思。”

“可是你肯定同意，从自然法来讲，基本的人道主义要求所有的罪行都必须得到惩罚。”

“你没有提供我们证据，”艾沙姆插进话来，“蔡斯先生受了伤。你被强迫忍受暂时地失去你的女儿。但是你们说的，一点也不符合我们所了解的德·弗里斯先生的个性。”

“如果我说的是事实呢？如果我告诉你，科尔曼·德·弗里斯，不为你所知地，利用了你所描述的这套体系呢？这个人来到伦敦，只是让伦敦市民承受恐怖，你们几位先生还会坐在这里，并且保护他吗？”

“不是我们在保护他！”

“但是他仍然受到了保护。他的同伙，埃德加·莫特莱克，曾在这些高墙之内呷着鸡尾酒。我亲眼看见他割开了一个背叛他的人的喉咙。就是他绑架了我的女儿，而他的兄弟，利兰，他的冷血计划合伙人，则要对平克顿探员乔纳森·皮尔格雷姆的谋杀负责。如果他们还活着，你是否会支持他们呢？我的朋友蔡斯来到英国，他带来的档案里头，全是这个团伙在美国各地犯下的卑劣行径。我读过那些档案。我可以把它们给你看看。谋杀、盗窃、敲诈、勒索……克拉伦斯·德弗罗是所有这些悲剧的主要设计者，就在昨晚，同一个克拉伦斯·德弗罗，威胁要把我们像畜生一样折磨至死。我知道你们是高尚的人。我不愿意相信，你们要阻碍正当的法定程序，继续与你们中间的这条毒蛇一起生活。"

"证据！"艾沙姆坚持道，"你说到了程序，这非常好。我自己学习过法律。'证据高于假设'。[①] 就是这样。你对此怎么说？"

"你说的是拉丁文，先生。我说的可是从我怀中被偷走的女儿。"

"如果我们不能起诉他，我们可否至少讯问他？"我问，"我们肯定有权，与你们希望派出的任何代表们一起，在苏格兰场与他会谈。我们会向你们证实我们指控的事实，然后，如果我们不能在这里起诉他，至少我们可以看到他被送回美国接受法律制裁。琼斯督察是对的。他对你们而言是诅咒。你们真的怀疑我们吗？你看到我们俩遭到的伤害。你觉得这些伤是怎么来的？"

查尔斯·艾沙姆看起来仍旧疑心重重，但是亨利·怀特瞥了一眼林肯，后者做出了决定。"德·弗里斯先生在哪里？"他问。

"他正在隔壁房间里等着。"

"那么也许你可以叫他进来了。"

---

① 原文为拉丁文。

总算是有了进展。那位秘书艾沙姆站了起来，朝一对相连的门走过去，然后打开——片刻以后，经过一阵简短的低声交谈，克拉伦斯·德弗罗走进房间。我见到他，我无法解释自己奇怪的战栗，即便知道他已无法对我加诸更多伤害了。他肯定是够卑躬屈膝的，装出一副自我贬低的样子，就如那晚在公使馆我们第一次见到他，几乎没注意到他。在这么一大群人中间，他装作吓了一跳，在公使和他的顾问面前紧张地眨着眼睛。他也似乎没有认出琼斯和我，好像是一个陌生人一样看着我们。他穿着和前一晚一样花哨的丝绸背心，但是从任何方面，他都已判若两人了。

"公使？"艾沙姆关上门时，他问。

"请坐，德·弗里斯先生。"

又一把椅子被空了出来，德弗罗落了座，和我们保持着一段距离。"我可以问一下我为什么被传唤到这里吗，先生？"他再一次看了看我们。"我认识这几位先生！美英商贸庆祝会的那晚他们就在这里。一位客人认出了他们是骗子，我被迫驱逐了他们。他们为什么在这里？"

"他们对你提出了一些非常严重的指控。"怀特解释道。

"指控？对我？"

"我可以问一下，昨晚你在哪里吗，德·弗里斯先生？"

"我就在这里，怀特先生。我能去什么其他地方？你知道的，除非事情紧急我不能冒险外出，甚至在那时，我也只会在做好了万全的准备后才会出门。"

"他们声称在史密斯菲尔德市场遇见了你。"

"我不会把这叫作谎言，先生。我不会说，他们正在对一周前发生在这里的事情寻求报复。在公使阁下面前如此声称是相当错误的。我只会说这是个糟糕透顶的误会。认错人了。他们把我和其他什么人搞混了。”

“你不知道克拉伦斯·德弗罗这个名字吗？”

“克拉伦斯·德弗罗？克拉伦斯·德弗罗？”他的眼睛亮了起来。“克·德！就是这样。我们名字的缩写一样！这就是引起误解的原因吗？但是不。我从没听说过这个名字。”

林肯转向琼斯，请他发言。

“你是在否认昨晚囚禁了我们，你和你的手下人虐待我们，而且如果不是我们想办法逃离的话，你还想把我们置于死地？难道不是你告诉我们，你在芝加哥的童年，你对肉类的痛恨，导致你产生广场恐惧症的恐怖？”

“我出生在芝加哥。这是真的。但其余的是幻想。公使，我向你保证……！”

“如果你不在那里，那就解开你的领口，”我叫道，“给我们解释一下你脖子周围的淤痕。我亲手加在你身上的伤痕，我很高兴这么做了。你能告诉我们它们是怎么来的吗？”

“你的确袭击了我，”德弗罗回答，“你抓住了我的脖子。但不是在什么肉类市场。而是在这里，在这座公使馆里。你用假身份来这里，当我要驱逐你的时候，你使用了暴力。”

“也许，这就是所有这些的动机。”艾沙姆说。他是如此热心地为德弗罗辩护，我都开始怀疑他是否被德弗罗以某种方式贿赂或胁迫了。“很显然，这三位先生之间互有敌意。我不会去指摘他们的动机，但是我认为，这似乎很可能是犯了一个错误。而且我要指出，公使，在过去的六七年时间里，德·弗里斯先生在华盛顿和这里，一直都是美国政府的一位忠诚雇员。当然，他的痛苦是毫无疑问的。有鉴于他的病症，作为一个国际犯罪网络的幕后黑手，这可能吗？现在看着他，你看到了吗？”

林肯脸色阴郁，一言不发地坐着，然后慢慢地摇了摇头。“先生们，”他说，“我很难过地说，你们没有足够的证据。我不怀疑你们的话，因为你们都是高尚的人，我肯定。但艾沙姆是对的。没有实际的证据，我不可能起诉，虽然我可以向你们保证，我们会对此事深入调查，调查必须在公使馆内，并按它的规定进行。”

会议结束了。但是琼斯突然站了起来，我立刻认出了我所熟知的那种活力和决心。“你要证据？”他问。“那么也许我可以给你们证据。”他从口袋里拿出一张边缘参差不齐的纸片，上面用大写字母写着几个字。他把纸平铺在林肯身边的桌子上。我看到那几个字：**你女儿在我们手上**。“这就是送给我的便条，诱我去名为‘死者之路’的墓园，”琼斯解释道，“靠着这些手段，德弗罗才能抓到蔡斯和我本人。”

“怎么了？”艾沙姆问。

“它是被从一本书上撕下来的，而我一看到它，就知道是从一个就像这里一样的图书馆里偷走的。”琼斯转向书架。“太阳以一个奇怪的角度照射到这些窗户上，”他继续道。“结果，阳光只落在你们很少的几本书上，可是我一到这里就注意到了，最后面的几册书才会被晒得褪色。如同你能看到的，这页纸的上端也已经损坏了。”没有请求允许，他走到书架边并开始检查书籍。“这些书有些时间没人阅读了，”他继续道，“它们都被摆得整整齐齐，只有一本最近被挪动过，并且没有放回它原来的位置。”他拿出那一册被撕过的书，将它拿给林肯。“让我们看看……”他打开书。

扉页被撕掉了。所有人都看到了，参差不齐的边缘就在那里，而且很明显——事实上无法辩驳——它和绑架者写便条的那页纸的边缘吻合。

打开的书引起了一阵意味深长的沉默，我想，巨大的考验已经所剩不多了。虽然林肯和他的顾问们什么口风都不露，他们盯着那页纸，就像是从中读出了生命的全部奥秘，甚至连德弗罗，也认识到他毕竟可能要输掉这场游戏，而明显变得沉默了。

“无疑，这张纸是从这个图书馆偷走的，”最后林肯说，“你对此做何解释，德·弗里斯先生？”

“我无法解释。这是个诡计！”

“在我看来，你最后还是得应诉了。”

“谁都能动那本书。他们在这里时，自己就能这么做！”

“他们没来过图书馆。”艾沙姆低声说，这是他第一次为我们这边说话。

德弗罗变得绝望起来。“公使，你自己刚才还主张我是被保护在刑事程序之外的。”

“你的确是，你必须是。而我不能袖手旁观什么都不做。两位执法官员指认了你。不能否认发生了重大事件。现在他们还有证据……”

又是一段长时间的沉默，公使馆的参赞打破了这沉默。“一位外交团队的成员被警方讯问，这并非没有先例。”怀特说。即便是我，也为这几位先生改变立场的速度而感到惊讶——当然，他们是政客嘛。“如果存在针对你的指控，至少你应该合作，这样才合理，要不然我们怎么才能证明你的清白？”

“即便在公使馆之外，你仍然享有公使馆对你的完全保护，”艾沙姆补充道，“我们可以将无害通行权扩展到你。无害通行权[①]。这会让我们在英国警方的朋友有权会见你，同时仍旧把你置于他们的司法权之外。”

“然后呢？”

“你会被送回这里。如果你不能令人满意地自我辩护，就由公使来决定接下来怎么做。”

“但我不能离开。你们知道我没法冒险到外面去。”

“我有一辆封闭的马车正在等你，”琼斯说，“一辆‘黑玛丽亚’也许会让普通的罪犯发自内心地恐惧，但对你而言则是一处庇护所。它没有窗户，有一扇门会安全地保持紧闭——我可以向你保证这点。它会把你直接送到苏格兰场。”

“不！我不会去的！”德弗罗转向林肯，我第一次从他的双眼里看到真正的恐惧。“这是个诡计，先生。这些人不是想要和我面谈。他们是要杀了我。这两个人并不是他们看起来的样子。”话语越来越快地从他嘴里冒出来。“一开始是拉韦尔。他们见了他，第二天他和他一家子人就在自己家里被杀害了。然后是利兰·莫特莱克，一位受人尊重的商人！阁下你该记得见过他的。他被捕没多久就被毒死了。而现在他们冲我来了。如果你强迫我跟他们走，我永远也到不了苏格兰场，就算到了，我也会死在那里。他们会在我踏入他们的‘黑玛丽亚’之前就杀了我的！我没有什么要回答的。我是无辜的。

① 原文为拉丁文。

我身体不好。你知道的。我会回答你提出的任何问题，并且让你彻底审查我的一生，但是我向你发誓，你正在让我送死。不要让我走！”

他听起来是如此可怜，如此害怕，如果我不是已经知道他在演戏，我本人会完全倾向于相信他。我在想林肯是否会可怜他，但公使垂下眼睛，什么都没说。

“我们不会伤害他的，”琼斯说，“我向你们保证。我们会和他谈谈。有许许多多的问题还没有答案。一旦当我们在这些问题上得到了满意的答案——还有一份完整的供词——我们将会根据外交法令将他送还给你们。索尔兹伯里爵士本人同意了的。这个人在英国或是在美国接受法律的制裁，我们无所谓。我们唯一关心的是，他不应逃避他所作所为的后果。”

“那就这么说定了。”林肯说。站起身，他突然变得疲惫不堪。“亨利——我要你向苏格兰场派一名代表。他要出席全部的交叉询问，除非他到场，交叉询问不得进行。我希望在入夜之前，看到德·弗里斯先生回到公使馆。”

“也许需要不止一天才能得到真相。”

“我知道，琼斯探长。如果发生那种情况，他就会在明天被送还给你。但是他不得在铁窗内待上哪怕一个晚上。”

“非常好，先生……”

林肯离开了房间，没有再说一句话，甚至都没有再看德弗罗一眼。

“我一定不能去！我不会离开的！”德弗罗就像孩子似的抓住了椅子把手，泪如泉涌，接下来的几分钟是我所能记得的最奇怪也是最无尊严的时刻。我们不得不叫更多的警官进房间，把德弗罗强行押走。怀特和艾沙姆沮丧地看着，他被拉下楼时像个呜咽着的可怜人，当他看到打开门的瞬间，开始尖叫起来。就在前一晚，这同一个人被他的好朋友们围着，宣判我们要痛苦地死去。几乎不可能把那个人和他所变成的怪物相比较。

我们找到了一块布盖在他脑袋上，这样就能押着他出大门，那辆“黑玛丽亚”正等在那里。怀特和我们一起走。“我的代表到达之前你们不要开始提问。”

“我明白。”

“而且你要给予德·弗里斯先生作为公使馆三等秘书应有的尊重。”

“我向你保证。”

“我们今晚再见。希望到时候这事会有一个结论，这希望会不会太过分呢？”

“我们将尽我们所能。”

这些就是琼斯把克拉伦斯·德弗罗从使馆转移出来时做的安排：五位来自苏格兰场的警察，全都是琼斯亲自挑选的。其他人一个都不许靠近。不可能会再有第二支毒箭能从人群的某处射出来。也不会给那个到史密斯菲尔德来救我们的神秘狙击手提供射击目标。德弗罗本人看不见，也没办法抗拒，我们确保他被人肉盾牌包围着、保护着，直到他到达停在大门口的“黑玛丽亚”。这辆车——实际上是深蓝色的——是一个带着四个轮子的坚硬箱子，它在出发前被彻底地搜查过：一旦德弗罗在里面，琼斯完全确定他的安全。车门已经打开，我们万分小心地把德弗罗塞了进去。车里头是黑暗的，有两张长凳面对面摆着，一边一张。对于任何普通的罪犯来说，这也许看起来是一种可怕的运送方式，但讽刺的是，鉴于德弗罗的身体状况，他在这里感觉几乎像在家里一样。我们关上门并锁好。其中一位警察爬上马车后面的踏板，他在整个行程中会一直站在那里。到现在为止，一切都在按计划进行。

我们准备离开。又有两位警官在“黑玛丽亚”的前部、马的后面，紧挨着坐好了。与此同时，琼斯和我上了停在后面的两轮小马车，他抓起了缰绳。另外两名警察将会在前面步行，确保道路的通畅。我们前行的速度慢，但是距离并不远。更多的警察，就是原本监视公使馆的同一些人，将会在途经的每个拐角等着。我觉得我们和送葬队伍相差无几。虽没有站在充满敬意的缄默中的送葬人，我们还是几乎同样庄严地出发了。

公使馆在我们的身后消失。亨利·怀特正站在人行道上看着我们离开，脸色凝重。然后他转过身原路返回。“我们做到了！”我说。我无法掩饰自己松了一口气。“来到这个国家的最残暴的罪犯，现在被我们拘留了，而这全靠你和你的天赋，凭那本书！终于结束了。”

“我不太确定。”

“我亲爱的埃瑟尔尼——你就不能歇上一会儿吗？我告诉你，我们成功了。你成功了！看——我们已经顺利上路了。”

“但是，我想——”

“什么？现在你还有怀疑？”

“比怀疑更甚。这不对劲。都不对劲。除非……”

他停了下来。我们的前面，那名警官正在拉缰绳。一个男孩，推着一辆满载蔬菜的独轮车在穿过街道，他正挡着我们的路，因为独轮车的一个轮子好像卡在一道车辙里。另一个步行的警察走上前，去帮着清道。

那男孩抬起头。是佩里，他现在穿着一身破烂的束腰宽松上衣，系着腰带。就在刚才，他的双手还是空空如也，但是突然间他抬起手，那把他曾用来威胁过我的手术刀已经在他手中，在太阳下闪闪发光。他不发一言，拿着刀旋转起来。第二个警察浑身鲜血倒了下去。同一时刻，有一声枪响——就像撕开一张纸的响声——执掌“黑玛丽亚”缰绳的警官滚向一侧，重重地摔在马路上。第二声枪响，他的同伴也跟着摔了下去。一匹马用后腿直立了起来，撞上了另一匹。从一家商店里出现的一个女人开始尖叫不已。一辆从另一边过来的马车改变方向，驶上了人行道，几乎要撞到她，最后撞上围栏。

埃瑟尔尼·琼斯取出一把枪。他一定是违反了所有的规定把枪带进了公使馆，枪就一直在他口袋里。他举起枪瞄准了那个孩子。

我取出了我自己的枪。琼斯看着我，我觉得我看到了震惊、沮丧，但最终对命运的屈从划过他的双眼。

“我很抱歉。”我说，一边冲他的脑袋开了枪。

第二十一章
事实真相

我亲爱的读者，看起来我欺骗了你们——虽然，事实上你们对我而言，并非非常亲爱，不管怎么说，我已经煞费苦心地避免欺骗你们，哪怕是一丝一毫。那就是说，我没撒谎。至少没有向你们撒谎。也许这就要看如何解读了。举例来说，“我是弗雷德里克·蔡斯”与“让我来告诉你吧：我的名字叫弗雷德里克·蔡斯”——我记得在第一页上我是这样打字的——之间，就有天壤之别。我说过在迈林根躺在石板上的那具尸体就是詹姆斯·莫里亚蒂了吗？没有。我只是说，很确切的，那是挂在死者手腕上的标签所写的名字。到现在为止，你们应该不会没注意到，我，你们的讲述者，就是詹姆斯·莫里亚蒂教授。弗雷德里克·蔡斯只存在于我的想象中……也许还有你们的想象中。你们应该不会吃惊吧。这两个名字哪一个出现在封面上？

一直以来，我都谨慎地做到公正，即便只是为了自娱自乐。我从未描写过自己未感受到的情绪，甚至于我让你们知晓的我的梦，也都是如此。（弗雷德里克·蔡斯会梦到在莱辛巴赫瀑布溺水吗？我不这么认为。）我完全照原样表达了自己的想法和意见。我的确喜欢埃瑟尔尼·琼斯，甚至在得知他已婚后，我还试图阻止他继续办理这个案子。我确实觉得他是个能干的人——虽然很明显他有他的局限。例如他那次伪装的尝试就是可笑的。在我们出发去布莱克沃尔湾的那天，当他打扮成一个海盗或渔夫出现时，我不但认出了他，还得努力不让自己大笑出来。我用心地记录下每一句话：我自己的和其他人的。也许我有时会被迫回避某些细节，但是我没有添加过任何无关的事情。你们也许会想，这是一场用心策划的游戏，但我发现写作这事真是出奇地沉闷乏味——所有那些花在敲击打字机上的时间，已经被证明不值这八万零两百四十六个词[1]（我有一个特别的本事，就是边打字边数数，并且记住打了多少字数的能力）。有几个键卡住了，而且字母"e"字迹太淡，以至于无法辨认。有一天，有人必须把这整篇玩意儿重新打一遍。我的老对手夏洛克·福尔摩斯真是幸运，他有华生做他的冒险事迹的忠实记录者，但我就负担不起这样奢侈的做派了。我知道，即便有可能，在我的有生之年这书也不会出版。这就是我的职业特性。

我必须亲自解释。我们一路如此一起走来，分道扬镳之前必须达成共识。我累了。我觉得我已经写得够多了，但是即便如此，还是有必要回到开头——真的，甚至还要早些——把所有的事情都放在一起来看。我想起了克里斯蒂安·冯·埃伦菲尔斯[2]在他那本极具吸引力的著作《格式塔的特性》中提出的格式塔理论——我在去迈

① 此处故事叙述者所说的，是本小说至此的全部英文单词数。

② 克里斯蒂安·冯·埃伦菲尔斯：奥地利哲学家，最早提出格式塔心理学的概念。

林根的火车上，碰巧正在读这本书——它质疑大脑和眼睛之间的关系。有一种很普遍的视觉错觉。你以为你正看着一个双烛台。然后，走近细看，你发觉实际上那是两个面对面的人。在某些方面，这就是一个类似的运用，虽然没有这么细微。

为什么是我在迈林根？为什么伪装我自己的死亡是必要的？为什么我和埃瑟尔尼·琼斯督察见面，并成为他的旅伴和朋友？嗯，让我把电灯打开，再倒上一杯白兰地。好了，我准备好了。

我是犯罪界的拿破仑。夏洛克·福尔摩斯第一个这么称呼我，要承认我对这个称呼非常得意，就太不谦虚了。不幸的是，当1890年接近年底时，我还一点不知道我的“圣赫勒拿岛的流放”[①]正要开始。福尔摩斯讲述的有关我生活的几个粗略情节基本上正确，我无意在此对它们详加扩充。我的确是两个男孩——双胞胎——中的一个，出生于戈尔韦[②]的巴利纳斯洛镇上一个体面的家庭里。我的父亲是一位大律师，但是在我十一二岁的时候他开始和“爱尔兰共和兄弟会”有染，他知道这也许会把自己置身于危险中，所以决定把我和我兄弟送去英格兰完成我们的学业。我来到了沃丁顿的霍尔学院，在那里我在天文学和数学上的表现出类拔萃。从那里我去了科克的女王学院，师从伟大的乔治·布尔，在他的指导下，我在二十一岁时，发表了针对二项式定理的论文，我可以自豪地说，这篇论文在整个欧洲引起了相当的轰动。结果我被一所大学任命为数学教授，那里是一个大丑闻的事发地，这个丑闻将改变我的人生轨迹。我不准备详

① 圣赫勒拿岛的流放：指1815年法国皇帝拿破仑被迫退位后，被流放于圣赫勒拿岛。

② 戈尔韦：爱尔兰共和国西部大西洋畔的城市。

细阐述这丑闻的确切性质，但我会承认，我对所发生的事情不感到骄傲。虽然我的兄弟站在我一边，但是我的父母再也没有和我说过话。

“可是，这个人具有最恶魔般类型的遗传倾向。他的血液中流淌着犯罪的气质……”

这就是福尔摩斯——或者是华生——写的，但他们错得离谱，如果我的双亲读到它，他们会深感羞辱。他们如同我说的，是令人尊敬的人，在我那悠久的家族史中，家族成员从未有过一丁点儿行为不当。我的读者们也许会觉得这难以置信，一个普普通通的教师会认真考虑改行从事犯罪行当，但我向你保证事情就是这样的。那个时候我正在伍利奇做私人家庭教师，虽然我确实有几个学生是附近皇家军事学院的学员，我可不是有人声称的“陆军教练”。其中有一个可爱的用功学生，名叫罗杰·皮尔格雷姆，他先是因赌博而债台高筑，而后交上了一帮时髦人。有一天晚上他极其苦恼地来找我。他害怕的不是警察——而是他自己的那伙人，为了他们认为皮尔格雷姆所欠的一小笔钱，对他翻了脸，皮尔格雷姆真的相信自己会被大卸八块。我有点犹豫，但还是答应代表他出面调解。

就是在那时，我有了第二次改变自己生活的发现，也就是那些最底层的罪犯——小偷、窃贼、造假者和骗子，他们是伦敦的瘟疫——都不可救药地愚蠢。我以为我会害怕他们。结果，我感觉到，即便在一群绵羊中走过也要多一些焦虑。我立刻看出来，关键是他们缺乏组织，而作为一位数学家，我天然地适合这项任务。如果我能像赋予二项式定理那样，赋予他们的恶行同样的规则，我就可以聚集一股能对抗世界的力量。我要承认，虽然一开始我感兴趣的是智力的挑战，我已经开始想到个人的利益了，因为我逐渐厌倦了紧巴巴的日子。

我花了三年多一点的时间去成就我的目标，也许有一天我会描述这个过程，尽管老实说这不太可能。除去其他的顾虑，我从来不是一个自吹自擂的人。隐姓埋名一直是我的格言——毕竟，警察怎么会去追踪一个他们连他的存在都不知道的人呢？我只是说，罗杰·皮尔格雷姆和我待在一起，给我提供了实在的支持——就是劝说——那偶尔是有必要的，虽然我们很少诉诸暴力。我们不会用克拉伦斯·德弗罗和他的团伙那种残暴的手段。我和罗杰成了亲近的朋友。我是他婚礼上的伴郎，我仍然记得他的太太生下他们第一个孩子乔纳森的那天。就这样，我们来到故事的开始。

1890 年临近年底时，我非常舒适，并且自信自己的事业将会持续蓬勃发展。伦敦没有一个罪犯不为我工作。一路走来不可避免地有杀戮流血，但是事情已经解决，所有的一切都已经过去了。哪怕是最卑贱、最胆小怕事的罪犯，也都对能在我的保护之下干活而富裕起来表示感激。是的，我从他们的收获中拿走了很大的一部分，但是当情况变得对他们不利时，我总是在那里，爽快地为他们付保释金或辩护费用。我也可以非常有用。一个撬门掘洞的盗贼想要销赃吗？一个诈骗犯想要一个假的鉴定人吗？我把他们带到一起，给他们打开不止一种门路。

当然，还有夏洛克·福尔摩斯。世界上最伟大的咨询侦探当然引起了我的注意，但奇怪的是，我从来没有过多地去想他。难道我和那个荒谬的马斯格雷夫典礼，或者同样不可能的“四签名”一案，有什么关系吗？圣西蒙爵士的婚姻，或者微不足道的波西米亚丑闻，我怎么会在乎呢？我知道华生会让你们觉得我们是死敌。好吧，这能帮他提高杂志的销量。但是事实上，我们在颇为不同的领域里活动，如果不是发生了一件事情,我们也许永远不会相遇。

这件事情就是克拉伦斯·德弗罗和他的随从——埃德加·莫特莱克和利兰·莫特莱克,还有斯科奇·拉韦尔——的到来。我告诉埃瑟尔尼·琼斯的一切都是真的。他们是凶恶的罪犯,在美国享受巨大的成功。然而,不真实的部分是,我断言他们想和我合伙。正好相反,他们到英国来是要消灭我,夺走我的犯罪帝国,在接下来的几个月里,他们行动之迅速,手段之残暴,让我大为吃惊。他们用最卑劣的手段策动我的追随者们反对我。谁胆敢抗议,他们就杀掉谁——手段总是血腥不堪,以此作为对所有其他人的警告。他们还利用警方的线人对付我,向苏格兰场和福尔摩斯两边提供信息,就这样,我发现自己在三条战线作战。"盗亦有道"就此休矣!也许我变得过于自信了。当然,我毫无准备。但是我会这样给自己开脱:他们不是绅士。他们是美国人。他们对于我所一直遵从的礼仪和运动员道德规则,一点儿也不当回事。

对,我已经说过,罪犯们是愚蠢的。对此我还要补充说,他们也是只顾自己的。很快,我的下属们就意识到风在朝哪个方向吹,然后就像俗话说的那样,"站好了队"。我最亲密的顾问们一个接一个地抛弃我。我不能怪他们。我想,如果我是他们的话,我也会这样做的。无论怎样,到 4 月初,我难以置信地发现自己成了一个逃亡者。我的一个优势是德弗罗不知道我长什么样,也找不到我。如果他找得到我,他就会杀了我。

此刻,我只有三个亲密盟友。他们都已经在这个故事中出现过了。

三人中最出色的叫佩里格林、珀西,或者可称为佩里。虽然几乎难以令人置信,他身为洛蒙德大公的幼子,如果不是他对于七岁时就被送去的爱丁堡私立学校，以暴力表示抗议，他本来有权享受舒适，甚至是娇生惯养的生活。那地方由耶稣会会士管理，他们对待自己的学生，一手圣经，一手桦木棍，一周以后，佩里就逃跑了，南下来到伦敦。他绝望的双亲开始了全国范围的搜寻，并且为他行踪的线索悬赏巨额酬金，但是一个决心不让人找到的孩子，是不会被人找到的，佩里快乐地消失在这个大都市里，和其他数以千计在首都勉强度日的孩子一起，睡在拱廊下面和门洞里。有一段短短的时间里——在这件事里有某种讽刺——他曾是一个服务于夏洛克·福尔摩斯的街头少年帮派，"贝克街非正规军"中的成员，但是薪水少得惹人嘲笑，不管怎样，佩里很快发现自己更喜欢犯罪。我非常地喜欢他，但是我承认他身上有种让人很不安的东西，也许这是洛蒙德家族内近亲繁衍的结果。在我遇到他时，他十一岁，而据我所知，他已经杀过两次人。我吸收他为我工作之后，他更频繁地杀人——都阻止不了——我得有点儿遗憾地补充一句，他那怪诞的嗜血欲望偶尔对我还是有用的。从来没人注意过佩里。他似乎不过就是一个胖胖的金发小孩，他喜欢伪装，他可以夸张地混进任何一个房间、任何一个场合。他在我这里找到了他的职业。我不会说我成了他的第二个父亲——由于佩里厌恶权威人物，这就太危险了，他会乐意动手杀了他的第一个父亲。但是我们有自己亲近的方式。

我必须对塞巴斯蒂安·莫兰上校少用些笔墨。我已经描写过他了，华生医生可以提供任何你需要的进一步信息：他上过伊顿公学和牛津大学，是一个士兵、赌徒、成功的猎手，而且更重要的，还是一个狙击手，莫兰做了很多年我的二号人物。我们从来都不是朋友。那完全不是他的方式。他作风粗暴，并且有几乎无法控制的愤怒倾向，奇迹是他竟然跟着我这么久，事实上，他之所以如此，仅仅是因为我付他很多钱。他永远也不会加入德弗罗，因为他对于美国人有着强烈的憎恶——真的，还对于许多外国人——这让他一开始就与众不同。如果我来提醒你们，他选择的武器是一把德国机械师利奥波德·冯·赫尔德发明的消音气枪，你们也许就会想到他在这个故事里的角色。

最后，我要说到乔纳森·皮尔格雷姆，他是我过去的学生罗杰的儿子。他的父亲和我分道扬镳——他在布赖顿提前退休。他和我在一起的时间里得以发家致富，他的妻子从一开始就为他担惊受怕，所以，当他请求离开我的时候，我一点也不吃惊，只是有少许忧伤。一个犯罪大师的一生中朋友太少，可以信赖的人也太少，他既是一个朋友，又是一个可以信赖的人。然而，他还是偶尔会和我通信，十六年之后，他把儿子送到了我这里，他儿子已经长大成人，和其父曾经一样恣意妄为。我永远也不会知道孩子的母亲怎么看待这种奇怪的"学徒"身份，但是罗杰已经意识到，有没有我，乔纳森都会转向犯罪，罗杰断定跟着我是一个更好的选择。这是个极其好看的孩子，他的清新率真让人情不自禁地喜欢，而直到今天我还在后悔，在我绝望之际，我竟让他渗透进入德弗罗的组织核心。你在这个故事里读到的一切，我所做的一切，都始于他的被害。

从来没有一个人比我更感到孤独，当我在海格特见到他的尸体时，我们正约定在此见面，以便他能提供我他搜集到的所有新信息。他被害的方式，他被绑起来处决的手段，让我感到恶心。当我跪在他的身旁，泪如雨下之时，我知道克拉伦斯·德弗罗已经赢过了我，我的运气跌落到不能再低了。我完蛋了。我可以逃离这个国家。我可以自我了断了。我已经没办法再忍耐了。

我听任这种愚蠢的想法停留了大概五秒钟。取而代之的是狂怒和复仇的渴望——这种情绪把我彻底淹没，就是在彼时彼刻，一个在我脑海中呈现的计划是如此大胆、如此出人意料，我肯定它会成功。你们一定记得我的处境。我有莫兰上校，我还有那男孩，可是除了他们之外，我没有人可以召来帮忙，而我们三个人就处于毫无希望的敌众我寡中。所有我过去的手下都已经背叛了我。更糟的是，我没法找到克拉伦斯·德弗罗，因为就像我一样，他从未暴露过自己。由于皮尔格雷姆，我知道了莫特莱克兄弟和他们的波士顿人会所。然而，我知道，这个团伙永远不会有人会为我背叛他们的头领。皮尔格雷姆还把我引向了斯科奇·拉韦尔，他住在发现尸体的地方附近，但他是一个极为小心谨慎的人。他的公馆就像一座碉堡。也许有可能杀掉他，但是我需要的是接近他，从他那里得到可以除掉团伙其他成员的信息。

那么，假设我可以把苏格兰场及其所有的资源为我所用呢？如果就像现在这样从内部进行运作，不让任何一方知道我是谁，我有没有可能以某种方式利用他们来击败我的敌人呢？最了不起的数学上的卓见——例如对角线论证法或者寻常点的理论——都是在灵光一闪中发现的。我的想法就是这样来的。我必须以一个难忘的和无可争辩的方式死去，然后以另一种伪装重生。我既要利用苏格兰场警察为我做事，又要将自己藏身于他们之中，抓住任何到我身边的机会。很明显我本人不能假扮成一位督察。因为查我的身份太容易了。但假设我是从遥远的地方来的呢？我几乎立刻想到了纽约的平克顿事务所。他们跟着德弗罗和其他人来英国是完全说得通的。与此同时,两个机构之间出了名的缺乏合作,对我是正中下怀。如果我提供有效的文件和档案,肯定没有人会怀疑或是质询我是否有权在那里。

首先,我放了一些文件——包括波士顿人会所的地址——在乔纳森·皮尔格雷姆的口袋里。它们就在那里等着警方发现。接着,我准备去假死。把夏洛克·福尔摩斯捆绑进我的计划里,几乎要让我发笑,但还有谁会比他更适合接受我在舞台上的谢幕呢?几乎可以肯定,福尔摩斯不知道他的调查受到了克拉伦斯·德弗罗的帮助。一共三次——分别在1月,2月和3月——他曾经和我不期而遇,我知道他为我的事情准备了大量的材料,并且最终会将这些移交给警方。在4月末,我到他在贝克街的房间里拜访了他。我的一个担心是,这样他就会知道我这里的事情已经多么绝望,以及我实际上掌握的权力多么无力,但幸运的是,情况并非如此。他接受了我假装成的样子,即一个报复心强烈的危险敌人,下定决心要把他从场面上除掉。

应该还要提一句,我在冒险和福尔摩斯面对面会晤之前,做了一些基本的防护措施,我惊讶于他没有看出来,因为他应该知道对我而言,隐姓埋名一直是有多么的重要。一顶假发、一点白粉,躬着的肩膀,以及让我身材更高而特殊设计的鞋子……福尔摩斯不是唯一的伪装大师,让我高兴的是他向华生描述的我——"非常高且瘦,前额高耸"——是完全错误的。那时我还不知道事情会演变成什么样,而我一直为所有的可能做好了准备。

我仍然不需要重复我们的对话。华生医生率先到了那里。我只要说,到我们的对话结束时,福尔摩斯已经为他的生命安危而害怕了,而我采取了进一步的行动,对他发起了几次袭击——所有这些袭击,目的都是为了恐吓,而不是为了杀他。

福尔摩斯的所作所为正如我所期望的。他给帕特森督察发了一份我以前同僚的清单，而他并不知道这些人现在已经都被德弗罗所雇佣，然后他逃往欧洲大陆。我和佩里以及莫兰上校跟着他，等待着机会来实施我计划的第一个高潮。袭击发生在迈林根的莱辛巴赫瀑布。

我猜到他该去造访那个可怕的地方。这是他的本性。没有游客，哪怕是一个为自己生命担惊受怕的游客，在经过那里时都无法不朝下注视那湍急的水流。我在他之前出发去那里，走过狭窄的小路，立刻知道我已经有了自己需要的布置。毫无疑问，这将是危险的。但是我愿意这么想，只有一位数学家才会在自杀般地跳进激流后生还。还有谁能这么仔细地计算所有必需的角度，冲下来的水量，下落的精确速度，以及不被淹死或是摔成碎片的几率？

第二天，当福尔摩斯和华生从英国旅舍出发时，一切都已就位。为防范任何差错，作为预防措施，莫兰上校已经藏在瀑布上方的高处。佩里，也许太过入戏了，他伪装成了一个瑞士小伙。我自己则等在附近的山脊上。福尔摩斯和华生到了，佩里拿出那封据称是店主写的信，召唤华生回旅店。福尔摩斯独自留下。就在这个时候我亲自现身，而剩下的，有人也许会说，就是历史了。

我们两个进行了一番对话。我们都已经为结局做好了准备。千万别以为我对成功的机会完全自信。水流凶猛地倾泻而下，到处都是凹凸不平的岩石。如果能有其他选择，我一定乐意重新考虑。但我必须像是死了，有了这样的想法，我自然会允许福尔摩斯去写他的告别信。我稍许有些吃惊，他会觉得需要把将要发生的事情记录下来，然而，我一点也没想到，事实上我们俩都准备假装自己的死亡，这个情况回想起来，我会觉得稍微有点奇怪。不过，我最需要的是他的证词，就在我们两个摆好架势，开始像伦敦运动会上的一对摔跤手一样扭打起来之前，我看着他把那张便条放在紧靠他的登山杖旁边。这对我而言，是这段经历中最不愉快的部分，因为我从来都不喜欢人与人之间的接触，而且夏洛克·福尔摩斯身上满是烟味。他使出“巴顿格斗术”并将我丢下悬崖时，我真的相当感激。

这几乎杀了我。这真是一次奇怪和可怕的经历，就好像在天空中没完没了地下坠，四周还被水包围着，几乎不能呼吸。我眼睛看不见了。耳朵中都是水流的怒号。虽然我已经确切计算出需要几秒钟才能到达瀑布底部，可我好像在那里悬挂了一辈子。我模糊地意识到冲向我的岩石，而且实际上我有一条腿碰到了它们，但是碰撞很轻微，否则我的骨头就会碎了。最终，我直直地插进冰冷的水里，身体里的空气都被挤压了出来，我打着圈旋转着，真是死去活来。我心里某个地方意识到自己活下来了，但是万一福尔摩斯正在看着，我不能浮出水面。我指示过莫兰上校要让他忙着，朝他扔小石子来分散他的注意力，就在这个时候，我游到岸边，浑身打战，筋疲力尽地爬出水面，藏在一个隐蔽的地方。

多么奇怪啊——真的，几乎是多么可笑——福尔摩斯和我两个人都利用了同一个事件来让自己从这个世界消失，我因为已经说过的那些原因，而他呢……？嗯，对这一点没有能让人满意的答案。虽然很明显，福尔摩斯有他自己的日程表，也就是他希望能销声匿迹三年，这三年以“大断代”之名为人们所熟知，我一直担心他会再次出现，因为我几乎是这世界上知道他幸存的仅有的人。有一段时间，我甚至怀疑他也许就住在赫克瑟姆旅馆，我隔壁房间里，我所听到的在黑暗中咳嗽的人就是他。这段时间里他去了哪儿?他到了那里之后又做了些什么?我不知道,也不关心。重要的是他没有干涉我的计划,我没有再次看到他,也让我松了一口气。

现在所需要的就是一具来顶替我的尸体,这是用来证实发生过什么的最后的证据。我已经准备好了一具。就在那天早上,我遇见了一个从罗森劳伊回来的本地人。我觉得他是一个干体力活的,或者是一个牧羊人,但事实上他是英国旅舍的厨师弗朗兹·赫茨尔。他与我的年纪、长相大致相仿,我有点儿遗憾地杀了他。我从不喜欢取人性命,尤其是被杀的还是个无辜的局外人,赫茨尔毫无疑问就是这样一个人。然而,我的所谋甚大,容不得任何的顾虑。佩里和我给他穿上和我正穿着的相似的衣服,加了一块银质怀表做足了戏。我亲自缝上了暗袋,里面装有我在伦敦写就的密信。那时我才把他丢进水里并匆匆地离开。

假使埃瑟尔尼·琼斯动一下脑筋,克拉伦斯·德弗罗写一封正式的信来邀请莫里亚蒂教授会面,其实是极其不可能的。口信会更安全——而且为什么还要这么麻烦,发明这样一种奇怪的密码?他也许还可能会问,为什么莫里亚蒂会觉得必须要带着这封信一路来到瑞士,为什么他会不嫌麻烦地把信缝进自己的外套里。这些都非常不可能发生,但这是我把英国警方拉进我的计划里,而设置的一系列线索中的第一条。

自打我遇见琼斯督察那一刻起,我就知道,长久以来一直和我作对的天意,最终站到了我这一边。对苏格兰场而言,不可能选择一位比他更好的代表,来执行我脑海里的此项任务。琼斯在许多方面是如此杰出,在其他方面是如此迟钝,如此轻信人,如此幼稚。当他的妻子告诉我他的故事，他对夏洛克·福尔摩斯的奇怪痴迷，我几乎不敢相信自己的好运气。直到最后他都是完完全全地听任我摆布——这是他的不幸。他在我手中就是一个傀儡，就像他在回家路上给他女儿买的那个玩具警察一样。

就说我们在迈林根警察局的初次见面吧。他捡起了我给无论哪位来此的警探故意设下的所有线索：平克顿的表（事实上是从肖迪奇的一间当铺买的），假装的美国口音，背心，南安普敦买的报纸，以及显眼地放着的我箱子上的标签。至于其他，他则是错得无可救药。我在巴黎酒店的昏暗灯光下剃须时割伤了自己，而不是在横穿大西洋的轮船上。我所穿的衣服是特意为这次假面舞会买的，事实上并不属于我，所以衣服上的烟味和磨破的袖子是完全不相干的事情。但是他做出了他的推断，我则是恰到好处地表现出惊讶。为了让他相信，我必须让他觉得我相信了他。

我告诉了他那封信的事，并且继续敦促他，一直到他第二次检查了厨师的尸体并且找到了信。利用《血字研究》中的一段摘录，也许有点过于戏剧化了，但是在当时这把我逗乐了，并且我想这可能会让他从我所描述过的其他不可能的事情上分散些注意力。我对琼斯解密这封信的速度印象深刻——当然，如果他不能胜任这项任务的话，我会立即提供帮助——但是实际上，那密码是以一种比较容易破解的方式构成的：颇为不必要的插入单词“莫里亚蒂”，使破解过程变得直截了当。

接下来就是皇家咖啡厅。这就好比我设置了一连串的垫脚石——信件，会面，布雷德斯顿公馆——每一个都引向下一个，我的任务仅仅是做出必要的连接。佩里来了，穿得像个送电报的小子，装成是克拉伦斯·德弗罗的密使。我们演出了一幕已经排练好的戏，他匆匆而出，但不是太快，让琼斯能够跟上。顺带一提，那件鲜亮的蓝色外套是特意穿上的。这能保证佩里不会在人群中被跟丢。基于同样的理由，他坐在开往海格特的公共马车顶上，而不是车厢里。他没有进入布雷德斯顿公馆里头。在最后一刻，他迅速绕到公馆后面，藏身在附近的灌木丛中，脱掉了外套躺在上面。琼斯看不见他了，就假设他一定穿过花园门进入公馆里去了。

斯科奇·拉韦尔本来永远也不会邀请我进他的家门，但是第二天，面对一位来自苏格兰场的督察，他别无选择。我们在男仆克莱顿面前走过，遇到了拉韦尔本人，虽然琼斯和我好像有共同的目的，实际上我们的目的正好相反。他在调查最近发生的罪案。我则是在为将要发生的罪案做准备。因为，身处布雷德斯顿公馆之内，我就能观察它的防务。

"想要到处嗅嗅，是吗？"拉韦尔问。

我绝对是这么做的。是我坚持要去厨房，并从那里一直到花园的大门。我需要看到那个金属门扣。我再次感到幸运自己是个数学家，有一双精于测量的眼睛。我在心里给第二把锁的位置画了一幅图，这样我就知道当我回来时该在哪里钻孔。我的读者，我再一次与你们公平游戏。我说我是第一个重新回到厨房的人，有一小段时间里我是独自一人。我没有提及的是，这给了我时间向晚饭时要吃的咖喱中放入了强力鸦片。我计划的下一步，现在已经一切就绪。

刚过十一点钟，我就和佩里回来了，他喜欢这种冒险。我们找到锁，钻透了大门，然后佩里爬到二楼。这一点琼斯说对了。我们没有发出声响，相当自信我们不会被打扰。佩里让我从厨房门进了屋——我告诉他在哪里找钥匙——然后我们开始干活。

我并不为那晚发生的事情感到自豪。我不是恶魔，但是情势逼迫我去做恶魔的行径。我们首先让克莱顿沉默，然后是厨房帮工，厨师和斯科奇·拉韦尔的美国情妇。他们为什么必须死？仅仅是因为，如果第二天这些人被审讯，他们都会发誓说送电报的男孩从未进过这房子，因为不会失去什么，他们的证词可能会被采信。如果这样，这整个计划就会被打乱，我不能冒这样的风险。佩里杀了三个人，我很怕他享受杀戮他们。我亲自闷死了亨丽埃塔，接着把还在沉睡中的拉韦尔拖到楼下。我把他绑在椅子上，用凉水把他浇醒。然后我对他施予巨大的痛苦。这不是一件让人愉快的事情，但是在那个阶段，我不知道可以在哪里找到克拉伦斯·德弗罗。我也不知道他正在计划什么。公正地来说，拉韦尔是勇敢的，他顽抗了好一段时间，但是没有人能经得住被敲碎膝盖的折磨，从他那里我知晓了将要发生在法院巷的抢劫。拉韦尔还告诉我，德弗罗可以在美国公使馆里找到，但是他说这话的时候有点虚张声势，因为在他想来，他的主人我是找不到的。我不能闯进公使馆。德弗罗从未出现。我立刻明白，我那得了广场恐惧症的敌人，是一只躲在壳里的真正的蜗牛。我怎么可能把他从壳里剔出来呢？

我让佩里割断了拉韦尔的喉咙——给那孩子一个奖励——随后我们一起离开。但是首先，为了让琼斯第二天发现，我在日记里写下一个条目：霍纳 13。我怕万一这线索不够明显，就在同一个抽屉里放了一块剃须肥皂；你或许会想，这对一个人的书桌而言是个奇怪的物件，但是我希望他会让琼斯联想到理发店。我还把美国公使馆的聚会邀请书放在他会看到的地方。

布雷德斯顿公馆的可怕凶杀案，足以刺激苏格兰场行动起来。英国警方以我终于认识到的全部坚定决心，决定召开一次会议来讨论这案子。即便如此，当琼斯说我也被包括在会议里时，我还是高兴的。我有一大担心，就是琼斯或者他的一个同事，要联络纽约的平克顿侦探事务所，那样的话，我立刻会被揭穿是个骗子。因为这个原因，我才询问关于电报房的事情。并得知要花上几天才能向国外发出一封电报，而且可能还要几天才会有回复，但是这仍旧让我感到不安，并且认识到要实施我的计划，时间不够了。然后，当雷斯垂德督察个人坚持要联络事务所时，我决定必须采取行动了。离开大楼前，我确切地知道我必须要做什么。

当然，第二天下令袭击苏格兰场的人就是我。虽然随后我说的一切，都是为了让琼斯相信，他是爆炸所针对的牺牲者，实际上电报房——一个幸运的巧合是，它就在琼斯办公室边上——那才是真正的目标，以确保雷斯垂德让人恼火的电报，在接下来的一段时间里都发不出去。佩里带着炸弹进入大楼，而莫兰上校则坐在四轮马车里等他。就在爆炸之前，我装模作样地注意到了他们，甚至于让自己在公共马车的车轮下陷入生命危险之中。重要的是，琼斯应该看到他们是坐着四轮马车来的——我故意选择了那种类型的马车——因为我知道他会用尽一切手段来追踪这辆马车。佩里和莫兰告诉车夫，把他们送到美国公使馆，但是，如同布雷德斯顿公馆一样，他们实际上没有进去。他们只要靠近就够了。

我非常惊讶于琼斯如此轻易地就同意，不顾外交豁免权的神圣性，并赌上了他的事业，伪装进入公使馆，但是这时候，我们已经是如此亲密的朋友，而且他是这样坚决地要找到克拉伦斯·德弗罗——

特别是在苏格兰场有人丧命之后——他会做任何事情，而且是他揭穿了科尔曼·德·弗里斯。我表现出了必要的惊讶，而实际上我自己也很快就猜到了。

从这一刻起，琼斯接手了这次调查，我没什么可做了，只有跟着，恪尽职守地扮演福尔摩斯的华生。我们一起造访了波士顿人会所，对我来说第一次见到利兰·莫特莱克是挺有意思的。然而，突袭波士顿人会所的真正好处是，这让我得以埋下另一条线索。苏格兰场的督察们极其无能，即便我提醒了他们那块剃须肥皂，而且提出它也许指的是药店或是类似的地方，他们还是不能搞清“霍纳 13”是什么意思。难怪福尔摩斯如此经常地胜过他们！于是我拿了一张理发店的广告卡片，就在装作检查皮尔格雷姆房间里的杂志时，把它塞了进去。琼斯找到了它，如他所言，游戏又一次“在进行中”。

我必须说，他对法院巷事件抽丝剥茧的分析是相当高明的，他自己就称得上是一个大侦探了，我对他制定的布莱克沃尔湾的圈套也没有异议。只要德弗罗亲自来查验据称是约翰·克莱从安全保管公司偷来的赃物，这整件事就会结束得简单得多。但是他没来。埃德加·莫特莱克从我们手指缝里溜走了。德弗罗仍然遥不可及；我意识到，他需要更进一步的刺激，在他亲手把自己交到我手上之前，需要再来一次挫败。

逮捕利兰·莫特莱克正好提供了那机会。有点儿令人伤心，但并不出乎意料，在利兰脖子后面发现了一支毒箭时，琼斯会一下子得出结论有人用了吹箭。他当然见识过类似华生在“四签名”一案里描写过的死亡。实际上，我一直带着那支吹箭，在我引着利兰绕开过分热心的侍者并离开会所时，把它插入了受害者的皮肉之中。箭尖上涂着麻醉剂和马钱子碱，所以他一点都感觉不到。我本来想让他多受些折磨。毕竟，这个男人就是乔纳森·皮尔格雷姆被迫忍受的讨厌同伴。但是他的死亡只不过是为了激怒德弗罗，而且肯定见效了。

我无法预见德弗罗会绑架琼斯的女儿作为回应。即便是我也绝不会做得如此下作，但是我说过，我们的行事准则不同。当琼斯带着这个消息来到我的酒店时，我要做什么呢？我立刻明白，陪同他，会让我置身于极端的危险之中，但同时很明显的是，这场游戏正在到达它的高潮。我必须在那里。运气再一次站在我这一边。佩里碰巧在我的旅馆房间里。琼斯到达时，我们俩正在会谈。我得以告诉他这一最新进展，并且安排对我的保护。

那晚我们离开时，佩里和莫兰上校两个都在琼斯家门外，等在一辆两轮马车里。你或许记得，当我走上街道时，我好像是冲着绑架者大喊大叫。实际上，我的话是说给莫兰上校听的，让他知道我们的目的地，给他时间在我们前面到那里。所以当我们来到“死者之路”时，他已经在那儿了。他看到我们被打晕了。他和佩里跟着我们来到史密斯菲尔德肉类市场，他们设法在最关键的时刻找到了我们，虽然这也是侥幸脱险。顺带说一句，在我和德弗罗面对面之际，我差一点就被揭穿了。德弗罗猜到了乔纳森·皮尔格雷姆一直为我工作，而且肯定根本不是平克顿的人。他开始否认曾经写过一封引发所有这一切的密信，如果当时我不打断他，真相一定就会浮出水面。我冲向德弗罗只为了这个简单的理由——中止任何更进一步的讨论——虽然这让我在后来受了伤。

我就要说完了。再来一杯白兰地，我们就到了……现在，我说到哪了？

我所做的一切努力，都是为了把克拉伦斯·德弗罗引出公使馆，而当我们到达公使馆，去约谈罗伯特·林肯时，莫兰上校和佩里已经就位，一个在附近的屋顶，另一个则在街上装成一个小贩。他们一路过来都极其有效率。没错，莫兰只对我付给他的钱感兴趣，而佩里则是个声名狼藉的未成年施虐狂，但是，即便这样，我还是选不出比他们更好的两个伙伴了。

还有琼斯！我觉得到最后他实际上猜出来了——也许并非猜到我是谁，但肯定知道了我不是谁。他一直以来都知道有些事情不对劲。他的问题仅仅是，他没办法知道不对劲的是什么。他妻子对他的评价是对的。他没有自己想的那么聪明，这就是他的失败之处。具有讽刺意味的是，他的妻子才是两人中间更聪明的那个，因为她从第一次见面就不信任我，到最后，她甚至还把自己的怀疑公开说了出来。我为她和她的女儿感到遗憾，但没有别的选择。琼斯必须死。我扣下了扳机，但是即便到今天，我还是希望这事可以以另外的方式了结。

他是个好人。我敬仰他。虽然最后我不得不杀了他，我一直认为他是我的朋友。

第二十二章

新的开始

我取出自己的枪。琼斯看着我，我觉得我看到了震惊、沮丧，而最终他的眼里流露出放弃。

“对不起。”我说着，一枪打在他的头上。

他当即毙命，尸体朝一边摔落，而他的手杖则最后一次滚到地面，撞在铺路石上喀哒喀哒地响。这一切必须发生得非常迅捷，因为我知道附近有许多苏格兰场的人。我爬下小马车，走了几步来到停在路中间的“黑玛丽亚”。车夫和他的同伴都死了。安排在车后的警察还紧紧贴着车门，就像让门保持关闭就是他的职责一样。我朝他背后开了一枪，看着他倒下。同一时刻，莫兰上校第三次开火，站在佩里边上的那个警察翻了个身，然后倒了下去。我看佩里皱着眉满脸不快，因为可以让他亲手杀掉的人少了一个。

我爬上“黑玛丽亚”，把其中一个死人推开。我模糊地注意到行人正指指点点和尖叫，但是当然没人上前来。他们疯了才会来试试，我就指望着他们的害怕和惊恐，好给我时间逃跑。佩里一边用一块破布擦他的刀子，一边赶紧过来，爬上马车坐到我的旁边。

“我能驾车吗？”他问。

“待会儿。”我说。

我朝马匹挥动鞭子。它们已经平静下来，但是警方早已训练过它们在吵闹的抗议者和敌对的人群中前进。有佩里在我身边，我让马匹朝维多利亚大街行进了几码，然后拉着缰绳强迫它们急转弯。这是埃瑟尔尼·琼斯犯下的另一个错误。他在我们去苏格兰场的沿途中布置了他的人手，但是我并无意走那条路。当我完成转向，莫兰上校出现在一扇门前，他满脸通红，那把冯·赫尔德气枪已经装回高尔夫球杆袋子里，扛在他肩膀上。如同我们说好的，他爬上“黑玛丽亚”的后部。

又一声皮鞭响起，我们猛地冲过维多利亚车站，朝切尔西方向前进。在路的尽头有更多人，他们知道有事发生，但不知道是什么事。没人试图挡我们的道。我们的车咔的一声压过一个凹坑，我听见莫兰在咒骂。我心中某处在纳闷，当我们到达目的地时，他的人是否还在，我得说，想着他在郊区的某一处被甩下车，实在让我忍俊不禁。与此同时，我纳闷我们的乘客一定会想些什么。他应该听到了枪声。他应该感到马车转向。很可能他已经猜到发生了什么，但车门被锁着，他什么也做不了。

我们穿过切尔西，进入富勒姆——或者就像它的居民坚持称为的西肯辛顿。当我们到达医院时，我把缰绳交给佩里，他驾驭马匹，脸上带着幸福的微笑。我们行进的速度现在更慢了。苏格兰场那一群乌合之众的督察们组织起一场类似搜查的行动，还要等好几个钟头，没必要把注意力引到我们自己身上。我喊了莫兰上校，听到了一记回答的哼声。好像他仍然在待命。

我们花了几乎一个小时才到达里士满公园，穿过我选择的主教门驶了进去，因为它实际上并未打算为公众使用。我想要一个开阔场地，公园好像是我心中的理想场所。我们驾车来到能找到的最大的场地，四周各种景致围绕着我们，河流隐藏在山丘后面，但是村庄清晰可见，城市则在远处。这是令人愉快的一天，春日的暖阳终于放出光芒，地平线上飘浮着寥寥的几朵云彩。最后我们停了下来。莫兰上校下了车，围着马走动，同时舒展着自己的胳膊。

“你一定要该死的跑这么远吗？”他问。

我没理他，走到车后打开车门。克拉伦斯·德弗罗知道他的命运将会是怎样。正好有一束阳光突然照进车内，他躲了开去，藏身在一个角落里，遮住自己的双眼。我没有对他说话。进到车里把他拽了出来。我很肯定他没带武器，并且一旦他到了空旷处，就会变得无助，比上了陆地的鱼好不到哪去。最后，我向佩里发了一个信号，他牵着马到一簇树丛边，那里有第二辆马车等着。当然是我早把它藏在了那里。现在，给马解套并重新上套就是他的任务。我们前面有很长的路，一路到南部海岸。

我站在那儿，我的敌人正跪伏在地。我知道他能感受到吹过面颊的微风。他能听到鸟叫，并且即便他没有睁开眼睛，也足够清楚地知道自己在哪里。我仍然拿着用来杀死埃瑟尔尼·琼斯的枪。佩里也带着武器。我们被散步的人打扰的可能性很小，因为公园很大——准确地说，有两千三百六十英亩——而我故意选了一块偏远的区域。我也没准备在这里久留。

莫兰站在我边上，用他一贯的夹杂残忍和轻蔑的态度，审视着我们的囚犯。他的秃脑门加上大胡子，不幸地形似哑剧中的一个恶徒，但是他很不清楚自己的外形，或许对此也不在乎。我想到，虽然我们初次见面时，他就不是一个让人愉快的人，当他年纪越大，他就变得越糟，越发易怒。

“那么现在怎么着，教授？”他问，“我猜你肯定对自己很满意。”

“一切进展都和我期望的一样，”我承认道，“不管发生的一切，有那么一刻，我以为公使不会把他的秘书交给我们了。这些人为什么非得那么多管闲事呢？幸运的是，已故的琼斯督察得以用他的最后一次才智展示避免了这一点。我永远都会感激他的。”

“我以为……这个可恶的小个子……你要杀了他吗？”

“当然不会！如果这是我的意图，你真的以为我会采取如此极端的手段吗？我要他活得好好的。我需要他一直活着。不然我的任务就会简单得多。”

“为什么？”

“我要过几年才会在英国再次运作，上校。首先，我得重建我的组织，那要花时间。即便这事完成了，我还有一个问题……”

“夏洛克·福尔摩斯吗？”

“不。他好像已经退场了。但是，正如我要承认的，我惊讶于必须学会提防警察。”

“他们知道你是谁。”

“一点不错。他们不需要花很长时间就会了解发生了什么——甚至雷斯垂德也可能拼凑出真相。而且他们都见过我。”

“你曾经坐在他们中间，他们见过你的脸。你杀了他们自己人中的一个。他们会到处搜寻你。”

“这就是我为什么必须离开这个国家。‘万达利亚号’客轮三天后从勒阿佛尔港出发去纽约。佩里和我会上船，而德弗罗先生和我们一起去。”

“然后呢？”

我低头向德弗罗看去。“睁开你的眼睛。”我说。

“不！”他曾是一个犯罪策划人，美国所滋生的最大恶魔。他差一点毁了我。但此刻他说起话来就像个孩子。他的双手紧紧捂着自己的脸，前后晃动着，独自呻吟。

“睁开眼睛！”我重复道，“如果你想活下去，你现在就要照做。”德弗罗非常缓慢地照我说的做了，但是他依然盯着草地一动不动，太害怕而不敢抬起头来。“看着我！”

他用了巨大的努力，但是他服从了，我忽然想到，他会在他的余生继续服从我。他正在痛哭。眼泪从他的眼睛、鼻子如雨般流下来。他的皮肤完全是苍白的。我读过一些关于广场恐惧症的文章，这是一种最近才被认识的病症，但是这么近距离看到它的症状，我惊呆了。就算我把自己的左轮手枪交给德弗罗，我都不确定他会使用它。他被恐惧吓瘫了。与此同时，佩里再次从树后出现，拖着一个巨大的硬皮箱。德弗罗会在这里面进行他的旅程。“他要进去吗？”佩里问。

“还不，佩里。”我转向德弗罗。“你为什么要来这里？”我问他，“你在美国又有钱又有功名。公共和私人的执法机构都没办法触动你。你有你的世界，我有我的。是什么让你觉得让两者冲突，除了伤害之外会带来任何好处？”德弗罗想要开口，但他已经没法说出一句话了。“结果呢？这么多的流血事件，这么多的痛苦。你导致了我最亲近的朋友们的死亡。”我想到的是乔纳森·皮尔格雷姆，还有埃瑟尔尼·琼斯。“最糟糕的是，你逼迫我降低到你的层次，使用那些我真心觉得恶心的手段。那就是为什么我对你只感到仇恨，也是为什么总有一天你得去死。但不是今天。”

“你想要什么？”

“你想要接管我的组织。现在我将要接管你的组织。你让我别无选择，由于你，我在这里完了。因此我需要知道你在美国所有同伙的名字，所有你曾共事过的人——街头的罪犯们以及他们的头领。你要告诉我你所知道的一切，卑劣的政客、律师、法官、报界、警方——还有平克顿的事。英国的门对我暂时关上了，但美国肯定没有。新世界！就在那里我要重整旗鼓。我们接下来要航行许多天。在航程结束时，你就会给我提供所有我需要的信息。”

“你是个恶魔！”

“不，我是个犯罪分子。这两者并不完全相同……至少我是这么想的，直到我碰上了你。”

“现在吗？”佩里问。

我点点头。“是的，佩里，我已经厌恶看到他了。”

佩里兴高采烈地扑向德弗罗，把他捆了起来，堵住了他的嘴，然后把他塞进硬皮箱里，关上箱盖。同时，我再次和莫兰交谈。

“我相信你会和我们一起去，上校，”我说，“我知道你对我们目的地的国家并没有什么好感，但即便如此，我将会需要你的服务。”

“你会付钱吗？”

“当然。”

“如果我到国外工作，我的收费要翻倍。”

“就算是那个价钱也值。”

莫兰点头。"一两个月后我会来加入你们的。在那之前，我要悄悄地去趟印度，去孙达尔本斯的红树林，我听说在一年的这个时候那里有许多老虎。你会在老地方给我留个信吧？我一回来，就会等着听你的消息。"

"好极了。"

我们握了握手。然后我们三个人抬起硬皮箱，现在它被稳稳地安置在车厢里。最后，佩里和我一起上了车，男孩掌着缰绳，我们朝山下的泰晤士河出发。太阳照耀着。我可以闻到四周草地的味道，那一刻，我没有想到犯罪，也没有想到在美国肯定会等着我们的那许多胜利。没有。基于一些无法理解的原因，我的注意力转向一些很不一样的事情。我正在考虑的是适用 KdV 方程[①]的不同解法，这是我很久以来一直想要研究的数学模型，但我总是没有时间。

我们的车冲上草地，留下一道车辙。佩里高兴地坐在我的边上。我们皮箱里的客人正躺在后座。还有那条河；在绿色柔和的大地上，流淌着一条清澈蜿蜒的蓝色河流。我的脑海里盘旋着不同的变量—— x, t 和 ø, 我们朝那里驶去。

---

① KdV 方程：1895 年由荷兰数学家科特韦格和德弗里斯共同发现的一种偏微分方程。